我有一个必须去见的人，

跨越千里也要去。

有爱的青春陪伴者

我有繁星 还有你

迟暮／著

花山文艺出版社

图书在版编目(CIP)数据

我有繁星还有你 / 迟暮著. 一石家庄:花山文艺出版社, 2018.8(2021.4重印)
ISBN 978-7-5511-4114-7
Ⅰ. ①我… Ⅱ. ①迟… Ⅲ. ①长篇小说一中国一当代Ⅳ. ①I247.5
中国版本图书馆CIP数据核字(2018)第170053号

书　　名: 我有繁星还有你
著　　者: 迟　暮

统筹策划: 张采鑫
选题策划: 大鱼文化
特约编辑: 伍　利
责任编辑: 郝卫国
装帧设计: 颜小曼　西　楼
封面绘制: 扎小扎
出版发行: 花山文艺出版社(邮政编码: 050061)
(河北省石家庄市友谊北大街330号)
销售热线: 0311-88643221/29/35/26
传　　真: 0311-88643225
印　　刷: 北京时尚印佳彩色印刷有限公司
经　　销: 新华书店
开　　本: 880×1230　1/32
印　　张: 8.5
字　　数: 200千字
版　　次: 2018年9月第1版
2021年4月第2次印刷
书　　号: ISBN 978-7-5511-4114-7
定　　价: 42.80元

目录

目录

楔子

敞亮的会场中几乎已经没有了空位，各式各样的专业摄像机都已架好，媒体记者们也正忙着奋笔疾书，在笔记本上写个不停，时不时还停下来和左右的人讨论一番。

躲在侧门后面的唐梓看着会场，明明整个会场都嘈杂一片，她还是清楚地听到了自己"扑通扑通"的心跳声。根本不需要用脑子去想，她都知道等会儿宣布完决定之后，这满厅金发碧眼的媒体记者们会提出多么刁钻的问题。

至于答案嘛，说实话，她确实没有想好。

那边工作人员已经在催促唐梓准备登台，教练查森还是戴着他的白色鸭舌帽，polo 衫上整齐得找不到一丝褶皱，往常杂乱的胡子也被刮得干干净净，看起来一点也不像四十多岁的大叔。只有一点反常，历来神采奕奕的他今天眼睛里居然染了几缕血丝，不过对视了一眼，唐梓就低下了头。她有些心虚，心虚到不敢抬头看他。

“唐，你想好了吗？决定一旦说出，不管明天的结果是什么，你都可能永远告别这里了。”

唐梓刚踏上第一级台阶，地道的英式英语就在她身后响起。她顿了顿，想回头又不敢，只得低低地发出一声“嗯”。

“既然决定了，那就精神一点迎接最后一战。”身后的人拍拍她的手臂，好似鼓励。

这一下好似拍在唐梓心上，拍得心有些肿胀，有些许道不明的伤感。

“女士们，先生们，欢迎来到唐妮·安德森小姐的赛前新闻发布会……”

主持人是一位优雅的英国女士，她性感的唇一张一合，无一不是在对唐梓进行介绍和赞美，下方的闪光灯亮个不停，好像要把唐梓的每一个表情都记录下来。

整场新闻发布会的主角全程面对台下保持微笑，但要是仔细去看不难发现，她那看似有神的黑色眼睛里，藏着的不是兴奋，更像是不舍。

“你好，唐妮。众所周知，你明天的对手已经拿过两次世界冠军，而如果明天打赢比赛，你就将获得代表英国参加更多国际赛事的机会，你能和我们分享一下你此刻的心情吗？”

提问开始了。

她下意识地低头看了看，一直交替捏着的手已经有些发白。

因为都在等着唐梓的回答，全场鸦雀无声，所有人都注视着她。

唐梓笑了笑，缓缓吐出一口气，下定决心开口说道：“能够打进温布尔登，很出乎我的意料，能得到诸位的关注和支持，也令我备感荣幸。网球是我和英国熟悉起来的媒介，对我而言非常特殊，所以明天的比赛我将全力以赴。但是，我也有一项很自私的决定，要在这里宣布，不管明天的结果如何，我都将暂时离开赛场。”

唐梓的话自带轰炸效果，全场哗然，紧接着引发了更加热烈的讨论。包括主持人在内，除了事先已经知道的教练以外，所有人看唐梓的眼神都可以解读成三个字：她疯了！

如果没有安保人员苦苦维持秩序，早有想刨根问底的媒体把话筒戳到唐梓面前。

不怪他们反应大，实在是唐梓的决定太过疯狂。她从七岁开始打网球至今，已经过去了十五年，用外界的话来说，经过这么长的时间，网球恐怕早已经成为她生命中不可或缺的存在。

三次国家赛冠军，一次世界级大赛季军，这个阶段正是她事业最充满机遇的上升期，只要打赢接下来这场比赛，再努一把力，世界冠军就唾手可得，可她居然在这个时候宣布暂时退役，这个决定无疑炸蒙了所有人。

场面一度不受控制，甚至已经出现了一些指责唐梓的言论。

一切不出所料，她安静地看着下面反应激烈的人群，混杂的英语在两只耳朵里钻来钻去，听得她有些发怔。

“各位，请安静一下。唐是我带过的选手中，少数几个很有天分的。但是很遗憾，由于身体的原因她不得不暂别赛场，让我们祝福她并且一起为明天的比赛加油。”

全程一言不发的查森终于开了口，唐梓瞪着眼睛满目错愕地看着他。没有人比他更知道，一旦真相被发现，他面临的可能是永远告别网球，为了她这么个爱惹麻烦的徒弟，赌上爱了一辈子的事业，这值得吗？

她着实被感动了，泛红的眼睛终于敢去看查森。

感觉到她的目光，查森有些调皮地眨了眨眼睛，就和以前比赛拿分时鼓励她一样。

新闻发布会结束后，有关“唐妮·安德森赛后暂时退役休养身体”的新闻几乎刷爆英国各大社交网络，而唐梓本人对这些消息充耳不闻，一心投入到备赛中去。

比赛当天，7月初的伦敦难得放了晴，不知道是不是因为这是唐梓退役前最后一赛，观众席满满当当居然连一个空位都没有。

她很喜欢温布尔登网球公开赛，白衣，绿地。曾经她无数次想过，终有一天要站在这里打个痛快，却没想到于她而言，这场比赛变成了一场庄重而痛快的告别。

放手去打吧！

她亲吻自己的球拍，仰头向上，高高抛起第一颗球，看着果绿色的网球从上头落下，目光迅速找到着力点，然后用力挥拍，快而精准。她从未有过这么放松的心态，也从未如此投入其中。每赢一颗球，四周的观众席就传来一阵欢呼，以往她深觉比赛漫长，格外耗费体力，这一次却好像变成吃完菠菜的大力水手，不知疲倦，直到最后一球。

最后一球了，不舍却激动。

和以前数万次发球一样，她抛起球，却刻意变换了一个角度，一直到球下落快低于最低挥拍点时，她才用力地挥下球拍，仿佛为这一球用尽了生命，整个人因为挥拍的作用力跪坐在地上，球快速地在场地上划了一道弧线，然后擦着边界线，准确地落在场内。

一时间，热烈的欢呼声、呐喊声灌满了整个球场。

赢了，唐梓顺势躺在了草地上，看向浮着几朵羽毛状白云的天空，由衷地感慨，天空真美，和十五年前一样。

已经十五年了啊，他还记得我吗？

四周仍然欢呼一片，不知道是不是因为呼声太大，久久无风的赛场上居然吹来阵阵清风，风轻轻擦在她的脸上，拂过每一个因为剧烈运动打开的毛孔，说不出的熨帖舒畅，天空的云好像转起了圈，那么一旋，就似乎回到了那一年的初夏。

一如水洗过的天干净湛蓝，慵懒地飘浮着几片羽毛状的云朵，轻轻柔柔的暖风有些调皮地扫着她额间的碎发，痒痒地挠啊挠，像只慵懒的猫咪有一搭没一搭地挠着她的额头。

不知是这淘气的风又去撩了谁家的风铃，清脆的铃铛声缠绵在绿意森森的小巷里，灿烂的阳光透过大树，挑着枝叶间的缝隙，打下一道道细且轻柔的平行光线。

明明是一个懒洋洋的午后，孤儿院的孩子竟然早早地就从午睡里醒来，围着院长妈妈，天真无邪地笑啊叫啊。

坐在围墙上的小小身子整个藏进了茂密的榕树叶里，嘟着嘴，紧紧捂住耳朵。她最怕听见那些笑声，更不理解他们为什么会成为院长妈妈眼里的小天使。

事实不是这样的啊，每当院长妈妈转过身去，他们就会对着自己做起鬼脸。要是只有一群孩子在一起，他们就会朝自己丢泥团，扬细沙，揪着辫子哼着歌：“唐梓傻，唐梓呆，唐梓从小没人爱。唐梓蠢，唐梓笨，唐梓天天泥一身。”

直到唐梓捡起地上的石头不停地砸向他们，他们才哄笑着散开，边跑还边拍着手“小怪兽生气啦，小怪兽生气啦”地叫着。

真是坏透了。

偏偏他们的恶行还不曾被发现，反倒是她天天被院长妈妈叉着腰，斥责着："你个皮猴子，怎么又弄得一身泥。"

虽然被这么骂着，不过唐梓知道，院长妈妈还是对自己很好的。她会偷偷给她好吃的糖果，临睡前在她额头上轻轻落下一个吻。

唐梓想，白天就让院长妈妈陪着他们吧，她躲着不去看不就好了。

一来二去，她就真的成了孤儿院里最孤僻的孩子，喜欢一个人躲在孤儿院的围墙上，叼着一片嫩嫩的叶子，看着清冷的小巷和绵延开来的榕树发呆。

那是一段很孤独的日子，最爱说话的年纪只能喃喃自语，藏在角落的小孩儿，渴望又得不到光明。

直到他出现，永夜的天空划过点点流星，最后整片夜幕都布满星辰。

他抱着几本厚厚的书，戴着一副金边框的眼镜，一身工整的白衬衣，黑色长裤，白色帆布鞋上没有一点儿污渍，浑身上下都一丝不苟。鬼使神差地，她随手扯了一把叶子就朝他的头顶撒去。叶子撒完，她才后悔，她不过是一个七岁的小孩儿，怎么打得过看起来就像是高中生的他！

做贼心虚的她恨不得立刻逃离围墙，奈何树枝钩住了裙子的腰带，让她错过了最佳逃离时间。

从天而降的树叶让他抬头张望，目光却不慌不忙。看到唐梓坐在围墙上，原本好好抱在怀里的书被他放到一边，接着只见他双手高举，伸向她，说："别怕，我接你下来。"

呃……这书呆子是怎么误会自己被困在墙上的？唐梓狡黠地咧嘴一笑，一转身跳到了墙的后面。

从那以后，她天天都在围墙上等他，每回他从树下经过，都免不了接受来自她的“树叶洗礼”。

他却从不生气，仰着头笑看着她，叮嘱着：“小心点儿，别摔了。”

从没见过这样的傻子，明明她是故意惹他，他居然还关心起她来。原来，被人关心是这样的感觉，就好像每天都晒着春天的太阳，连心窝都是暖的。

她开始喜欢和他接触了，而她表达喜欢的方式，就是一场又一场的树叶雨。

渐渐地，两个人熟悉起来。

她喜欢离经叛道，他就负责看着她，逼她去念ABCD，做加减乘除。刚开始她总叫他叔叔，明明只比她大八岁，说起话来却总有一种稳重自持的气场。

他也不恼，回回都拿棉花糖诱惑她好好学习。

就这样，不知道什么时候开始，角落的孩子顺着星光找到正途，从一个孤僻叛逆的小怪兽，变成了爱笑、爱说话的小女娃。

“唐妮！唐妮……”

热情的粉丝高呼着唐梓的名字，专属于她的旗帜在赛场上飘扬。

这都归功于他，如果没有他，她不会在这个远方，不会明白，梦想多么灿烂。

带她走向光明的他啊，现在还好吗？

不顾一切想去见到的他啊，还会站在原地吗？

那一天，唐梓的私人推特更新了一句话：我有一个必须去见的人，跨越千里也要去。希望在茫茫人海里，我们可以重逢，哪怕匆匆一面。

第一章

翻山越岭的龟

体育频道正在转播温布尔登网球公开赛决赛，隔了九千多公里的距离，赛场的所有画面通过发达的电子媒体设备和液晶屏幕，精确地传达到世界各地。

和房间仅有一层玻璃门之隔的浴室传来哗哗水声，尽管花洒开到最大，仍旧可以听清电视里的赛场实况。如果不是因为酒店隔音效果良好，恐怕早有临时“邻居”过来投诉。

浴室水声停了，唐梓裹着白浴巾随意擦着头发，甩甩脚上的水，盘坐在床铺上，目不转睛地盯着电视屏幕，刚好看到比赛决胜球，等看到冠军举着奖杯对着台下挥手的时候，她确实有些羡慕。

不过，当她看完比赛，这种羡慕的情绪没持续多久，就被另一种情绪所取代。

昨天决赛直播时，她正在飞机上，一落地匆匆吃了顿饭就一头扎在酒店被窝里开始倒时差。这一路过来她大脑混沌，都还没认真看看这座城市，等终于清醒之后，她满脑子都只有一个问题：我是真的回来了吗？

这样想着就不免有些兴奋起来。

窗户外面恰是旭日东升的时候，太阳像极了金黄色的荷包蛋黄，正从两座高楼中间慢慢上升。

闹钟准时响起，唐梓细手一拍，房间里又归于平静。

“唐梓，早上好啊！”

她对着全身镜里的自己挥手问候，此刻的她不再是唐妮·安德森，而是最初的唐梓。镜子里的姑娘和以前出现在电视里的那个完全不同，黑色长发被剪至披肩，烫了一个内卷，还破天荒地染成了金黄色。

没有了运动员的气场，秒变气质小女生。估计即使她的铁杆粉丝从面前经过，也不大能认出唐梓来。

迅速换好衣服，化了一个淡淡的妆，这一切都尚可习惯，直到踩上高跟鞋，她才顿觉淑女其实一点儿都不好当。这下，她倒是完全理解了为什么以前的大学同学会对工作面试着装要求深恶痛绝。

时间所剩不多，抓过材料和包，她就风风火火地跑出了房门。

而在城市的另一边，相比于唐梓的仓促，屋子里的节奏就轻缓得多了。

沈之衡走到黄桐木桌前，端起桌上那装在白瓷杯里的红茶，一边品着茶，一边看着颇有几分禅意的庭院。

他高大的身子被裁剪得体的西装一衬，越发挺拔，握着杯子的手骨骼分明，中指左侧略有一层薄薄的茧，明明一副社会精英的样子，站在古香古色的建筑物里却丝毫没有违和感，只是静站着，就自成了一幅画。

许娉看着他的身影入了迷，穿堂风吹过手里的纸张，纸张卷起一角，抖了两下。细微的声响分毫不差地传入沈之衡的耳朵里，他回头将视线移到来人身上。

打扰到了他，许娉歉意地笑笑，继而开口："沈老师，早上好。我来给您送上午会议的有关文件。"

手上的文件被明确分类，浏览起来简洁明了，显然是整理的人费了不少工夫。他赞许地看了一眼许娉，说："做得不错。上午你和我一起去参加这个会议。"

"我？"许娉瞪大了眼睛，不敢相信自己的耳朵。

"拿上文件，我们现在就出发。"

也不等还杵在原地的许娉，他大步走向前厅。

回过神来的许娉立马跟上，脸上已经笑成了一朵花。

今天要参加的这个会议，关乎近期整个组准备了三个多月的大项目，一切顺利的话，意味着接下来这几个月，沈之衡带的整个组还会继续保持花式旋转忙碌模式，不过也从侧面反映出这个项目多么被沈之衡重视。作为一个实习生，居然可以跟着沈之衡参加这种会议，说不激动，那是假的。

秉承着要尽快融入故土生活的美好初衷，唐梓踩着高跟鞋挤上公交车。可她算错了一点，周一早高峰的公交车，挤得那叫一个酸爽。

拥挤的车厢像个沙丁鱼罐头，作为其中一只被挤得晃晃悠悠的沙丁鱼，她决心在下一站下车，放自己一条生路。

车子走走停停，好不容易靠站，唐梓简直是用生命挤下了车。

下车后，她就蒙了。

手机地图给出的定位和自己现在所处的位置显然不是一个地方，举目四望，周边的环境格外萧索，什么标志性建筑也没有。离面试时间还有一个小时，她还不知道自己究竟在哪儿，这很尴尬。

拦了十分钟的出租车未果，唐梓含泪放弃，踩着高跟鞋沿路走去，愣是走出了一个视死如归的背影。

一路连跑带走，好不容易走出了城中村，高楼大厦又重新回到视线里，感动得唐梓一个踉跄，直直撞上刚从车上下来的男人。

唐梓身形偏瘦，就是力气大了一点，这一撞撞得男人一个身形不稳，手里的A4纸飞散开来。

糟糕了。

看着路边一摊泥水，唐梓绝望地闭上了眼睛。

沈之衡定住身子，看到的就是这么一个表情，悲壮。不过这皱在一起的眉眼看起来有些眼熟，总感觉似曾相识。

不等他搜寻记忆，不远处就传来一声惊呼。

跟在沈之衡身后的许娉正蹲下身捡散落的材料，肇事者唐梓也忙喊着“对不起，对不起”，帮着一起捡。

但还是有那么一两张掉到了水坑里，湿透了。

唐梓把手中干的文件递给男人，然后捞起湿透的纸，心虚地问：“这个……您还要吗？”

“不用了，谢谢。”沈之衡嘴角勾着一点点笑容，不甚在乎地说。

好听的声音从前面传来，唐梓下意识地抬头看去。

抬头的一瞬间，她就愣住了。一个名字呼之欲出，可是她张了半天嘴就是没发出一个音。金框眼镜，骨骼分明的手，薄薄的两片嘴唇和眉眼间藏不住的稳重都像极了记忆里那熟悉的样子。她的心跳得有点儿快，脑子里天人交战，在争论到底是不是他。

看她这万分纠结的样子，沈之衡只当她是闯了祸不知所措。他笑着向她点了点头，就从她的身边走过了。

“沈老师，文件湿了怎么办？”许娉着急地问。

“没关系，内容我已经记下了。”声音还是那么不疾不徐。

嗯，这沈老师记忆力挺好。

等等！沈？

唐梓迅速转身，可哪里还看得到方才两个人。

“不会……真的一面之缘吧？”唐梓蹙眉。

“不会的不会的，不是他，不可能只有一面之缘。”

哎？履历表哪儿去了？

唐梓摊开双手，好吧，估计是刚刚和文件一起给那个男人了。

好像还有什么不对……

我去！

唐梓开始狂奔。

气喘吁吁地出现在电视台楼下时，距离约定好的面试时间已经足足过去了四十分钟。面试官估计都撤了吧？唐梓小心翼翼地敲了敲门。

“进来。”冰凉的女声从门后传来。

“您好，很抱歉我迟到了。”一个标准的九十度鞠躬。

陈洁审视着眼前这个满头大汗的女孩儿，握着笔的食指一下一下轻点在笔杆上。

“唐梓，是吧？第一个问题，你为什么迟到？”

直白的开头。

唐梓尴尬地笑笑："我在来的路上迷路了，出了点小插曲。"

陈洁没接话，只是点了点头，笔尖快速地在纸张上划过痕迹。

"第二个问题，你为什么要来电视台工作？"

目光和陈洁对上，唐梓轻吸了一口气。这个女人的目光太具侵略性了，仿佛一眼就能把人看穿，透彻程度比 X 光还强。

稍加斟酌了一下，唐梓决定实话实说："为了找一个人，电视台消息面广，能接触的人也多。"

她已经做好了陈洁接下来问找谁的准备，正思考要怎么给他定位，陈洁却冷不丁问出一句："第三个问题，如果找不到他呢？"

"呃……"

这个问题她早就想过。其实不要说是在一个人口基数这么大的国家找人，就是在榕城这一个城市里，想要凭着那么一点点稀薄的记忆去找人，简直和摘星星的难度差不多——可能性趋向于零。

"那起码，我努力过了。"

这话她说得非常坚定。她就是这么想的，不管能不能找到，尽力去找了就算是给自己的交代了。当然，最好是能找到他，毕竟是她想念了十五年的人。

"行吧。"陈洁合上手中的文件夹，"就你了，明天开始试用期，朝九晚五，偶尔加班。实习期工资三千，转正后加百分之六十。可以的话，现在就去人事部签人事合同，办理入职手续。"她一边说，一边把手里的文件整理得整整齐齐。

结果出乎意料，唐梓有些措手不及。反应过来，脸上已经自觉挂上笑容，她再度鞠躬道谢。

引唐梓去人事部的，是人力资源助理，叫钟雪凤。不愧是做人资的，说话技巧简直超神。她先是旁敲侧击问出了唐梓的一切有效信息，接着又把话题引到了面试上。一来二去，唐梓就把自己交代了个干净，还没有发觉。

陈洁盯着眼前的文件夹出了神，今天的所有面试者里，比唐梓出挑的比比皆是，可最后居然是她打破原则，首次直接录用了一个面试迟到的应聘者。

这是为什么呢？

陈洁的脑子里闪过了刚才面试的画面。

“为了找一个人。”

“那起码，我努力过了。”

是因为这个吧，因为唐梓做了她永远不敢做的事情，还那么坚定。

陈洁苦笑，哀愁占据眼眸取代了以往的锐利。

“你就是那个被陈魔女破格录用的唐梓？”人事部的工作人员打量唐梓。

唐梓点点头，伸出手：“你好，我是唐梓。”

那人随便抓了抓唐梓的手，办完手续什么也不说，转头和隔壁座咬起耳朵。

唐梓模模糊糊听到“魔女”“折磨”“能坚持多久”之类的词语，她一头雾水，只觉得这位新同事看起来似乎不怎么好相处。

在她办理入职手续的时候，钟雪凤也跑去和别人聊起天来。她一走近，钟雪凤拍拍她的肩膀：“唐梓同志，要挺住啊。”

这下她更是摸不着头脑了，是从小文化环境不同的缘故吗？怎么她们的话她一句都听不懂？而且，为什么每个人给她的感觉都不是那么好接触?

榕城文化底蕴深厚，城市发展并不只是一味地追求速度，反而有很大一部分投入都用于文化保护。

尤其是榕城的招牌景区，传统的房屋设计，错落有致的庭院布局，充满历史气息的建筑神秘而美丽，不仅惊艳了世人，更是不知道承载了多少人的记忆。

但是城市建设用地冲突，让保护单位也只能是尽可能地选择性对古老建筑进行保护。

在这项工作的进展里，城中村的存在无疑是一大拦路虎，不仅影响了城市整体美观度，而且或多或少对建筑保护有所影响。

今天会议讨论的项目，就是城中村改造。作为衔接老建筑和新大楼的中间部分，如何将这个复杂破败的城中村改造成一个能衔接古今的新社区无疑是对建筑设计师的一大考验。

这也是沈之衡对这个项目感兴趣的原因，三十年来，他的人生都是按部就班地进行，不知道是不是潜意识的逆反心理，他对具有挑战性的事物，都很有兴趣。

到他的时候，他稳步走上台，信心满满地阐述自己的部分理念，举手投足间有种浑然天成的气魄。

院里一直不缺设计人才，用院长的话来说，必要的良性竞争会让团队更具备发展的动力，这也是为什么这次的项目不像以往直接指定，而是提供一个平台让各组公平竞争的原因。

结果没有辜负整个组为之所做的努力，他们拿下了这个项目。

走出会场时，院长欣慰地拍了拍沈之衡的肩头，道："我想过你对这个项目会有别出心裁的想法，只是没想到你的想法竟然被我们这些老学究一致通过，这在我们院里，还是少有的事情。年轻人，好好去做吧。”

拿下项目，沈之衡心情大好，回到家里还翻动着带去的材料。

一张履历表从材料中掉了出来，沈之衡捡起来一看，表中的照片上，唐梓露齿轻笑，露出两颗可爱的虎牙。

“唐梓。”

他轻声念着这两个字。

走出电视台大楼，唐梓满意地拍了拍装着工作证的单肩包，生计问题解决，接下来要解决温饱问题。刚这么想，手机弹出一条消息，她点开，是房东发来的消息，让她去取钥匙看房。

房东给的是一家店铺的地址，唐梓没记住那复杂的什么路多少号，反倒是立刻就记住了店铺的名字——疤。

这简直是个闻所未闻的名字，该是一家怎样的店，会取一个这么独特的名字。

难道，是做疤痕修复的？

然而，当唐梓站到这家叫“疤”的店铺门前时，她深深地觉得，自己果然还是太肤浅了。这家叫“疤”的店铺，是一间非常文艺的画室。

古街本来就古香古色了，名为“疤”的画室的门也是一样，唐梓走进去，顿觉豁然开朗。小轩窗，绿吊兰，还有大大小小陈列摆放的一幅幅讲究的绘画作品。

其中最大的一幅被固定在墙壁上方，是一个很好看的天使，美中不足的是天使左边翅膀少了一片羽毛，一片黑色的羽毛形状空在那里。有了这个发现，唐梓观察起其他画作，发现每一幅画，都有残缺。

盛开的灿烂的向日葵，金色的花瓣上挂着几滴晶莹的水珠，却独独缺了一瓣；好看的翡翠镯子，莹莹绿色神秘端庄，偏偏有一条裂痕，好像轻轻一握就能捏碎；站在围墙上眺望海洋的白色波斯猫，蓝色眸子里似乎藏了神秘的宝藏，看一眼就深陷其中，可是它没有尾巴……

所有的画都是残缺的，而且是画者刻意为之，每幅画的左下角都有一个共同的名字，叫"爱情"。

这家店铺的老板，一定是个有故事的人。她眸光一转，在店铺左边最角落，看到了醉心绘画的身影。一条长长的鱼骨辫垂在脑后，辫尾扎着一朵湛蓝色的小花，一身蓝白拼接的长裙，胸前还系着沾了不少颜料的白围裙。

这个背影，有点像玻璃球里的小人偶，把自己孤独地关在美景里，带着三分苍凉，三分寂寥，余下的都是感叹，却不知自己已然也变成了美景。

不欲打扰别人作画，唐梓找了个地方坐下静静等候。

等听到那边传来搁笔的声音，唐梓转头，就对上了一张热情又灿烂的笑脸。

"等很久了吧！我一画就不想停下，不好意思啊！"女生笑着道歉。

反差略大，唐梓也笑了出来："没事。你好，我是唐梓，过来找房东看房。"

女生恍然大悟，大白牙尤为夺目："啊，是你。你好，唐梓。我叫白逸凡，你可以叫我大白。"

白逸凡快速地收拾着画笔，说："你稍等我会儿，我关了店带你去看房子。那是我姑姑的，她出国定居了，委托我出租。"

"嗯嗯，不急，你慢慢来。"

不得不承认，唐梓几乎是瞬间就喜欢上了面前这个女生，率直又乐天，她几乎要怀疑刚刚自己看到的那个忧伤的背影和大白究竟是不是同一个人了。

“你的画真好看。”唐梓由衷地说道。

白逸凡洗着画笔，应道：“你是为数不多说好看的人，别人都说画不完美，叫败笔。”

唐梓随口接道：“盛极必衰，太过完美没有缺憾也是缺憾。”

“哈哈哈哈哈，唐梓，你很有趣，你这个朋友我交了。”白逸凡擦着手走过来，取下了那幅缺了一瓣的向日葵，递给唐梓，“这画送给你，乔迁礼物。”

唐梓也不推拒，笑意盈盈地收下画，说：“谢谢你。我很喜欢你，你这朋友我认。”

两个人相视一眼，都大笑起来。

认识白逸凡对唐梓来说简直就是惊喜，回国前她曾焦虑到失眠，既怕找不到人，又怕融入不了新的生活圈，更不要想一回国就能交到朋友了。没想到突然碰到一个脾性相投的姑娘，意料之外。

“这里是厨房，这边是迷你小餐厅，客厅在这儿，还有这里是浴室，紧连着卧室……”

一进门，白逸凡就和唐梓介绍起小屋的结构。其实也不用她多做介绍，唐梓一进门，就喜欢上了这房子。

房子是老式建筑，看起来有些年头，外墙攀着绿绿的藤蔓，一打开窗子就可以伸手摸到窗边榕树的叶子。窗户还是老式的木框玻璃窗，和唐梓小时候记忆里的窗户一模一样。窗前挂着白色轻纱窗帘，平白增添了几分宁静的味道。

最重要的还是因为房子靠近老城区，她是特别喜欢老区这种调调的，总让她有回到了十五年前的感觉。光想着每天早晨踏着雾气穿过一条条巷子，她就觉得十分惬意，向往得不行。

唐梓当即就决定租下来。

白逸凡掀开盖在家具上面的白色床单，屋子应该有人定期打扫，并不怎么脏。打扫起来也不费力，而且还有白逸凡一起帮忙，两个姑娘手脚麻利地洗洗刷刷，不过一个下午的时间，整个屋子就焕然一新，亮堂了不少。

“家具应该不需要添置了，不过还是要买些床单、碗什么的。榕城夏天很热，不过这个屋子朝向好，冬暖夏凉，买个风扇就可以了。”

看她一脸认真的样子，唐梓忍俊不禁，调侃道：“我要是早点认识你，是不是可以直接拎包入住了？”

白逸凡也笑：“没事儿，现在也不晚。走，办货去。”

两个人进了最近的超市。面对琳琅满目的生活用品，白逸凡恨不得什么都给唐梓来一样，最后就变成了白逸凡把东西丢进来，唐梓把东西放回去，乐此不疲。

“唐啊，你看这个抱枕怎么样？以后去你家看电视可以用。”

白逸凡举着一个蓝色小象抱枕放在面前，挡着脸对着唐梓摇头晃脑。

唐梓笑着拿下她手里的抱枕，放进车子里，再一抬头，原本满面笑容的白逸凡面无表情地看着身后，双手关节已经因为用力握紧明显发白。

唐梓紧随她的视线望去，隔着几重人影的不远处站着一个身姿笔直的男人，简单的衬衣，袖口用商务礼仪中的标准挽法挽到手肘下一点，手上戴着一块银色腕表。只一眼，唐梓就认出那是瑞士某大牌新出的限量新品。

男人低头正端详着手里的咖啡杯，感受到白逸凡的目光，锐利的眼神扫了过来。也仅仅是一眼，唐梓就看见男人眼中的锐利被一阵突然掀起的情绪完全淹没，他甚至来不及放好手中的杯子，就朝着白逸凡的方向大步走来。

原本还发呆的白逸凡一惊，逃一般拉过唐梓就往大门跑去。

眼见白逸凡又要逃跑，男人赶忙紧紧跟上。可惜恰好门口又涌进来一波顾客，人流一冲，就让他彻底弄丢了白逸凡的身影。

他不死心地在广场看了一圈又一圈，最后有些颓然地把手插进了裤兜里，无奈地长叹一声。

不远处的广告牌后面，探出两个脑袋，确定了自己身处男人视线的盲区，白逸凡才松了一口气。

她有些不好意思地看向唐梓："对不起啊，选了那么久的东西，可能要明天再来买了。"

唐梓耸耸肩表示没什么关系。末了，她指指广场中心的身影："那什么情况？"

白逸凡狡黠地笑笑，语气全然没有方才的紧张感。她说："那个人是我债主，还不起欠他的债，我只好跑了。"

"这样啊，"唐梓故作老成地摸了摸下巴，"那真是值得去吃……"

"去吃几斤小龙虾庆祝一下。"白逸凡快速接话道。

"Good idea！"

唐梓对此提议表示非常认同，早前翻查的国内生活指南里提到的夜市必刷美食，小龙虾高居榜首，她早就对这道美食很有想法了。

两个人亲昵地挽了手臂，有说有笑地往夜市一条街的方向走去。

临离开时白逸凡没忍住回了回头，还是一眼就捕捉到了那个身影，嘴角不由得扬起一抹苦笑，真的是欠了他的。

前不久刚下了一场雨，残留在瓦片上的雨滴顺势滑入庭院的天井，滴滴答答。室内反倒更安静些，只能偶尔听到茶盏轻响。

捧杯沏茶，满室茶香。

这是沈之衡从已故的爷爷那里“继承”来的习惯，老人以前总喜欢在雨后沏上一盏茶，拉着沈之衡，给他倒上小小一杯。久而久之，他也就爱上了茶的味道，也养成了这么个习惯。

泡茶静心，品茶宁神，最适合他不过。只是，这满室的静谧没有维持多久，就被不速之客打乱。

沈之衡哭笑不得地看着眼前这个光明正大的闯入者，以及对方那把好茶当白水喝的样子。

“有酒吗？”赵世琛解决完所有的茶水，不过瘾地问沈之衡。

沈之衡双手抱臂，反问道：“你什么时候在我家看到过酒？”

“也是。”赵世琛把眼前的茶杯往沈之衡那里推了推，“那再来点茶，将就将就。”

沈之衡往赵世琛的杯子里倒了三分之二的白水，笑道：“喝点开水，将就将就。”

赵世琛看着杯子，苦笑道：“心情不好跑来你这儿，或许是个错误。”

“怎么？现在居然还能有事情让你心情不好，出乎意料。”沈之衡一边说着，一边重复起方才沏茶的步骤。

“我今天见到她了。”

赵世琛抿了一口刚沏好的茶，舌根的那一点苦涩瞬间蔓延到了五脏六腑。

沈之衡恍然大悟，能令赵世琛露出这副失意样子的人和事都不多，只有一个例外。说起来，他也算是见证过赵世琛这段感情的人，开头很美好，过程也令人羡慕，唯独那个结尾，连他这个局外人都不免为两人感到可惜。

“我以为我这辈子都见不到她了，可她就那样出现在我面前，眨眼工夫又没了影子。你没像我这样找过一个人，你不懂这种感觉，比你这杯茶还要苦。”

斟茶的手因为赵世琛的这句话顿了一顿，沈之衡把茶杯举到唇边，轻啜一口，这茶是有些苦，压下口腔里那股子苦味，隔了一段时间，他才自说自话一般回答：“你怎么知道我没有。”

还是运动员的时候，唐梓的饮食有一套非常严格的标准，像这样坐在街头吃路边摊是以前从来不敢尝试的事情，而今天，白逸凡像是为她解锁了一个全新的美食地图，竟然让她深深爱上了夜市一条街。

显然白逸凡的情绪并不太对，几乎是把所有的情绪转化成了进食的动力，作为首席陪吃员，唐梓从没吃到这么撑过。

在路口和白逸凡告别以后，唐梓果断放弃了回家的末班公交车，开着手机地图，散步消食。

夜晚十点半的榕城尚算热闹，从闽江那边吹来的风比空气稍凉一些，恰好冲淡了街面的热气，美中不足的是，城市的灯光太过明亮，把夜空晕染成了一片橘色，竟然找不到一颗星星。

老城区巷子很多，每条巷子都四通八达，房屋也很古朴，唯一格格不入的，大概就是古朴大门边那电子指纹锁了。

这一片有些院子变成了教学基地或者是民俗馆，更多的还是私人住宅，只不过到底有没有人居住，就不得而知了。想到这里，唐梓面露狡黠，想都没想就把所有手指轮流在指纹识别区摁了一番，一直到房屋的防盗警报响起，她才意识到自己玩过头，匆匆忙忙跑远了去。

屋主通过安装在大门口的监控，只看到了一个快速消失的背影，最令人印象深刻的，就是那扎在后面的短短的一撮头发，看起来像极了兔子尾巴。他有些玩味地摸着自己的下巴，今晚他这老屋子还真是热闹。

入职以后，唐梓这才明白为什么当初办理入职手续的时候，会接收到来自四面八方的同情和观望。

她的顶头上司陈洁，着实是一个非常了不起的人物。

倒不是因为陈洁年纪轻轻就坐上副台长的位置，也不是她策划的几个栏目都十分叫座，真正令唐梓打心底佩服的是，她对每一项工作都要求到一丝不苟的态度以及可以按照要求做到近乎完美的能力。

唐梓不得不承认，之所以一回国就选择立刻到这边工作，仅仅是想借着电视台高度发达的信息平台来收集当年有关孤儿院的线索以便达成自己的目的。可是当她实际投入进来，却发现自己被上司带动，反倒对这份工作生出许多目标和期待。

例行早会过后，唐梓被陈洁召唤到了办公室。

陈洁是一个喜欢开门见山的人，省去了开头的所有铺垫，她直接把一份策划文案摆在了唐梓面前。

“这份策划拿回去熟悉一下，接下来你就跟着我做这个栏目。”

唐梓目光扫过封面，这个栏目是最近台里一直讨论的热门，助理组的不少人都希望可以被抽调到这个栏目组，没想到这个大饼居然砸到了她的头上。她当即接过，郑重地表示自己会好好努力，哪知陈女王只是微微颔首，紧接着忙起自己的事情。

唐梓下意识地轻咬了一下舌尖，这才想到大概每个像她一样的实习生，都曾说过这样的话。

当工作不再是普通的日常打印、复印、整理资料、做记录之后，唐梓的职业生活变得更加充实起来。除了狂补栏目助理的各项基本职责之外，她还恶补了很多和新栏目有关的专业知识。

新栏目是一档名为“榕城记忆”纪录片，第一季主打的关键词是“怀旧”。榕城是一座历史悠久的城市，其长远的历史甚至可以追溯到新石器时代晚期。文化和历史是会感染人的，也因此，每一代榕城人对榕城都有一种情怀，哪怕是在异国生活多年的唐梓也不例外，她总能清晰地回想起幼时榕城的那些模样，枝叶繁茂的榕树，错落穿插的小巷。

因为主题是怀旧，栏目组别出心裁地打算从榕城的老建筑入手。每座城市的发展进程都日新月异，一棵行道树也可能因为道路拓宽而从城东跑到城西，但是在老建筑里，一草一木皆有故事，它们一同见证时间的流逝、岁月的变迁。

唐梓合上手里的策划书，透着木窗的玻璃往外面看去，榕树的叶子伴着晚风轻摆，和着蝉鸣舞动。她有些感激陈洁带她做这个栏目，她恰也是一个怀旧的人。

不知道是谁家先响起了锅碗的声音，饭点的菜香弥漫在整栋房子里，再过一会儿就有一些叔叔阿姨带着一把蒲扇，坐在院子里的大榕树下乘凉，或者用小拖车推出一个大音响，放着那些节奏轻快的旋律，组团在前面的小广场里跳舞。

用过晚饭，唐梓换下裹了一天的套装，穿起最熟悉不过的运动衫，背起哥哥托尼大老远从伦敦快递过来的网球拍，出了门。

她也是不久前才发现，离自己住的地方不远有一个网球俱乐部，于是那里就成了她近日来空闲时运动的好去处。

她到的时候，俱乐部还没什么人，已经到了的正在场上对打。

唐梓在一边热身，等着下一个落单的人出现。

没等多久，球场大门处走进来一个挺拔的身影，一身素白的运动衫穿在那人身上，一张脸唇红齿白怎么看都像是高中生的模样，还是校草级的。

那人径直走向唐梓，挥了挥手上的球拍，示意唐梓要不要来一局。

唐梓笑着点点头，心想自己这应该不算欺负在校生吧。

等到唐梓接了“高中生”的球，她就完全打消了会欺负他的想法，发球有力度也有速度，若不是她具备职业选手的反应力，只怕第一颗球就会因为低估对手拱手相让。

“高中生”显然对唐梓接下自己的球感到诧异，大概是职业对洞察力要求太高的缘故，一进来的时候他就感受到了来自唐梓的目光，而后唐梓的那个笑容竟然让他有一种对方于心不忍的感觉。必须承认，他觉得自己似乎被看轻了，所以第一颗球就给了她一个下马威。

一球打完，两个人都来了兴致，这下谁也不退让，几个球下来越发激起了斗志，你来我往，甚至还配合起了对方的节奏。

这和比赛太不一样，比赛想的都是怎么得分打败对手，这个时候，唐梓想得更多的则是怎么去应对对方的战术，“高中生”时不时给出几个刁钻的球，总让她有意外之喜。

“高中生”显然也没有想到对面这个看起来高高瘦瘦的女生居然有几把刷子，于是更加投入到和唐梓的对打。

唐梓打得痛快，等感觉到体力跟不上的时候才意识到，两个人已经对战了不少时间，后来的许多人还在一边兴致勃勃地观战。

唐梓和对方对视一眼，两个人都默契地收了球拍。

下了场，“高中生”走到唐梓身边，友好地伸出右手，并夸赞道：“球技很不错。”

和样貌有所不同，他的声音带着一抹低沉。

唐梓笑着伸出右手，道：“这句话该我对你说。我叫唐梓，以后有机会一起打球。”

“高中生”礼貌地轻握了握唐梓的手，继而自我介绍道：“顾城。”

各自收拾了东西，两人一齐往外走去。

交谈过几句之后，唐梓发现顾城显然不是她以为的高中生，直到顾城按动了小车的解锁键，解锁了不远处停放的那辆喷着“某某剧组”的奥迪，唐梓这才明了为什么听到顾城的名字时，会觉得有些耳熟。

事实上，早在她入职三天的时候，就听到来自不同部门的女同事在茶水间频繁提起这个名字。

唐梓的步子顿了一顿，重新审视了一下身边的顾城。对方好似知道她这举动的原因，只是笑着说了一句：“下次再见。”

唐梓点点头，道了一句再见。若是钟雪凤知道她见到了顾城本尊，指不定得激动成什么样子。

顾城这个名字，可以成为很多东西的标签，但最让人印象深刻的，就是他刚刚拿下了含金量颇高的新锐导演奖，以及他那部一上映就稳居同档期票房前三的青春文艺片。

参演的演员都成了微博上最新最热的超级话题，没想到这个成就别人也成就自己的导演，居然还在网球方面颇有造诣。想到这里，唐梓笑笑，看着那辆渐行渐远的奥迪，转身走进回家的小巷。

许是因为打球太累，唐梓一晚上睡得都不太安稳，乱七八糟的梦在脑子里转来转去，一会儿梦见她从孤儿院的围墙上掉了下来，一会儿又梦见一大堆速度极快的网球朝她狠狠砸来。

梦做得太累了，她在那累人的梦里挣扎着醒来。透过薄纱的帘子，依稀得见外面的天空露出了黎明时分独有的天青色。

夏季天亮得很早，唐梓抓过一旁的闹钟定睛一看，离六点还差大半个钟头。可她实在没有了睡意，以往她的睡眠质量都很高，轻易吵不醒，可一旦醒来，就很难继续睡着。

索性她也不睡了，一起身就利落地拉开两片窗帘，把那层用来挡住蚊虫的纱窗也一并打开，呼吸早晨的新鲜空气。

洗漱过后，她换上运动衫又出了门。以前她每天至少有两个小时都用在运动上，备战比赛时打球耗费的时间更多，身体早就习惯了那样的运动强度。

细想回国近一个月来，忙着工作忙着安定，她花在运动方面的时间，居然不及以前一个星期运动的时间多。这要是被她那严厉的教练知道，还指不定要怎么批评她。

想到这里，她发现其实自己还挺想念英国的亲人朋友的。人就是这样，天天相处的时候不在意那些细枝末节，等到好久不见的时候，那些细枝末节又变成了记忆里极为清晰的部分。

唐梓一笑，把护腕戴好，放轻步子走下了楼，而后沿着最近的巷子跑了起来。她的运动鞋十分轻巧，跑起来声音不大，远远望去，那道在巷子里小跑的身影，很是轻快。

她有节奏地迈着步子，巷子四通八达，穿来穿去总找得到出口，她也就不担心会迷路，没有刻意去记每一个巷子口。

跑了一段，她清晰地听到前方传来有节奏的脚步声，听声音也像是在晨跑。

她循着声音小跑着跟上，可惜的是巷子不算长，拐角又很多，两人明显有些距离，往往她刚跑到巷子口，脚步声又拐进了另一个巷子。

虽然唐梓很不想承认，但事实上，她的确是一个非常害怕孤独的人。以前哪怕是运动，都尽可能想要找人一起，而这清晨巷子里有节奏的脚步声，莫名地让她稍稍感到一些舒坦，尽管不知道这脚步声来自什么人，但是跟着这个脚步声一起跑步，将她心里那种若隐若现的孤独感，冲淡了许多。

天空越来越明亮的时候，早晨稍凉的空气早就被唐梓周身散发的热量远远驱离，愈见明亮的天空不时掠过小鸟的剪影，大概正应验“早起的鸟儿有虫吃”这句话，若是仔细听还可以听见头顶的榕树上，雏鸟叽叽喳喳的声音。

偶尔有拎着菜篓子的主妇从刚发出吱呀声的木门后走出，想来是为了赶着去不远的市场买到最新鲜的果蔬，也有老大爷拎着个不锈钢的壶子，手里攥着几张零钱，打算去为全家买早餐。这样的早晨叫醒了小巷和居民，老城逐渐热闹起来。

跟着那跑步声，唐梓跑出了小巷，进入了一条复古气息更加浓郁的长街。

唐梓把慢跑变为慢走，远远看见一个身着运动服的背影走进了街边一家售卖鼎边糊的铺子。她鬼使神差般跟了过去，还没走到近前，那身影提着一个保温桶又走了出去。唐梓看得清楚了些，那是个年轻男人的背影，身姿也很挺拔，不过和顾城不同，他走起路来步伐沉稳，看起来有种很踏实的感觉。

怕自己会和同胞格格不入，很多时候唐梓几乎是下意识地喜欢观察身边的人，观察他们的谈吐或行为举止，然后从中对比自己。可刚刚，唐梓更觉得自己像个跟踪狂，不禁摇头失笑。

她走进那家鼎边糊的铺子，要了一碗热气腾腾的鼎边糊，慢条斯理地吃了起来。

她对鼎边糊还有些印象，这是榕城一道传统吃食，把花蛤、虾米等海鲜混着提香去腥的佐料一同放到大锅里翻炒，炒出香味后再把米糊均匀地铺在大锅的锅壁上，最后把米糊铲到锅中和海鲜一同煮沸，出锅撒些葱花，就成了一道美味。

空了一夜的胃被填满，唐梓满足地喝完碗里的最后一口汤，顿时觉得整个人都舒畅了起来。

八点一刻，她踏进了电视台的大门，台里已经有了不少人，大多是前一晚在台里加班然后干脆在办公室里将就一晚，很少有人像她这样提早来的。

就比如唐梓刚刚经过的剪辑部，据资深八卦人士钟雪凤透露，剪辑部已经连续好几个月拿下最勤劳部门小锦旗，就因为这个部门里，有着一群深爱加班的同事。

但事实肯定不是这样，台里同档期的栏目很多，除了加班加点剪片修片，剪辑部其实别无选择。好在老板还算有人性，拨了一笔经费给编辑部配置了几张折叠床。

这时，剪辑部的小赵顶着两个黑眼圈，端着脸盆牙杯，肩膀上还披着一块湿毛巾，慢悠悠地朝着唐梓迎面走来。

“早啊。”小赵率先打起招呼。

小赵和唐梓一起被抽调到了新的栏目，之前几次讨论会上都有碰面，又是同期进入电视台的，两人关系还算不错，比起其他人更为熟稔一些。

唐梓看着他的两个黑眼圈，没忍住笑了起来，道：“你这是打算成为台里的国宝吗？”

小赵笑着摊了摊手，表情甚是无辜，说：“我也很绝望啊，但能怎么办？”

小赵的绝望唐梓略有耳闻，虽然他还只是剪辑部的“萌新”，但在剪片子这方面实在有些天赋，是编辑部长重点培养对象。

哪成想新栏目要组一个独立的班子，好苗苗就这样被挖走还不容反抗，编辑部长很是伤情，对着小赵大有一副做不完手头工作，就别想离开我们部门的气势。所以，小赵同志的绝望，还是蛮令人同情的。

一上午唐梓出奇地清闲，新栏目的筹备工作已经做得七七八八，就差确定特邀嘉宾的人选，陈女王和栏目组导演上午就为这事跑去洽谈，顶头上司不在，唐梓乐得清闲，做完了手头的工作，闲得实在没劲儿，她就端着个杯子跑去茶水间，打算把茶水间的各种咖啡都喝上一遍，对比出最好喝的那款。

唐梓前脚刚走进茶水间，后脚钟雪凤也端着个杯子走了进来。

看见唐梓，钟雪凤的目光极其复杂，似羡慕似哀怨，看得唐梓浑身不自在。

等唐梓泡完第一杯速溶咖啡，钟雪凤的“熊掌”豪迈地在唐梓肩膀上一拍，唐梓的手抖了一抖，一杯咖啡差点贡献给了大地。

“唐梓啊，你怎么这么好运，羡慕死你了。”钟雪凤感慨。

钟雪凤其人，也算是台里一宝。原先在人力资源部任职，可她对各种信息实在灵敏，堪称台里的第一情报 NPC，果断被信息部部长收入囊中，成为手下一员得力大将。

听她这口气，唐梓大概知道，她这是又有了什么一手资料，这资料和自己似乎还有些关系。

“听你这口气，莫不是我要加薪了？”唐梓开玩笑地问。

钟雪凤状似高深地摆摆手，对唐梓这浅显的期待表示出了适当的鄙夷：“能不能有点出息？加薪虽好，却不是可遇不可求的。唐梓啊，不然你让陈女王也收我进你们栏目组吧……”

习惯了钟雪凤这种样子，知道她是在开玩笑，唐梓也十分配合道：“怎么，你想成为第二个小赵啊。”

想到小赵最近悲惨的遭遇，钟雪凤下意识地眨了眨眼睛：“还是算了，黑眼圈我要不起。”

两人扯皮许久，怎么都没转到正题上去，唐梓决定直截了当些，问道：“哎，你说的好运究竟是什么？”

说到关键了，钟雪凤八卦地眯起眼睛，还特地凑近唐梓，小声说道：“内部消息啊，我今天听我们老大说，陈女王打算请省建筑院的台柱当你们栏目的特邀嘉宾，据说要录整整一季呢！”

台柱？一听这个形容，唐梓“扑哧”一声笑了出来。既然是省建筑院的台柱，那应该是大师级别的存在，是位十分慈祥的老先生？比较好说话？如果这就是她所说的好运，实在不符合钟雪凤的风格，她不是一贯看脸的人嘛。她的至理名言唐梓至今还印象深刻——颜值决定一切啊。

见唐梓的表情更加发蒙，也没有进一步追问的打算，钟雪凤原本想卖的关子早就被她丢到了一边，她只好接着自己的话继续说道：“我还听说，台柱年轻，有才华，关键是，长得帅，最最最关键的是还单身哟。”

果然还是逃不开颜值，唐梓把手上那杯没喝过的咖啡递到钟雪凤手上，笑嘻嘻地说：“我会帮你要签名的。”

钟雪凤看看手里的咖啡，又看看已经走出茶水间的唐梓，末了喝了几口。没意思，唐梓居然一点都不兴奋不激动，同为单身女青年，她怎么可以对才俊的态度这么淡定！

唐梓在茶水间和钟雪凤闲聊的十几分钟里，她落在办公桌上的手机疯狂振动了许久。一直到她出来，手机还振个不停，“陈女王”三个大字在手机屏幕上闪得欢快，她内心闪过小小的不安，随即接起电话。

电话那头陈女王的声音果然很严肃，交代完事情就挂断了电话。

唐梓擦擦额头上细碎的汗珠，诚惶诚恐地跑到陈女王的办公室，简直发挥了有史以来最好的眼力，迅速找到了陈女王要的文件，然后蹬着小高跟跑出了百米冲刺的魄力。

出租车在建筑院大门前停稳，唐梓的脸上已经热出了两坨红晕。偏偏建筑院的大楼设计得很特别，对于唐梓这种天生方向感不是特别好的人来说，在楼里迷路实在是情理之中。

当她颤抖着小手拨通陈女王的电话，婉转地表达了自己在建筑院迷路的事实之后，电话那头传来一声几乎轻不可闻的叹息。

会客室里，陈洁放下手机，看着对面坐着的两个人正要开口，沈之衡就已经率先站起。刚刚陈洁接电话的时候，他们没有交谈，反倒是把电话那头唐梓的声音听得清清楚楚。

“我们院大楼初次来确实容易迷路。”沈之衡笑着打起圆场，接着走出门去低声交代了几句，又走了回来。

“我让人去接她一下，应该很快就会上来。”

陈洁微笑着点点头，看着沈之衡的目光略微带上了点探究。之前对他的认识仅限于他为人称道的职业素养，以及优秀的自身条件，所以选择特邀嘉宾的时候，她和导演都第一个想到了他。而他今天的这一个小小举动，让她觉得，这个年轻人还很有绅士风度。

和合作方洽谈合作，居然在对方楼里迷路，还要合作方亲自前来引路，可以说是很丢人了。

唐梓跟在来接她的年轻女生身后，稍微落后半步。好在对方大概是察觉到她有些不好意思，委婉地提起她自己到院里实习第一天因为复杂的建筑环境闹出的糗事，也顺道缓解了一下唐梓的尴尬。

“前面就是会客室了，我就带你到这儿啦。”女生笑眯眯地说道。

“劳烦您了，谢谢。”

唐梓目送女生走出一两步，紧接着走到半透明的玻璃门前。

其实会客室的整面墙都是半透明的，下半部分做磨砂处理，上半部分就是通透的玻璃。唐梓的身影乍一进入可视范围，就已经吸引了会客室内众人的注意。

沈之衡一眼就认出了唐梓，他的记忆力向来很好，上次这姑娘冒冒失失把他的文件撞到水洼里的细节以及那悲壮的表情，他至今都记得清清楚楚。

主观印象里，除了觉得这姑娘有些眼熟之外，他还觉得她很有趣，大概是因为他身边很少出现这种性格的人吧。

陈洁自然也看到了唐梓，向对方点头示意后，她起身走到了门外。

唐梓一见到陈洁，简直像犯了错的孩子，讪笑着把手里捏得紧紧的文件递到了她手中。

“一起进去？”陈洁问道。

唐梓连连摆手，蹙着眉说道：“还是不了，丢死人了。”她可没有勇气面对那么多见证她丢人的陌生人，她脸皮还是很薄的。

哪想陈洁被气得笑了出来，语气也没有刚才那么严肃了："也好，那你先回去吧，辛苦了。"

陈洁出门的时候，没有把门掩上，两个人的谈话自然也就落入了室内几人的耳里。唐梓的声音很甜，但又不是那种软糯的感觉，清清脆脆，听起来让人很是舒服，不知怎的，沈之衡就联想到了家里屋檐下那动人的铜铃声。

他又打量起门外微低着头的唐梓，她的眼睫毛很长，侧脸的弧度很柔和，耳垂也很大，就是不知道她小时候有没有婴儿肥。

他突然想到另一个人，那丫头小时候就有婴儿肥，明明很瘦，脸倒是一点也看不出来营养不良的样子，也是睫毛长长，耳垂很大，耳朵下来一点点的地方还有一粒小小的痣。

想到这里，他眯了眯眼，意外发现唐梓的耳朵下方也有一粒小痣，凭空让他对她生出了几分莫名的熟悉感。当他再想细看的时候，唐梓已经转身离开，不多时就消失在视野之中。

陈洁走回会客室，才道歉道："实在不好意思，让你们见笑了。"

坐在沈之衡边上的徐主任摆摆手，同陈洁等人谈笑了一番，又说回了正题之上。和电视台合作，他们一点意见也没有，都觉得这是一个共赢的事情，比较不好把握的是电视台看中的特约嘉宾是沈之衡，可沈之衡偏偏又是一个不太喜欢露脸的人。

徐主任和陈洁洽谈着，倒更像是两个人在设套，好让沈之衡自己往圈子里钻，最好是他被一忽悠，直接答应参与纪录片的拍摄。

沈之衡是什么人，高中时期赵世琛对他的所有套路都变成了他对赵世琛的反套路，以至于混世魔王赵世琛再不敢轻易给他下套。主任的那些套路，他早已了然。

一直没怎么说话的沈之衡突然看向陈洁，问道：“刚刚那位迷路的唐小姐，是不是也参与这个栏目？”

陈洁被这莫名其妙的问题问得一愣，转而反应过来，回道：“唐梓是栏目助理，和嘉宾的沟通比较多。”

听完回答，沈之衡点点头。其实他本打算找个借口，推了这差事，可刚才他心思一动，改变了想法。

“是这样，我们最近有一个比较大的项目，我每周可能只能匀一天的时间出来参与节目录制，不知道是不是会给你们造成不便？”沈之衡诚恳地说道。

陈洁挑挑眉，这算是答应了？

“不会的，不会的。有一天的时间，已经很充足了。”

这算是正式谈妥了，沈之衡答应得突然，徐主任之前准备的那套说辞竟一点都没有用上，出乎意料。

转念一想，徐主任那双写着正直的眼睛里难得露出了一点八卦的小火花：“之衡啊，那个小助理……”

“主任，你不是说电视台和我们是友好单位吗？”沈之衡一本正经地打断。

“是啊。”

“所以，为了两个单位保持更加友好的合作关系，我只能贡献自我了。”

“……”

一直到沈之衡走回自己的办公室，被沈之衡话噎到的徐主任这才笑骂道：“这臭小子！”

大概是合作洽谈十分顺利的缘故，对于唐梓那天出的那些状况，竟然没有招来陈女王的责备。不过唐梓还是提心吊胆好几天，连带着工作都更加小心谨慎起来。

好在新栏目的筹备都已经就绪，在新一轮的忙碌到来之前，唐梓意外有几天较为轻松的日子。

她和白逸凡组队又刷了两次夜市，增进了不少感情，生活也越发规律起来，只是后来去俱乐部打网球，竟然再没有碰到过顾城。

倒是她那天早晨晨跑遇见的那个跑步的背影，每天都固定地出现在小巷子里。久而久之，每天跟着晨跑，最后再去鼎边糊的铺子吃上一碗鼎边糊，已经成了唐梓生活中的一项必修课。

有时候她也想追上去，看看究竟是何方神圣，不过这个想法出现没多久就被她给打消了，冒昧打扰别人实在不是什么明智之举。

她当然也一直没有忘记过回国的初衷。

这段日子以来，她一直在寻找和他有关的蛛丝马迹。只可惜当时知道的关于他的信息实在太少，尽管清晰记得他当时的样子，但是她也不确定隔着十五年，她还能不能认出变化后的他。

她记得他姓沈，也记得小时候他逼着她叫他“阿衡哥哥”，至于他究竟叫沈什么衡，她实在想不起来了。她本打算先找到小时候自己住的那家孤儿院，可是孤儿院似乎改了名字，而她离开时年纪小对孤儿院在具体哪个地方没有太多印象，所以没有找到任何有价值的信息。

比起这个，她还有一个自己都还没弄明白的问题。白逸凡知道她要找人以后，随口问她“找到了之后要干什么”。

这个问题还真是问倒了唐梓，她非常确定自己想要找到他，可她还真不知道找到了他以后，她要做什么。

以她记忆中的他，应该不会把他对自己曾经的帮助放在心上，如果说找到他是为了和他怀怀旧，那她甚至不能确定他是否会把那段还不到一年时间的照顾记在脑子里。

纵然不知道究竟心底里是为了什么想去找到他，唐梓百分百确定的是，想要找到他的想法，从来没有变过。其他的，就等找到他以后，再去费神吧。

沈之衡接下和电视台的合作之后，本就不算富余的时间，变得更加紧凑起来。因为从下周开始，每周都要抽出一天配合拍摄，他不得不压缩自己工作的时间。

小组讨论会议紧锣密鼓，这是沈之衡这一组独有的会议方式，前十分钟把任务分配下去，后二十分钟有疑问提出疑问，需要讨论的地方，相关责任人自行讨论。一来二去倒是省下不少工夫，这还是沈之衡大学在学生会研究出来的办法，他不大喜欢冗长的会议，一般都是能简则简。

负责勘测的队伍之前已经对整个项目的占地区域进行了细致勘测，结合了地形地貌以及地质条件，勘测队把所有客观的因素都摆在了台面上。

比之前预测的还要有难度，看到结果，沈之衡也陷入了思量。工程远比想象的庞大，暂且先不管规划，单是要制定一个改造方案，都需要严谨再严谨。

“这样，我们先评估现有方案的可行性，结合实际情况，再不断调整。基础改造部分还不着急，我们先把整个宏观格局确定下来。”

一旁做笔记的许娉不时用目光偷瞄沈之衡，脑子里闪来闪去都是“赏心悦目”四个大字。他是怎么做到这么从容的？细细想来自己从实习生开始就在沈之衡手下，也有一年多了，每每遇到困难的时候，沈之衡都是不疾不徐的样子，光看着就令他们感到安心，对困难也没有那么畏惧。

开过会，许娉得力地递上茶杯，沈之衡道谢接过，饮了几口。

许娉这才说话："沈老师，您去电视台拍摄，需不需要我当助理啊？"

沈之衡搁下杯子，又拿起之前勘测队交上来的地质测量报告研究起来，几乎是下意识地回答："不用，电视台那边有安排。"

沈之衡脑子里闪现那个迷路的唐梓，不禁低声失笑。

被想起的当事人适时正对着电脑正襟危坐，下一秒就毫无防备地打了一个喷嚏。她随手扯了一张抽纸，摁在鼻子上，然后继续敲打着键盘，整理出第一期节目里各类注意事项。

右下角的 QQ 闪了一闪，是陈女王发过来的一个电话号码，并配文：联系特邀嘉宾，和他确定一下拍摄的时间。

唐梓"收到"二字刚刚打完还来不及发送，陈女王又补上一条：嘉宾姓沈。

唐梓酝酿了一下自己的台词，转而拨通了电话。等待电话接通的时候，她听到电话那头传来了一道清朗的男声。

"你好，请问哪位？"

唐梓觉得自己的耳朵有一瞬间触电的感觉，反应过来忙回道："沈先生您好，我是《榕城记忆》栏目组的唐梓。"

听到唐梓清脆的声音，沈之衡原本还在纸张上勾线的铅笔停了下来，他换了一个较为舒服的坐姿，说："唐梓，你好。"

唐梓笑了笑，接着说："您好。是这样，下周就要开始第一期节目的录制，请问您什么时间有空闲，有一些拍摄的细节还需要再和您沟通一下。”

很少用这么官方的语气说话，为了让自己的普通话听上去更标准一些，唐梓有些咬文嚼字，好几次差点咬到自己的舌头。

沈之衡听出电话那头唐梓的不自然，心道是因为上次那件事，轻笑了出来。

对方一笑，唐梓更加别扭，竟陷入了短暂的沉默。

“下午三点左右我去电视台，可以吗？”沈之衡率先打破沉默。

听得沈之衡这么说，她忙道：“可以的可以的，辛苦您了，那下午见。”她心想，还是赶紧结束通话吧，再说下去她真的会咬掉舌头。

“好的，下午见。”

在唐梓最新学习的社交礼仪中，关于打电话这一项，就有一条这样的准则——等对方先挂断电话。

可唐梓左听右听，怎么都没等到电话那头传来断线的声音，反倒是听到铅笔摩擦纸张的声音。

大概，对方是随手把手机放在了一旁，忘了挂断吧？唐梓这样想着，又看看离两个人互相道别已经过去了近一分钟，越发觉得自己的猜测很有道理，也就自然地挂断了电话。

电话一挂断，沈之衡看着已经黑屏的手机又亮了起来，显示完通话结束再度黑了下去，这才把桌上的手机重新揣进兜里。

唐梓看了看手机屏幕上的号码，存了起来，输入备注“嘉宾沈先生”，做完这些，就跑去和陈女王复命。

和钟雪凤一起去食堂吃过午饭，唐梓回到办公桌午休，插着耳机看了会儿网球赛，又小睡了一番。

打印完一会儿要用的材料，顺带和其他助理稍稍布置了一下会议室，唐梓掐了掐时间，提前十分钟到楼下大厅去等沈先生。

说起来，她刚刚本想问问陈女王沈先生的大名，最好是有一张照片以供辨认，结果半路被钟雪凤一打岔，就给忘了，这大厅里人来人往，要认出哪个是沈先生，还真不容易。

想到这里，唐梓索性编辑了一条短信，详细描述了一下自己所处的位置。短信还没发出去，唐梓就看见一个人影径直朝自己走了过来。

一副金边眼镜，英挺的鼻梁，挺拔的身姿，工整的衬衫，以及一丝不苟的皮鞋。唐梓张了张嘴，愣是没发出一个音来。

倒是对方两片薄薄的嘴唇一张一合，声调沉稳，他说："唐梓你好，我是沈之衡。"

第二章

老街的旧榕树

坐在会议室里，唐梓整个人还有些发怔，她不断用眼睛的余光瞟向正仔细聆听栏目导演介绍着拍摄计划的沈之衡。

他听得很认真，还随身携带着一个小本本记下一些和他有关的内容，从唐梓的角度刚好可以看见他的侧脸。

他的侧脸很帅气，颧骨不算突出，恰到好处地融入侧脸完美的弧度，看起来就像是精心打磨过的工艺品，每一个角度都完美得刚刚好。有那么一瞬间，她把沈之衡的侧脸和她的阿衡哥哥重叠在了一起，以前阿衡哥哥教她做算术题的时候，她一抬头，刚好看见的就是他的侧脸，也是那么完美。

还有金色镜框下的那双眼睛，很明显的双眼皮，不大不小的卧蚕，深邃的眸，她不止一次地想过，要是阿衡哥哥摘下眼镜，会不会还要帅气几分。

那沈之衡呢？她盯着沈之衡的眼睛出神地想着，沈之衡摘下眼镜会是什么样子。

等等？

意识到不对劲儿，唐梓回过神来，发现沈之衡的脸正对着自己，眼角含笑。不仅如此，在座的各位大佬也都同样看着自己，唐梓下意识地摸了摸自己的脸，一头雾水。

坐在唐梓身边的小赵扯了扯唐梓的衣角，把自己的笔记本移过去，上面写着简练两字：说是。

“啊，是是，没问题的。”

陈洁一记眼刀让唐梓立马打起精神，四周投来的目光也随着她的回答各自归位。她又下意识地朝沈之衡的方向看了过去，只见他一只手握拳放在唇边，嘴角还有隐隐约约的弧度。

唐梓收回目光，放到以往她大概会对沈之衡的笑容佯装愤愤，可惜她现在心里百感交集，什么乱七八糟的想法都冒了出来，在脑子里乱作一团。

她随手把散在脸颊边的头发别回耳后，快速地抽过小赵的笔记本，浏览起来。小赵不愧是剪辑部的种子选手，开会认认真真，记的笔记比她上英国史时记的还要详细。

从小赵的本本里，唐梓有选择性地摘了些和自己关系密切的会议内容。等看到第一期拍摄取景地还包括沈之衡私人住宅的时候，唐梓内心响起了三声“哈哈哈”，不禁觉得导演真是太明智了，简直就是她的神助攻。

唐梓作为栏目助理，除了跟着整个摄制组打杂之外，还有一个非常光荣的任务——关于很多拍摄的小细节以及相关的沟通交流，都由她本人直接和沈之衡对接。

她其实是一个很爱偷懒的人，这一点在她遇到问题的时候表现得尤为明显，每每她遇到想不通的事情时，她索性就不去想了。

现在也是，她对这个叫沈之衡的男人有着满腹的疑惑和猜测，总有种直觉在告诉她，他可能就是她要找的阿衡哥哥。可当这种想法出现在大脑里的时候，她反倒踌躇了，如果真的是他，那她未免也太幸运了，不可能这么巧的。

走一步看一步吧，她对自己这么说，幸好接下来的几个月里，两个人会因为工作有不少接触，时间久了，总会有些线索。

这样想想，她觉得自己的灵台又恢复了清明，脑子里那些纷纷杂杂的念头被她通通赶了个干净。

会议结束，也差不多到了下班时间。唐梓把手头的文件分完类，有区别地叠在一起，整理得整整齐齐。

这个会议似乎让沈之衡感到有些疲惫，和其他人打过招呼之后，他婉拒了导演提议一起吃晚饭的邀请，反倒是步子稍落后了一些，等唐梓刚走出会议室，竟发现他还在门口。

“沈先生，辛苦您了。”唐梓笑意盈盈地向他颔首，目光比起刚才偷看他时坦然了很多。

沈之衡也笑，彬彬有礼地伸出右手：“接下来的日子里，还要麻烦唐小姐。”

“哪里，您叫我唐梓就好了。”

两人一边说话一边往楼下走去，大多是客套话，没什么实质内容，尽管这样，沈之衡说话时的表情也不见半点随意，而是有礼貌的认真。

刚走出电视台的大楼，唐梓远远就见到一个熟悉的身影朝她挥手，是白逸凡。

“沈先生，我的朋友在等我，那我就先告辞了。”

和沈之衡道别过后，唐梓往白逸凡的方向跑去。刚才下楼的时候，她把短短的头发统统扎在了脑后，随着步子的移动，短短的头发也小弧度地一晃一晃，还真像兔子短短的尾巴。

沈之衡饶有兴致地看向唐梓跑过去的方向，一点都不意外地看清楚了白逸凡的脸，对方也看到了他，只是朝他笑着点了点头，然后和唐梓有说有笑地走远了。

赵世琛大概要请自己吃一顿饭了。沈之衡如是想，紧接着拨通了赵世琛的电话。

白逸凡近日刚出去浪了一浪，实际上也就是躲到哪座山里去写了个生，她不在的日子里，唐梓的无聊不止一点两点，如今她一回来，两个人默契地牵起小手就往美食的方向奔去。

耐不住肚子里馋虫作祟，白逸凡把唐梓拉到了海底捞。

海底捞历来以优质服务出名，除了自主选择需要的食物之外，其他的东西，基本不需要过多操心。

趁着白逸凡忙着吃没空说话的空当，唐梓拿出手机，把之前给沈之衡存的手机备注，从“嘉宾沈先生”改成了“沈之衡”。

她把输入法切换成手写，一笔一画，改得很认真，引起了白逸凡的注意。

白逸凡瞄了瞄唐梓手机屏幕上的三个字，问道：“你怎么认识了沈之衡啊？”

“哎？”唐梓把夹起的羊肉放进碗里，一听白逸凡这么一问，她也问，“你认识他？”

白逸凡还没咽下嘴里的粉丝，就含糊着开口：“认识啊，榕城最有潜力的建筑设计师嘛。”

话一说出口，白逸凡自己就愣在了那里，连带觉着嘴里的粉丝都有些索然无味起来。

这句话就像是一把钥匙，打开了她记忆的大门，不为别的，就因为这句话最早出自赵世琛的口中，而时隔三年，时间都快把赵世琛从她的记忆里抹去了，没想到她还是一张嘴就说出了他曾经说过的话。

白逸凡苦笑着夹起一大片牛肉在锅里狠涮了几把，好像这样就能把那些有关赵世琛的记忆通通涮走。

等后来唐梓大致了解过白逸凡和赵世琛那剪不断理还乱的过往，唐梓才真正明白，为什么她总能看到两个截然不同的白逸凡。不过，那都是后话。

因为需要到沈之衡家录制的内容还很多，栏目组需要提前一天把比较大的器材先运到沈之衡家中。

东西快运到的时候，唐梓提前给沈之衡打了一个电话，哪知原本说好有时间的沈之衡临时需要加班，没办法及时赶回来。

这下，事情就变得有些麻烦了。

唐梓和负责道具的同事两两相望，试图从对方眼中找到个办法，未果。

倒是唐梓的手机响起来一声微信好友提示音，她掏出手机一看，这个好友申请来自沈之衡，她手抖了抖，点了个“同意”。

没过几秒，沈之衡就发来了一条微信消息——一串基本没有什么规律的数字。

紧接着，沈之衡的电话就又打了过来。

“沈先生，您好。”

“我刚刚把密码发到了你的微信上面，你们先把器材搬进去吧。”

唐梓握着电话的手和唐梓本尊都呆了，同坐在一个车厢里的同事也呆了。沈之衡交代完就挂断了电话，唐梓尴尬地咧嘴冲同事笑笑：“沈先生还真是，十分支持我们的工作啊。”

同事也朝唐梓笑笑，满脸都是那种“我懂我都懂”的表情，让唐梓顿时觉得车子的空调是不是坏了，怎么车厢里越来越热。

好不容易煎熬到下车，唐梓对着面前的大门发呆，这里她一点都不陌生，沿着这条巷子走到头再拐个弯，就是她住的老单元楼后门。

顶着同事八卦的目光，唐梓走到电子锁前，嗯……这个锁她也一点都不陌生，一个月前她在这里轮流摁过自己的手印。

还真是，很有缘分。

按照沈之衡给的密码，唐梓一一输入。只听门锁清脆一响，紧闭的大门应声开了一条缝。

虽然是屋主同意并且主动给了唐梓进门的密码，可毕竟是第一次进入主人不在的房子，多少有些紧张。严格意义上说，她和沈之衡认识还不到一个星期，话都没有说过几句呢。

沈之衡是怎么做到这么放心的，把自家密码告诉她这个对他而言算得上陌生的人？

唐梓这厢还在百思不得解，殊不知同事在看到唐梓顺顺利利打开沈之衡家大门的时候，对她和沈之衡的关系，已经有了诸多猜测。

唐梓明白，这种时候的解释一般都越描越黑。她索性不谈这个话题，风风火火地帮着道具组一起从车上卸东西。

得亏沈之衡家这条巷子够宽，不然这四轮汽车要开进来，着实有些难度。

趁着其他人都在整理道具的时候，唐梓环顾了一下沈家的院子。

院子不算很大，两边用鹅卵石分别垒砌了长约一米的花圃，里面种了些唐梓叫不上名字来的兰科植物，花圃再往前一点，就是一个四四方方的浅浅水池，水池里养了鱼，中间有几个石墩子错落有致排布着以供行走。

石墩子也做得极为巧妙，四周石雕的莲花围绕，边上还有几片睡莲叶，一两朵花苞含着，开花的时候走过去有步步生莲的意境。

边角的围墙上塑着小巧的雕像，唐梓辨认许久，也没认出来那是什么动物。倒是注入水池的那股水流引起了她的好奇心，她仔细看了看水流附近，并没有找到水管之类的东西。不久后的某一天，沈之衡在节目中解答了她的疑惑，原来她现在所好奇的水流之谜，都藏在这栋房子古老的水循环系统之中。

再往前上两级台阶，就是另一扇八开的木门，门上镂空部分雕着花鸟鱼虫，透过门依稀可以看到里面还有一个宽敞的院落，院落再往后才是沈之衡居住的屋子。

简简单单的格局，但是内容却一点也不简单。先不说窗户上古朴精致的雕刻，单单是这整栋房子木质部分居然全是用榫卯工艺拼接在一起，就令唐梓啧啧称奇。

早先她查资料的时候，多少了解了一些古屋建筑，她印象最深刻的就是榫卯工艺，看起来更像是搭积木，不用一颗钉子，每一块木板与梁的衔接都恰到好处。没想到，沈家的房子正好运用了这种神工艺。

逐渐倾斜的阳光打在院子里，把镂空的雕花木窗投射到波光粼粼的池子里，飞起的檐角上挂着两个铜铃，声音清清脆脆，没来由让人感到一股子平和安宁的味道。

大致观察了一番，唐梓不免咋舌，不愧是建筑师，自己居住的地方都这么别有洞天，处处都透着讲究。这下她是完全明白导演为什么还要到沈之衡家取景了，这里分明算得上是榕城老建筑的代表。有了这里也不需要去租其他场地了，白省下一笔经费，导演还真是厉害。

东西整理得整整齐齐，唐梓看看腕上的手表，已经下午六点多了，早就过了下班的时间。她不好意思一声招呼不打就走，更不好意思拉同事一起等沈之衡回来。

于是唐梓和同事一起出了门，等同事上车走后，她又一个人绕回沈之衡家门口，坐在石台阶上等沈之衡回来。

兴许是已经错开了别人回家的时间，巷子里安静得很。唐梓见没人，也顾不上什么形象，半靠在门框上，一抬头就看见临近黄昏的天空下，几株绿色的墙头草留下的剪影。

这个角度看到的高墙和天空，在她看来别有一番美感。她找出手机，尽量摆到和自己视线差不多的角度，拍下照片。

不知道什么时候自己身边多了一只手，把手机稍稍往上斜了斜，耳边传来沈之衡好听的声音："这个角度拍起来，构图才更恰当。"

唐梓手机没拿稳差一点掉到地上，意识到自己失态，她怪不好意思地站起身来。

"沈先生，道具已经放在您家外院了，我们明天拍摄的时间是从早晨六点开始，道具组可能需要提前半个小时过来先布置一下场地，又要打扰您了。"

“没什么关系，我也习惯早起。”

唐梓打心底里感激沈之衡对整个栏目组的高度配合，无形之中给他们的工作省去了很多麻烦，她心里对他的好感度也呈直线上升。

“那我就不打扰您了，先告辞了。”

“我送你吧。”沈之衡作势要和唐梓一起走。

唐梓看着沈之衡手里还提着的一袋子菜，忙道：“不用不用，我家就在这附近，几步路就到了。”

沈之衡面露意外的表情，对上唐梓有些拘束的笑脸，紧接着，他说：“既然这样，留下来吃饭？”

按照正常的事态发展，这个时候唐梓其实是应该婉拒然后告辞的。但，或许是沈之衡的邀请太过诱惑，鬼使神差般她就跟着他再度走进了大门。

等到沈之衡换了一身家居服，围上一条素色围裙的时候，唐梓空白了很久的大脑才又活络起来。她怎么好意思麻烦沈之衡煮饭给她吃！人家是特邀嘉宾啊！

唐梓很庆幸自己及时找回了助理该有的态度，她忙抢下沈之衡手里待洗的蔬菜，非常坚定地对沈之衡说道：“还是我来煮吧。”

沈之衡停下了手上的动作，转而看向唐梓，笑问道：“怕我做出黑暗料理？”

唐梓又被他噎了一噎，虽然她之前确实没有想过这一点，不过现在沈之衡提起来了，也不是没有这个可能。她当然不可能附和沈之衡的话，只是说：“给您添了这么多麻烦，还让您下厨，我良心不安。”

“好吧，那一起。”沈之衡边说着，边把身子往里让了让。

这也算是一个折中的结果，唐梓想，自己在关键的环节把握做这顿饭的主动权就好了。她去翻找沈之衡买回来的食材，牛排、洋葱、胡萝卜、南瓜……

这食材买得恰到好处，因为她压根不会做中餐。

"沈先生吃得惯西餐吗？"她征询着沈之衡的意见。

后者脸上有些诧异，看着唐梓的目光也带上些探究，最后他说了句"可以"，又自顾自忙起了给手上的蔬菜去皮。

一番接触下来，唐梓发现沈之衡其实是个话不多的人，除了必要的交流之外，几乎都是她先提起话茬，然后他再接上几句。

不过沈之衡倒是和唐梓很有默契，她在洗胡萝卜的时候，沈之衡就已经把牛肉切成不薄不厚的一层，刚好符合唐梓煎牛排的要求。等唐梓刚拿起南瓜准备去皮切块，沈之衡已经拿过被唐梓晾在一边很久的洋葱，切了起来。

尽管眼镜在一定程度上挡了些辣味儿对他泪腺的攻击，但还是有不少绕过镜片，引得他不停流泪。

唐梓被这一幕逗笑，又不敢笑得太过张扬，憋得很是辛苦。等他终于搞定了洋葱，唐梓随即递上一早准备好的纸巾。

总体来说，她虽莫名其妙跑到嘉宾家还和嘉宾一起煮了一顿西餐，但是整个过程还算和谐。可能男女搭配，干活真的不会很累，唐梓还不觉得花了多少时间，一顿地道的英式晚餐就摆到了沈之衡家餐桌之上。

做饭的时候还好，两个人自然会有语言交流，可吃饭的时候，真的连空气都突然安静了下来。沈之衡一看就是接受过良好教育的，用餐几乎不会发出一点声音，要不是看见他腮帮子在动，唐梓几乎怀疑他没有在吃饭。

受他影响，唐梓也放慢了咀嚼速度，争取向静音看齐。这下，安静的气氛就有几分尴尬了。

咽下嘴里的肉，唐梓决定打破这种寂静。

唐梓一边细细切着牛排，一边问沈之衡：“沈先生对西餐是不是很有研究？刚刚看你做起西餐来，很熟练的样子。”

唐梓暗自佩服自己的机智，如果沈之衡说是，她可以把话题引到探讨西餐上去，如果沈之衡说不是，那她就虚心向其讨教中餐的做法。

可沈之衡既没说是，也没有说不是。他放下手里的刀叉，喝了一口水，这才气定神闲地说：“我大学毕业以后，在伦敦留学了两年，慢慢就学会了做西餐。”

“哎？”

伦敦算得上是唐梓的第二故乡，突然听到沈之衡提起这两个字，唐梓心头一热，对沈之衡又生出几分亲切的感觉来。

“沈先生在伦敦哪所高校？”她追问道。

“伦敦城市大学。”

唐梓惊讶地张大了嘴，她几乎是下意识地说：“是吗！我家和城市大学只隔了两条街！”

沈之衡恰到好处地表达了自己的惊讶，对唐梓这句话有了明显的兴趣。唐梓这才意识到自己反应太大，至今知道她来自英国的只有陈女王和白逸凡，没想到她自己在沈之衡这里说漏了嘴。

“那这样看来，也许以前我们还在伦敦大街上遇到过。”沈之衡笑着说。

两个人聊起了伦敦，话题自然也就多了起来，谈话间，一顿晚餐也到了尾声。唐梓自觉地收拾起桌上的碟子，刚触到一个边儿，就被沈之衡的手给挡了回去。

“吃过大厨做的西餐还让大厨洗碗，会显得我太没风度。”他笑着说。

唐梓不好意思地撩了撩贴在脸颊上的头发，道：“我做得很简单，是你把复杂的食材都处理过了。”

“好了，这些就交给我，你可以四处随便看看，先熟悉一下环境，明天拍摄的时候说不定有些帮助。”

唐梓还想说点什么，沈之衡已经带着碗碟走回了厨房。好吧，一直这么客气，其实她自己都觉得尴尬。

既然沈之衡开了口，唐梓也就不必拘泥，在他家转了起来。

屋子是平房，只有一层，房间也不算很多，厨房和餐厅在最东边，正对着内院的是较大的客厅，墙上挂着一幅裱好的大字，字体遒劲有力，看得出下笔之人功夫深厚。

和客厅隔着一扇镂空木质隔断的，就是沈之衡的书房，书房不大，一个木制书柜就占据了半壁江山，书桌倒是很大，想来和他平常绘图有些关系。

桌面和书柜都整整齐齐的，简约的台灯放在左上角，边上依次排列着笔筒、量尺。看起来十分工整，就像沈之衡给人的第一印象。

再往里走估计就是沈之衡的卧室，唐梓礼貌地止步在书房，打量起他的书柜。

书柜整整有四扇落地柜门，下面是上好的实木柜子，上面是镂空的雕花裹着挡尘的玻璃，玻璃后面塞满了书。

隔着玻璃，唐梓看到里面除了摆放着很多建筑专业的书籍之外，还意外地看到很多与摄影有关的书籍。她好奇地拿出其中最显眼的一本摄影书，随手翻看，不料一张照片从书里轻飘飘地掉了下来。

她俯身捡起躺在地上的那张照片，自己研究了很久，末了，一抹大大的笑容绽放在她的脸上，她的眼里有光，是喜极时酝酿出的泪花。她眨巴眨巴眼睛，继而听到了自己节奏分明的心跳声。

照片里不是别人，正是十五年前的她，穿着一件半旧的格子裙，坐在孤儿院的围墙上。

她把照片夹回书里，把书放回书架，然后迈开长腿，直奔厨房。

沈之衡刚洗好碗，正拿着毛巾擦手，唐梓就风风火火地跑了进来。她看着他，他也看着她，一个激动不已，一个面带疑惑。

到嘴边的话最终还是被唐梓咽了下去，只是她面上的喜色完全掩盖不住。

“沈先生，感谢你的晚餐，我先告辞了！”唐梓太过兴奋，居然对沈之衡深鞠一躬。

等沈之衡反应过来，唐梓早就跑出了他家，跑了没几步又跑回大门前，替他关上了家门。

她不知道自己现在看起来是个什么样子，可能很傻很呆令人摸不着头脑，但是她控制不住自己的情绪。就在刚刚，她所有的怀疑都变成了事实，沈之衡就是阿衡，那个把她从黑暗带到光明的阿衡。

十五年过去了，他果然变成了更好的模样，和她想象的分毫不差，不，应该说比她想象的还要秀气。

她不敢在沈之衡家久留，她怕自己开心得忍不住会给沈之衡一个大大的拥抱，所以她仓促道别之后就跑了出来。她步子轻快得几乎要飞起来，最后实在忍不住，在空无一人的巷子里大笑出声。

她怎么会这么幸运，不仅找到了他，有了他的联系方式，甚至还在他家吃了一顿晚饭。

这种兴奋一直持续到深夜，在她和伦敦的家人视频了整整一个小时，把这种心情传递给家人之后，她躺在床铺上，一点睡意也没有。

她拉开床头柜的抽屉，里面静静躺着一颗银色的星星，那是她从榕城带往伦敦，又从伦敦带回榕城的旧物。那是她第一次做对阿衡哥哥出的全部数学题时，阿衡哥哥承诺送她的星星。

唐梓一直觉得，她这短短二十多年的生命里，至今有那么两年是她最不舍得忘记的。其中一年是她在伦敦生活的第一年，另一个一年，就是认识阿衡哥哥的那一年。

她是一个孤儿，她从小就知道。

听说早在她呱呱坠地的第三天，她就连同一个装着她的小篮子，被放在了塘口孤儿院的大门前。从小在塘口孤儿院生活的孩子，都姓唐，院长妈妈是一个非常和善的女人，她收留他们，并且悉心照料，连每个孤儿的名字她都用心去取。

孤儿院住着二十多个孩子，有的是像她这样一出生就进来的，也有的长到两三岁又被送到这里。很小的时候，唐梓还不清楚自己的身世，只因为打有记忆开始，一直抱着自己哄着自己的人就是院长妈妈，所以她一度以为那是她的亲生母亲。

她本能地排斥其他亲近院长妈妈的孩子。

她还懵懂，年纪大些的孩子却早就认清了事实。

在一天孩子们都吃过早饭以后，唐梓推开了那个抱住院长妈妈的小同伴，然后在没人的角落里，被一群孩子推到了水坑里。那些孩子揪她的头发，笑着捉弄她。

最后，一个年纪稍微大些的男孩儿告诉唐梓，她才不是院长妈妈的孩子，她不过是被亲生父母遗弃的孤儿。

唐梓知道孤儿是什么意思，这些欺负她的孩子，都是孤儿。可她没想到，自己也是。她一直以为，自己是不同的，因为院长妈妈总会在所有孩子都睡着以后，抱着她哄她入睡，或是在别人看不到的地方，偷偷往她的口袋里塞几块奶糖。

她不相信，浑身湿漉漉地跑去找院长妈妈，她带着哭腔问院长妈妈，自己究竟是不是孤儿。

院长妈妈只是摸了摸她的头，说："你们都是院长妈妈的孩子。"

那一刻她十分清晰地意识到，自己和大家是一样的。

这个事实令她有些不能接受，更让她觉得受到刺激的是，那些孩子喜欢在她面前，变本加厉地黏着院长妈妈。

院长妈妈是大家的，不是她一个人的。

孤儿院的孩子也有着各自的小团体，在院长妈妈照顾其他人时，他们会互相照顾。

可唐梓，只有一个人。

不知道是谁撞见院长妈妈偷偷塞给唐梓奶糖，那些孩子不去和院长妈妈吵闹，私下里却总爱欺负唐梓。

孤儿院的孩子，其实都没有什么安全感。看到院长妈妈单独对一个人好，那么，那个人就会变成被集体排斥的对象。

唐梓有傲骨，她不喜欢委屈自己去讨好那些欺负自己的人，她像只浑身带刺的小兽，别人欺负她她就打回去，最坏的结果不过是两败俱伤。

渐渐地，孤儿院里的孩子都叫她"小怪兽"，他们觉得在打架上占不到唐梓什么便宜，在口头上怎么都要占回来。唐梓只有一张嘴，可是他们有好多人，她说不过他们。

发现自己确实在口头上占不到便宜之后，唐梓干脆对那些冷嘲热讽采取"三不"政策：不听、不理、不生气。

这招很有效果，改变自己的心态以后，他们就对唐梓造不成太多干扰了。唯一让她难以适应的，还是一个人孤零零的感觉。果真是因为太孤独了吧，当她一个人坐在墙头的时候，当她眼里只能看见绵延的榕树的时候，她就是孤独的。

所以她才会对沈之衡撒下那一把把落叶，不过是希望能有个人陪她说说话。

沈之衡的确也成了那个人。自从认识唐梓这个小豆丁之后，沈之衡成了班上放学跑得最快的那一个。

起初他很担心唐梓，一个看起来营养不良的小丫头，天天坐在围墙上头，要是摔下来了，肯定会受伤。可每次当他急匆匆跑到围墙下，小丫头就安安静静地坐在那里，调皮又狡黠地对他撒着榕树叶，等他把她抱下围墙，她就会笑着对他说："叔叔怎么来得这么晚？"

这个时候，沈之衡一般会轻轻敲敲她的头，然后严肃地纠正她："要叫阿衡哥哥。"

她知道沈之衡不是真的生气，对着他她的胆子总是很大，她会佯装乖巧地先叫一声"阿衡"，然后故意把"衡"拖很长的音，最后再接上一句"叔叔"。

沈之衡总是很宠溺地看着她，也不在这处死揪着她，而是换了一种战术。他掏出遇见她以后总是随身带着的云片糕，哄道："小囡乖，叫哥哥才有甜糕吃。"

他总喜欢叫她小囡，为此她也抗议过，他总会轻拍拍她的小脑袋，温声道："你是唐梓，可你也是小囡啊。"

"每个人都只有一个名字啊，为什么我就要有两个？"

"唐梓是大名，小囡是小名，不冲突啊。"

沈之衡给她解释每个人都会有大名和小名，小名是比较亲昵的叫法。唐梓也就接受了这个小名，孤儿院的其他孩子肯定都没有小名，因为阿衡哥哥是她一个人的。

沈之衡会陪她玩，也总包容她的任性。只有一个时候，唐梓绝不敢在他面前造次，那就是沈之衡教她学习的时候。

对孤儿院的孩子来说，孤儿院就是他们的幼儿园，玩闹嘻哈就是他们的课程，更别提接触什么学前教育。

沈之衡却很不赞同，他先是把自己平常不用的零花钱拿去买了一个好看的本子和一些适合唐梓看的书本，然后用这些东西哄着唐梓和他学习知识。

平常唐梓怎么闹，沈之衡都不会生气，最多佯装严肃，那也是做做样子。可只有学习这件事，唐梓根本糊弄不过去。

她要是耍赖，沈之衡就做自己的作业，完全不理她。小时候的唐梓，天不怕，地不怕，唯一害怕的就是沈之衡不理她。

显然他抓住了她的弱点，并成功地利用她的弱点，让她踏进了学习的大门。

相处的时间久了，唐梓越发依赖他。在不知不觉中，她也被他改变着，从一个浑身带刺的小怪兽，变成了乖巧懂事的小囡。

她发现，每当她能够回答上沈之衡提出的问题时，沈之衡都会露出很好看的笑容。那种笑容每每看见，唐梓就会觉得浑身暖洋洋的，她喜欢看他笑，想他一直这么对她笑。

一大一小两个孩子，就那样互相陪伴着度过了榕城的夏天，又度过了榕城的秋天。

入冬以后，沈之衡就不再让她坐在墙头等他，墙上风大，每次等他把她抱下墙头，都会发现她的脸和小手被冻得冰凉。

尽管他不让，但她还是坚持每天顶着冷风，等他放学。冬天天黑早，他就在路灯下教她认字，做算术。在路灯下互踩着影子，都能让唐梓快乐地笑出声。

她的阿衡哥哥，就是那么温暖的存在，陪她笑闹，教她知识，还牵着她的手，把她一步一步带出黑暗。

唐梓笑着抚摸银色星星的边角，不知道是不是因为她经常抚摸，原本闪耀的星星，边角已经出现了磨损。

她有些心疼地把星星放回了抽屉。关抽屉的时候顺手一带，放在床头柜上的工作证被扯到了地上。

唐梓俯身拾起，工作证上她的照片正对着她本人微笑。

她的目光并未在照片上停留多久，反倒是电视台的LOGO和名称紧紧抓住了她的目光。

还未回国前，她就往这家电视台投递了简历。家人都很诧异她的举动，毕竟以她的存款来说，实在不必急于立刻工作，而且还是应聘电视台里最基层的小助理。

可对她来说，除了沈之衡以外，这个电视台是她对榕城为数不多的另一个深刻记忆。她早就忘记了生活了好几年的孤儿院究竟在哪条巷子深处，也对以前和沈之衡一齐坐过的墙头印象模糊。可她偏偏还记得这个电视台，连它大门的样子都没有忘记过。

大概是因为，当年她走进电视台大门的时候，她的人生就有了一条新的轨迹。

那是另一个夏天，蝉鸣开始席卷每一棵榕树。气温高得出奇的时候，沈之衡迎来了他的暑假……

不如唐梓预期的那般，沈之衡假期的到来并未宣告他将继续带着她学习玩闹。

那天沈之衡背了整整一书包零食过来，顺带给唐梓布置了一堆暑假作业。临近黄昏，他才终于组织好语言，大致是说，他父母需要出远门，所以他的暑假要去杭州的外婆家度过。

唐梓不太记得自己当初是什么反应了，大概是哭闹不依过的。她倒是记得沈之衡哄了她很久，一再承诺一定早点回来。

就这样，他都不忘再三提醒道：“小囡一定要好好背哥哥教给你的英语单词，如果我回来的时候你都背会了，我就给你买炸鸡腿。”

唐梓答应得极好，她心想，等阿衡哥哥回来的时候，自己一定要好好令他吃惊一把。

于是乎，在沈之衡去杭州过暑假的日子里，唐梓大部分时间都抱着沈之衡留给她的课本，想着是不是等她学会这些东西，阿衡哥哥就会回来带她去吃炸鸡腿了。

不过，还没等暑假过去半个月，久未有外人到访的孤儿院，迎来了一批客人。

那天天气很闷，晴空万里没有一丝云彩，也没有一丁点风。院长妈妈和几位护工阿姨带着一群孩子梳洗干净，换上新衣服，排了几排队站在院子的阴凉处。

唐梓看着那些客人忙忙碌碌，摆弄着各种各样的黑色架子不知道在干吗，还有几个拿着阿衡哥哥也有的照相机四处拍照。

孩子们窃窃私语，大人们交谈不断，一时间孤儿院格外热闹。

唐梓一点都不喜欢这种热闹，她只觉得吵，趁着院长妈妈不注意，站在最后一排角落里的她偷偷脱离了队伍，带着她的英语图册跑到后院的树荫下看了起来。

没过多久，一道影子打在了书页上，把原本从树叶缝隙中漏下来的光斑挡了个严实。唐梓下意识地抬头，只见到一个陌生的阿姨温柔地笑看着她。

"小朋友，你在看什么？"阿姨问道。

唐梓合上书，指了指封面，答道："我在看英语图册。"

"你都看得懂吗？"阿姨继续问着。

"……"唐梓不好意思地挠挠头，良久之后才回答，"能看懂一些。"

"真厉害，那你能不能说几句给阿姨听听呀？"

说英语？唐梓咂咂嘴，她向来就不太喜欢背书，要不是阿衡哥哥一直利诱，她实在对英语提不起兴趣。这下居然有个陌生阿姨要考她英语，她有些后悔，早知道就多背一些了。

她的小脑袋瓜飞速运转，想着对策，突然灵机一动，想到了沈之衡一字一句教会她的那首英文歌《小星星》，当即找回一丢丢信心。

唐梓拍拍小屁股站起身来，装模作样地咳了一声，紧接着院子里就响起了童声稚嫩的英文版《小星星》。

英文发音不够标准，中途还卡顿了几回，但是显然，唐梓的表现还算不错，从阿姨诧异的表情里就可以看出。

阿姨和院长妈妈说了些什么，目光不时往唐梓这边看来，看到院长妈妈脸上带着和蔼笑意，连带着唐梓也开心了很多。

她正开心乐着，身边走过来一个小男生。唐梓知道他，他比她还要孤僻，好歹她有阿衡哥哥，可是他一个朋友都没有，不仅没有朋友，其他小伙伴都不敢欺负他，听说他打人可凶了。

秉承着自己已经是一个乖孩子的想法，唐梓不欲和他过多交流，正打算换个地方待着，就听到小男生用没什么温度的声音说："他们选中你了，你的好运气要来了。"

莫名其妙的一句话让唐梓呆了一呆，不过小孩子忘性大，不多时这句话就被她抛到了脑后。

倒是后来，她收到了许多新衣服，还被院长妈妈带着第一次走出了孤儿院的小巷子，走过了高楼林立的闹市，走进了电视台恢弘的大门。

小小的她并不知道什么叫公益节目，也不知道这对她来说意味着什么，只记得在孤儿院见过的阿姨说，以后会有很多人帮助他们，会有很多人认识他们。

应该是件不坏的事情，唐梓从院长妈妈一直带着笑容的脸上得出了这个结论。

尽管这样，当她站在亮堂的大舞台上，面对着下面黑压压的人群的时候，她只能下意识地紧紧抓着院长妈妈的手。

漂亮的主持姐姐一直在讲述着孤儿院的生活和故事，而她则像上次在院子里一样唱了一首英文版《小星星》。好像也没什么难的，唯一让她不解的就是，在她心中还算安逸舒适的孤儿院生活，居然戳中了台下好多阿姨的泪点。

不过，等她回到孤儿院没过多久，生活就比以前好了很多。他们不再只有逢年过节才能吃上甜甜的糖果，也多了很多新衣服、新鞋子，每周居然还有大姐姐来给他们上课、陪他们做游戏。

再后来发生的事情，更是出乎唐梓的预料。

或许是因为电视台的公益节目引起了不小的轰动，开始有家庭想要收养孤儿院的孩子。然后她就遇到了来自异国的养父母，在沈之衡的暑假还没结束的时候，她就跟随养父母踏上了飞往伦敦的航班。

后来很多次，唐梓都假设过，如果那个时候，她知道和养父母离开就意味着将见不到阿衡哥哥，那她还会不会选择离开。

每一次她的答案都是，会的。

那是她获得的另一次新生，而她坚信他们能够重逢。

思绪过于纷杂的后果，就是失眠。

明明夜里想事情想到神采奕奕，结果天一亮，脑子里转来转去的都是打不消的困意。趁着大家还在做拍摄前准备的空隙，唐梓偷偷跑到沈之衡家后院，找了个水龙头洗了一把冷水脸。

刚打起几分精神，唐梓走回前院，恰好金色的光线钻云而出，光线打在她的脸上，两个黑眼圈无处遁形，异常明显地暴露在阳光之下。

"哦哟，你昨晚做贼去了？"

被抓来取景地打杂的小赵一看到唐梓的黑眼圈就夸张地大叫，当即引起了四下的关注。

唐梓皱皱眉，看向小赵脸上同样挂着的两个黑眼圈，脑补了一下这诡异的画风，顿时大笑出声。

这一笑不要紧，原本就因小赵那一句大叫分心关注这边的众人，从四面八方投来探究目光，连坐在藤椅上化妆的沈之衡也看了过来。

察觉到目光，唐梓噤声，嘿嘿笑着往角落挪去。

好在前期准备得妥当，趁着此刻自然光线的效果很好，栏目组的拍摄也就提前开始了。

唐梓主要负责和沈之衡的对接以及一些文案整理，都是前期和后期的工作，正式拍摄起来，连小赵都要去帮忙扶一扶大摇臂，就她最清闲，搬了个小马扎跟着陈女王和导演一起凑在监视器前。

出于对新栏目的重视，整个栏目的制作班底都是台里数一数二的。作为门外汉，唐梓虽然不知道专业度的界定在哪里，可她已经对监视器里那张脸发起了呆。

摄像机由上至下，从沈之衡的侧脸开始，慢慢往下移到他手上的榕城老建筑照片上，修长的手指肤色较白，平白给他添了几分书生气。镜头又缓慢抬升，回到他的侧脸。就是这个角度，唐梓在心里呐喊——啧啧，不得了，要火要火！

画面停留在了沈之衡的侧脸，这个镜头就算是过了。拍摄一暂停，身为助理的唐梓已经自动自觉走到沈之衡的身边待命。

沈之衡正坐下来翻看台词，就感觉身边的光影暗了一暗，唐梓朝他咧嘴一笑，笑容不再是昨天的客气和拘谨，亲昵了许多。

唐梓还没开口，沈之衡就起身往室内走去。唐梓霎时有些忐忑，开始反思自己是不是无意中做了些令沈之衡不高兴的事。她的性子粗中有细，内心远比看上去要细腻得多。

她这厢还毫无头绪，那边沈之衡就已经端了一杯热茶递到了她的手上。

“哎？”唐梓诧异地看向他。

沈之衡指了指她的黑眼圈，道：“喝点茶提提神。”

唐梓心头一热，几乎是想要像以前一样抱着他的手撒娇“阿衡哥哥最好了”。她生生忍住嘴角马上要扬起的那一抹灿烂笑容，接过热茶，郑重地道了句：“谢谢。”

沈之衡浅浅一笑，拍了拍身边的椅子示意唐梓坐下，而后又翻开他的台词本，细细看了起来。

茶不烫嘴，刚刚好的温度，还伴着红茶浓郁的香味。唐梓喝了一口，觉得整颗心都暖烘烘的。

沈之衡看台本的时候非常认真，也不管四周嘈杂的交谈声和机械移动发出的声响，他的目光自始至终都停留在手中那几张纸上，唐梓坐在他身边，目光不时偷偷飘向他，又因为周围都是人，她偷偷看完沈之衡又悄悄环顾四周，生怕自己这副样子落入别人眼里。

这一看不要紧，她成功把目光和陈女王对到了一起，本能反应，她立刻站了起来，原本略为放松的表情也全部收敛，带上了惯有的拘谨。

这算是她第一次接触职场，而职场的气氛和网球队完全不同，在网球队里她可以和教练插科打诨没事还能撒撒娇耍耍赖，既自然又放松，可在电视台，她虽然可以和钟雪凤、小赵他们自然相处，但是一遇到上司，哪怕上司面带微笑，她还是十分不自在。

大概陈洁也感觉到了她的拘谨，与她相处时不再像以往那样严肃，偶尔还会鼓励鼓励她，可她这一接触到陈洁目光就条件反射紧张起来的习惯还是改不过来。

陈洁心里略叹口气，没有理她，坐回了监视器前，开始了接下来的拍摄。

拍摄非常顺利，除了团队协作能力强之外，沈之衡这个第一次走进镜头的特邀嘉宾也以极高的通过率完成了第一期和他有关的所有内容。原计划用一天时间的拍摄，竟然只用了一个上午就完成了。

接下来只要取景以及插入一些历史素材就算基本完成了。

嘉宾的拍摄结束，唐梓也就不需要步步紧跟，陈洁让她和小赵回了台里。

小赵回台里剪辑已经拍好的部分，唐梓影印完七七八八的文件，顺带把自己的办公桌仔仔细细打扫一遍，看了看挂钟上的时间，离下班还有整整两个小时。

钟雪凤出差去了，她连个说话的人都没有。可这台里和她熟络的除了钟雪凤也就只有小赵，想到小赵，唐梓去茶水间泡了杯咖啡，继而走向了剪辑部。

接下唐梓泡的咖啡，小赵十分热情地拉着唐梓看他剪辑出来的小部分成片。

不得不说，在拍摄场地看现场，还没有那么浓烈的气氛，可经过剪辑师的剪辑和后期修饰，纪录片的味道，就逐渐流露了出来。

导演别出心裁，把沈之衡当成了纪录片开启的钥匙，从老照片到老建筑的图稿再到建筑本身，镜头在观众视角和沈之衡视角之间切换，一屋一故事，沈之衡就是那个讲故事的人。

沈之衡的声音像沉淀过岁月的老唱片，带着一点点磁性，听到耳朵里又觉得有一丝丝感性。榕城本地人说话多少带些地方口音，可沈之衡没有，标准的普通话配上他独一无二的声线，轻而易举把所有人都带入了纪录片的故事当中。

小赵善于处理光影，恰好上午的自然光十分给力，他调整了光圈的大小，让屏幕里的沈之衡整个人看起来都极为柔和。唐梓没忍住，偷偷掏出手机，拍了下来。

不出唐梓的意料，这档质量、内容、嘉宾水平“三高”的纪录片一播出，就得到了极好的反响，首播收视率在同时间段播出的节目中占比第二，回播的收视率更是超过了台里一档效果一直不错的老牌栏目。

栏目火了起来，当天就爬上了微博本地话题中排名第一的位置，同时上了全国热搜榜。

有专业人士对栏目第一时间做出了点评，就沈之衡在节目里对老建筑的解说也给予了很高的评价。

尽管看了现场拍摄，也提前在台里看完了成片，但是纪录片首播当日，唐梓还是果断拒绝了白逸凡发出的约饭邀请，待在家里抱着笔记本电脑准时蹲守。

对建筑，她一窍不通，哪怕在沈之衡的专业解说下，她也还是没有搞懂为什么建筑要有飞檐还会有雕花，她的大部分注意力都集中在了沈之衡的脸上，小半部分注意力则仔仔细细地把沈之衡那好听的声音一字不落地过了一遍。

不知道会不会有人像她一样，是冲着沈之衡这个人去看的。

这么想着，她顺手点开了微博和《榕城记忆》有关的话题，看起了评论。

果然，评论里除了感慨老城变迁之外，聊得最多的就是沈之衡本人。

帅，年轻，有才华，声音好听，手还那么好看。

沈之衡轻松圈了一大波粉丝，不少小迷妹跑到官方宣传微博的评论底下卖萌，求沈之衡的微博地址。

唐梓把迷妹们的热情截了个图，发到了沈之衡的微信上面，开玩笑道：沈先生要不要偷偷告诉我你的微博 IP，我感觉我可以借此大赚一笔。

沈之衡的手机轻响一声，声音有些突兀，他搁下铅笔，拿起放在一边的手机。

看到唐梓的信息，他轻笑一声，很快回了过去：那你可能要失望了，我不玩微博。

没有想到他这么快回复，唐梓忙点开对话框。看到他发的内容，她下意识地咬住了嘴唇，沈之衡没有玩微博其实一点也不奇怪，不仅是微博，他大概也只把微信当成是一种交流工具，毕竟他的朋友圈里，除了大半年前转发的一条和建筑学有关的专业文章外，再没有任何东西。

唐梓回道：那还真是可惜了。

末了她加了一张刚从钟雪凤那里盗来的动态表情图。

沈之衡被唐梓的回复逗得轻声低笑起来，他觉得这个姑娘好像变了一个人一样，明明几天之前在他面前还有些小心翼翼，没想到现在已经可以和他轻松自如地开玩笑了。不过他一点也不反感，反倒觉得这才是唐梓该有的样子。

他还想说点什么，余光看到手机顶端的时间栏，居然已经接近零点。他把输入框里已经输入的内容通通删除，极快地输入：很晚了，早点休息。

唐梓回复也很快：好呀，你也早点休息，晚安。

她没指望沈之衡会继续回复，正打算放下手机去洗漱，手机的提示音又响了起来。

她点开，沈之衡又发过来两个字：晚安。

唐梓满足地笑了起来，一时间觉得心情很好，哼着曲子，走向浴室。

沈之衡再度搁下手中的2B铅笔时，时钟已经指向了深夜一点，他捏了捏眉心，喝完杯子里最后一口冷了的茶，才拿起被冷落在一旁许久的手机。

手机页面还停留在之前和唐梓的对话窗口，他退了出来，开始看微信里一排的未读消息。他的微信难得这么热闹，大多是因为纪录片发来消息，他逐一看完，考虑到时间，并未作出回复。

在众多消息里，唯独赵世琛的最特别，他说：出来喝酒吧。

这条消息发来的时间在十几分钟之前，略加思考了一下，沈之衡给赵世琛回了一个电话。

电话很快接通，但是电话那头安静得只能听到阵阵风声。

按照赵世琛给出的位置，沈之衡开车找了过去。

他到时，赵世琛就坐在公园的石条凳子上，脚边摆了一打已经开盖的啤酒，手里还握着一瓶，他也不喝，就握在手里。那样子在沈之衡眼里既熟悉又陌生。

沈之衡走到他身边，拍了拍他的肩膀，坐下来。兄弟之间的默契，心里有猜测却没开口询问，只等赵世琛自己说。

“你说，她再见到我应该是什么样子？还是她根本就不想再见到我了？”赵世琛这话像是询问，又像是自问。问完他咧了咧嘴角，笑意有些讽刺。

他想过白逸凡会回来，也想过两个人再见面的时候会有多么剑拔弩张，但是他都想错了。她在这座城市，她从来没有离开过，甚至经常走过两个人以前一起走过的很多地方，他们是重逢了，不同的是，明明两个人面对面距离不足一米，她却像不认识他那样，自顾自走开。

赵世琛所有的希冀都被她的漠视打消得一干二净，她心里早已经没有了他的位置。

“很悲哀吧，一个你一直挂在心上的人，居然把你当成陌生人了，以后她会忘记你，甚至不记得你出现在她的生命里。”

沈之衡在听到这句话的时候，好看的眉毛拢在了一起。赵世琛身上的那种伤感好像透过这句话跑到了他的身上，重重压在心里，竟有些呼吸不畅。

最后，那打啤酒，两个人都一口没喝。他们两个其实都不喜欢喝酒，尤其是心情不好的时候。可每次不开心，赵世琛都会摆上那么一打。

他不爱喝，但他爱的那个人喜欢。

在那以前，每当心情不好，他都会找一个安静的地方，把遇到的烦心事，说给身边那个姑娘，那姑娘酒量真的很好，往往他把话说完，那姑娘就已经把他买好准备自己喝的啤酒一扫而光，末了对他张开双手，浑身酒气地拥抱着他。

那个傻姑娘啊，不知道怎么说话安慰他，就把自己变成一个小麻烦，让他只顾专心照顾她，根本分不出心来烦闷。可就是那么个小麻烦，明明小他好几岁，却可以那么冷静地一口气说完那些他不忍心说出口的话。

赵世琛心心念念的那个麻烦，此刻正坐在喧嚣的酒吧，刚喝完一个“通关”，把酒吧的气氛推上另一个高潮。

困意浓浓的唐梓保持着一分钟十个哈欠的频率，耳边震耳欲聋的声音一点都没有赶走她的睡意。

她掏出手机看了看时间，感觉白逸凡应该已经发泄得差不多了，果断阻止了她伸向酒瓶的手，连拖带拽把她带出了酒吧。

出了大门，风一吹，白逸凡打了个寒战，然后开始大着舌头号：“重色……轻友，里要素陪我去吃涣，我就不会碰到他。”

果然和男人有关。唐梓深呼吸，哄小孩那般轻轻拍了拍她的脑袋，安抚道：“嗯，我的错，下次带你去吃好吃的，你乖啊，我们回去睡觉好不好？”

白逸凡酒品很好，即使喝醉也从来不在人前失态。被这么一哄连号都不号了，撒娇似的抱着唐梓的手臂，轻声道：“小梓，带我回去吧，我头晕想睡觉了。”

唐梓叹了口气，如果白逸凡和赵世琛的关系止步路人，那这真的就是一段孽缘。榕城何其大，白逸凡不过一个心血来潮大晚上跑去离家一小时车程的花海公园散个步，居然就在回来的路上，和赵世琛打了个照面。

等安顿好白逸凡，唐梓这才准备起身回家。明天一大早还得把家里的资料拿去给陈洁，想起来就觉得自己的脑仁突突地疼，连续两天睡眠不足，她深感体力不支。

因为打不到车，拖着浑身困意，她往家走去。

进了小巷，却登时绷紧了神经。

小巷里一盏盏小路灯不算明亮，只够照亮脚下的路，两旁木门紧闭着，静谧里透着一股子诡谲。

而身后由远及近传来的脚步声，打破了这种静谧，却制造出更吓人的气氛。

唐梓脑子里快速盘算着，正打算心一横什么都不管大步往前冲，身后的脚步声快了起来，与此同时，熟悉的声音从身后传来：“唐梓？”

唐梓一个激灵，恍惚想起某日白逸凡说过的一些老故事，愣是没有回头的勇气。

那人似乎也发现，大半夜在这安静的小巷子里这种气氛有些诡异，他不大自然地咳了一声，然后说道：“是我，沈之衡。”

这下，沈之衡明显感觉到唐梓紧绷的肩膀放松了下来，她几乎是小跑着到了他的身边，轻喘着气。

唐梓平复了一下自己波动甚大的心情后，才问道：“沈先生，你大半夜怎么也在外面？”

“和朋友出去聚了聚，倒是你，刚才不都要睡觉了吗？”

没想到他还记得两个人之前互道晚安，唐梓心里一动，玩笑道："半夜出去拯救了一个酗酒少女。"

听她这么说，沈之衡若有所思，试探性问道："白逸凡？"

"哎？"唐梓睁大了眼睛，诧异地看向沈之衡。

沈之衡心中有了结论，抬手示意她一齐往前走，继而说："或许你听过名字，我的那个朋友叫赵世琛。"

"哎？"这下唐梓直接拔高了疑问词的音调，看向沈之衡的眸子里写满了好奇。

"故事有些复杂，等哪天有时间，我们再细说吧，这么晚了，我送你回去。"

这次唐梓没有拒绝，她的确有些不敢在半夜走这种安静的小巷，小时候也是。榕城的冬天，一般六点就天黑，沈之衡下课走到榕树下的时间差不多也是那个点，有一次老师拖堂半个小时，她就在天黑的小巷里多等了他半个小时，等他出现的时候，她几乎是整个人怕得浑身发抖，哭着扑到他怀里去的。

想到这里，唐梓偷偷看向走在她身边的沈之衡，如果他知道自己就是小时候像牛皮糖那样黏着他的小囡，是会像以前那样对她张开双臂，还是会客套地说上一句"好久不见"？

不过这些都不重要，不管以前还是现在，起码他都陪着她走过了一段黑暗的路。

过转角的时候，沈之衡想到什么，步伐略有停顿，唐梓专心开着小差没有注意，一个踉跄，下巴狠磕在了他的肩上。

超痛！

唐梓整个人一激灵，捂着下巴想哀号又顾及沈之衡就在身边，硬是自己把皱起来的五官一一舒展。沈之衡看着唐梓明亮的眼睛里都疼出了泪花，还要忍住带着笑意向他低声道歉的样子，没忍住侧过脸偷偷扬了扬嘴角。

明明力的作用是相互的，沈之衡却像是没什么事一样，他不由自主想伸手去摸摸唐梓磕疼了的下巴，但是立刻意识到这一举动有些不妥，手扬在半空中顿了顿，最终还是收了回去。

等唐梓缓过来，昏黄的路灯下她的下巴已经红了一圈。

“我们下一次的拍摄是在下周末对吗？”沈之衡询问。

唐梓抬头，看向他的眼神却没有聚焦，仿佛是在仔细思考。末了，她眨了眨眼睛，说：“对，下周末早晨六点半开始。”

沈之衡点头：“那就好，我这几天要出趟差。”

一直到把唐梓送进楼道，沈之衡这才止步，等确定唐梓看不见他以后，他才伸手揉了揉刚才被磕麻的肩膀。

唐梓几乎是一路小跑着进了家门，走到了窗户前面，有所期待又备感意外，沈之衡还站在楼下的榕树边，似乎要确认她平安到家以后再走开。

已经是深夜，唐梓掏出手机，打字：我到家了，谢谢你，晚安。

沈之衡收到消息之后，抬头看了看亮灯的窗户，这才转身离开。

唐梓把自己砸进柔软的棉被里，捂着头藏起止不住的笑意。

她来不及去深究自己为什么突然这么欢喜，自从重逢沈之衡以后，她好像无时无刻不是快乐的。

第三章

花海有支常春藤

和榕城相比，9 月份的江南已经有了秋天的味道。沈之衡刚走出机场大厅，迎面吹来的秋风就让他察觉到了凉意。

他打了一辆出租车，报了个地址，车子直接驶往目的地。

当他在熟悉的庭院里站定的时候，小院还是一如既往的宁静。前厅的案几上，檀香袅袅，穿过前厅走到中庭，他才依稀听见西厢传来声腔清幽婉丽的越剧声。

西厢的门大开着，摇椅上老人身着素色旗袍，佝偻着身子，随着摇椅一摇一晃打着瞌睡。

沈之衡放轻了脚步，走过去轻声叫道："外婆。"

老人虽然年纪大了，耳朵却很灵光，听见声音，她缓缓睁开眼睛，看向身边的年轻人，看清以后，她脸上笑开了花："阿衡回来了。"

除却榕城之外，沈之衡小时候待得最久的地方，就是江南的外婆家。他打小就过着半放养式的生活，父亲忙着去各地观察日月星辰，母亲的重心则大多放在了她执教的校园里。大约因为他自小就是个极其自律懂事的孩子，他们不需要像其他家长对孩子那样有诸多要求，反倒是给了他更多自己安排的时间。

所以他独立得很早，按部就班地整理好了自己的人生时间表，初中、高中、大学、留学，每一步都走得又稳又扎实，实在令人省心。

沈之衡围着围裙把最后一道菜摆上桌子的时候，父亲沈盛国骑着自行车载着母亲裴宁驶入了小院。自两年前沈之衡的爷爷去世之后，他们就搬到了江南居住，便于照顾沈之衡的外婆。如今他们的工作都不再那么繁忙，但那些多出来的时间还是没有多分给这个已经一表人才的儿子，早年间为了生计各自忙碌，现在他们不约而同地选择把这些时间弥补给对方。

"嗯，厨艺长进很多。"沈盛国走到桌边，夹起一口菜就往嘴里塞，边吃着边夸。

沈之衡不留情面地夺下他手里的筷子，伸手指了指一边的水池，说："爸，洗手。"

裴宁扶着母亲往饭桌走，看见这一幕，两个人都笑了起来。

家里的饭桌热闹起来，沈家一直都有食不言寝不语的家教，但沈之衡久久归家一次，连家中的纪检委员裴宁都免不了开口问长问短。

吃过饭，沈盛国早就在院子里支好茶几，特地取了他珍藏的好茶，细细泡了起来。等沈之衡洗好碗擦着手走过来的时候，沈盛国面前已经摆上了两盏色泽清莹的功夫茶。

这还是沈之衡爷爷在时养成的习惯，用过晚饭一家人坐在院子里，喝上一杯助消化的功夫茶，谈谈天，说说事。

细想来，沈之衡这几年都待在榕城，事务繁杂，每次都来去匆匆，上一次这样坐着和父亲喝杯茶是什么时候，他已经有一些记不清了。

“听说你是古城改造项目的总负责人，怎么样？压力大不大？”沈盛国关切地问道。

沈之衡抿了一口茶，从容答道：“已经有了一个具体的图稿，正在建模。这次过来，主要是想借鉴一下江南老城改造时把雨污分流和老城排水系统结合起来的经验。”

沈家祖上就涉足建筑行业，沈之衡的爷爷在榕城曾是研究古建筑的泰斗。当年老爷子一心想着要让儿子子承父业，没成想儿子背着他偷偷去研究星星。沈之衡以前也号称要成为一个摄影师，老爷子正叹后继无人，幸好孙子迷途知返，红着眼睛告诉他要继承他的衣钵。

沈之衡没让爷爷失望，如今已经有了不小的成就。可知子莫若父，看着沈之衡书柜里那占据了半壁江山的摄影书籍，沈盛国就知道，沈之衡的心里其实还装着那广角镜头里的浩瀚美景。

沈盛国又把沈之衡面前的茶盏添满，说：“隔行如隔山，你说的这些爸爸虽然听不懂，但是你一直以来都做得很好。对了，我听说你一直资助的那家孤儿院也在这次的改造范围内。”

沈之衡端起茶杯的手又放了下去，隔了一会儿，他才应道：“孤儿院的房子已经非常老旧了，这次能够改造算是好事。”

答非所问，沈盛国知道，儿子的心里还是有一道坎没有跨过去。

沈盛国叹了一口气，说：“之衡，十多年了，你做得已经足够了。”

父子俩已经很久没再谈起过这个话题，事实上，全家人都像约好一般，对这个话题讳莫如深。

那是自幼乖巧的沈之衡唯一一次表现出青春期的叛逆，所有人都没有预料到这个向来懂事的少年会毫无征兆地离家出走。

沈盛国几乎是动用了所有的人脉关系，才终于在沈之衡即将登上国际航班的时候，找到了他。被带回来之后，他始终保持沉默，不解释自己这莫名的举动出于什么目的，除了学习之外，以往那些背着相机出门取景的时间，全部变成了对着黑色的电视机屏幕发呆。

那以后，沈家的电视机再没在沈之衡面前开过，直到现在，沈之衡独居的家中也从没出现过电视机这个东西。

沈盛国和裴宁从来没有打算干涉沈之衡的人生，他们乐见他去做自己喜欢做的事情，所以当他告诉家里，他要考建筑系的时候，全家都备感诧异，除了沈之衡的爷爷，其他人都不认为这是出于他本心的想法。他们猜测，沈之衡之所以毅然选择跟随爷爷学习建筑，多半是为了获得去英国留学的那个机会。

事实和他们猜测的并无出入，当初他离家出走差一点就登上的航班，目的地正是遥远的英国。

沈之衡没有再继续这个话题，他抬手指了指天空中几颗明亮的星星，把话题转移到了沈盛国的最爱上。

夜渐深沉，杯中清茶饮尽，庭院里谈天的父子二人早已各自安寝。

沈之衡很喜欢外婆家的被褥，每当阳光晴好的时候，外婆就会把被子抱到院子里晒个通透，晚上睡觉被子蓬松舒适，尽是好梦。

其实他现在的状态是困乏的，可他躺在床铺上，透过窗子看着月亮，睡意全无。

他想，大概是因为，赵世琛的一些话，恰巧也说到了他的心上。所以他难得这样不安，总觉得心里钝钝的，非常难受。

时至今日，他还是有些介意提及那个话题，明明他那么努力地去寻找，想要做的也仅仅只是确定那个丫头过得不错而已。

他查阅过太多有关异国领养的例子，有好有坏，坏的那部分，他从不敢去设想会不会发生在她身上。不知道从什么时候起，他开始自责，觉得若不是因为他，她也许不会远渡重洋。

或许还有更深的原因，后来的他身边出现过很多人，能交心的也有，但他再也没找到过那种整颗心都变得柔软的感觉，像是海上漂流的人遇到了灯塔。十五岁渴望关怀和亲情的沈之衡，遇到的灯塔。

他到了有她的城市，或许还走过了她走过的地方，可他没有找到她，他不确定自己遇到她的时候能不能一眼认出她，尤其是当他发现自己已经不记得她的名字之后。可能这辈子都不会再遇见了，一股无力感涌上心头，沈之衡唯一能做的，只有希望她一切都好。

放在床头柜上的手机屏幕倏忽一亮，沈之衡伸手拿起，是唐梓发来的拍摄安排，内容被整理得井井有条，一目了然。

他想起之前唐梓半夜在他家门口把指纹轮流按过一遍的狡黠模样，还真不容易和现在这个做事细致认真的姑娘联系在一起。

长大后的小囡，会是什么样子，性格会不会也和原来的唐梓一样？

宽街长巷，光影斑驳。女子身着翠色旗袍，身材玲珑有致，是一分不多一分不少的婀娜。她迈着轻盈的步伐正缓缓走来，一头鬈发随着步子轻轻摇曳，红唇轻抿，满眼皆是风情。

“啧啧啧，这身材要是给了我，我做梦也会乐醒啊。”钟雪凤躲在人群里和唐梓咬耳朵。

唐梓认同地点了点头，不愧是网络得票数最高的宅男女神，身材简直不能再好了，明明妖娆却不是那种低俗的媚态，美艳而高贵。

那边顾城喊了一声“cut”，上一秒还美艳高贵的美人下一秒已经大大咧咧地走到了监视器前看方才的画面回放。

唐梓第一次亲眼看剧组拍摄，这一切还要归功于钟雪凤强大的外交技能，愣是从娱乐频道的探班记者那边要了两个工作证带着唐梓进来开眼界。

钟雪凤醉翁之意不在酒，除了刚才被婀娜美人吸引了注意力之外，余下的时间里几乎都在用眼睛偷瞄一脸认真严谨的顾城。

唐梓事先并不知道探的是顾城的剧组，她不过是恰逢周末百无聊赖被钟雪凤拉来凑数，谁知这么凑巧，竟然就见到了。

作为导演的他和第一次见很不一样，简简单单的黑色 T 恤和同色系鸭舌帽，看起来舒适又休闲，不过身上一点都找不到当时那种“高中生”的感觉。可能是因为他一个人把控全场的气势和浑身上下散发出的那股子气质，让唐梓不由得也多看了几眼。

似是察觉到她们的目光，顾城突然转头看向这边，视线和唐梓撞在了一起。唐梓愣了一下，随即微笑着朝他点了点头。顾城并没有回应，紧接着转头回去看监视器里的画面回放。

看来顾城早就不记得她是谁了，唐梓耸耸肩，并不在意。反倒是身边的钟雪凤，因为顾城投来的目光，低声叫了好几句“好帅”。

方才的拍摄过了，演员有半小时的休息时间，钟雪凤拉着唐梓紧跟探班记者往演员休息区走去。

今天探班的对象不是别人，正是刚才在小巷里婀娜走来的影视新生代演员张晨雨。她是顾城上一部电影的女主角，也正是因为那部剧，她一夜之间大火起来，成为时下炽手可热的女明星。

唐梓虽然在电视台工作，但很少关注娱乐圈的信息，张晨雨是她知道的为数不多的明星之一。那段时间，榕城的大小广场都被张晨雨风格各异的巨幅海报刷了屏。

明星一般都会有自己的人设，面对大众他们可以是深情的、温暖的，或者是俏皮的。可张晨雨没有，她是很难得出道时间不长但是演技却得到多方肯定的女演员，用圈里的话说，她的戏路很广，她可以是风情万种的，也可以是单纯可人的，所以她塑造的许多人物都一片叫好。

如今看到张晨雨本人，唐梓觉得，她的那些角色里，都没有她本人的影子。下了戏的她就像是住在隔壁的一个平凡少女，没有架子，没有光环，很率性也很低调。

那边探班记者还在和张晨雨有说有笑地采访，钟雪凤凑在边上时不时偷偷拍几张照片，相比这些，唐梓对旁边挂着的一排旗袍有着更明显的兴趣。

大概是因为对祖国的一种情怀，唐梓虽在英国长大成人，但是对中国的传统习俗和服饰有很浓厚的兴趣。

不过她对旗袍所知不多，只有个模糊的概念，这是民国时期非常流行的女性服装。但是衣服上的盘扣实在精妙，小巧精致，她忍不住伸手过去摸了摸。

“唐梓？”略微低沉的声音从身边传来。

唐梓闻声扭头，顾城正笑着看向她。

唐梓有些意外，随即微笑道：“顾先生，你好。”

顾城挑了挑眉，似乎对她的称呼有一些不大认同：“上次打球的时候可不见你对我这么客气，怎么一个多月不见这么客气起来？”

唐梓尴尬笑笑，心想就你刚才那面无表情的一眼，谁知道你还记得我啊。

顾城显然不知道她的心理活动，看了眼她脖子上挂着的工作牌问道："你是娱乐记者？"

唐梓连连摆手，不好意思道："我就是跟来开开眼界的。"

两个人的说话声音都不算大，在此刻略显热闹的剧组里本不会引起别人的关注，奈何顾城光芒太盛，不过只和唐梓闲聊几句，连忙着接受采访的张晨雨都注意到了这边。

顾城大概早就习惯了他这种易引起关注的体质，倒是一点也不受影响，反倒是同样曾经接受各类目光洗礼的唐梓，稍稍有些不大自在。

所幸顾城也只是和她打打招呼，说完"有机会再一起打球"以后，他就从容地走回了自己的监视器前。

那边张晨雨的采访也差不多结束，唐梓一行在剧组的任务也基本完成。

钟雪凤自打刚才顾城和唐梓说话开始，就在一边对唐梓各种挤眉弄眼，她那边一结束，就免不了有一番八卦的询问，可唐梓实在没什么好供她八卦的消息。

钟雪凤刚走至面前，唐梓借口内急，逃一般往卫生间的方向奔去。

她刚走进卫生间，就看见张晨雨站在镜子前打电话，一时之间不知该进该退。张晨雨倒像是一点都不介意的样子，兀自打电话。

"哎呀，姐，我知道这个圈子是非很多，但是我保证我一定洁身自好OK？这个话题我们已经讨论过很多次了，那些八卦新闻也真的是……好好好，等你回来我一定解释给你听。"

直到挂了电话，张晨雨才对着镜子长舒一口气，继而转头笑着对唐梓说："不好意思啊，家里的电话。"

没想到张晨雨会向自己解释，唐梓下意识应道："我会替你保密的。"

张晨雨"扑哧"一声笑了出来，她仔细打量了一下唐梓，明明身高矮唐梓不少，但是气场一点都不弱，她探究的目光并不令人反感。

末了，她朝唐梓伸出右手："唐梓？你很有趣。"

张晨雨走出卫生间后，唐梓才对着镜子拍了拍脸，她看向手上那张写着张晨雨电话号码的字条。这算不算是意外收获，她刚刚居然和宅男女神互换了手机号码？国人都这么自来熟的吗？

当然最终她还是免不了被钟雪凤拷问一番，当得知她和顾城不过是偶然在俱乐部打过一次球之后，唐梓亲眼看见钟雪凤眼中八卦的小火苗"呼"一下熄灭了，继而燃起了她也要去学打球她也要偶遇男神的小火焰。

"唐梓，同是陈魔女带过的娃，你的运气是有幸运符加成吧，怎么一口气就结识了我的两大男神呢，羡慕你嫉妒你。"钟雪凤戳着唐梓的手臂愤愤道。

唐梓笑着拿下她的"蹄子"，指了指刚走进办公室四下巡视的信息部长，友情提示道："被美色误了的钟小姐，你们部长可能是来找你要材料的。"

"呀！"钟雪凤大力拍了拍脑门儿，光顾着闹唐梓，她早就把要去给老大送材料的事情忘得干干净净。她当即抱着材料，从侧门快速溜走。

唐梓笑着目送钟雪凤溜走，回过头来，就看见陈女王已经站在自己的办公桌边。

唐梓清咳一声就要站起来，陈洁的手却更快地放在了她的肩膀上，示意她不必起身。

陈洁把一张 A4 纸放到桌面上，说："明天把你的转正申请书和这张表格一起交给我。”

咦？唐梓开心地看向她，有些诧异地眨巴着眼睛。

第一次看见唐梓这副高兴的模样，陈洁冷冰冰的脸上也不禁带着一点笑意，她轻轻拍了拍唐梓的肩膀：“实习期干得不错，继续努力。”

“嗯！谢谢老大！”唐梓笑得眉眼弯弯。

她拿起手机快速打出一行字，再快速地点了发送，等看到屏幕里出现的字的时候才幡然醒悟，于是她又快速地点了撤回，连带着把手机熄屏反扣在桌面上。

她刚才在干吗？！

唐梓扶额，内心还是一阵波澜，还好自己悬崖勒马，要不沈之衡看到“我过实习期啦”这句话的时候肯定觉得莫名其妙。

“唐梓啊唐梓，他是你什么人啊你就想把什么都告诉他。”唐梓在心里讨伐自己。

可是没过多久，唐梓又拿起手机，对着沈之衡干净的朋友圈看了又看。好歹更新一条动态啊，随便什么都好，这样她才有借口和他说上几句话，也就不用陷入每天想找他聊天又不知道怎么开口的窘境里了。

唐梓默默叹气，总觉得静不下心，好像什么事情一直放不下一样。

手机在手中振动，手心酥麻一片，看见来电人，唐梓看了看四周，快速跑到安静的楼道里，深呼一口气点了接听。

尽管她努力抑制自己狂跳的内心，沈之衡却还是从电话里听出她的语气有些不稳。

“不舒服吗？”好听的声音带着关切钻进耳朵里，要是有镜子唐梓就可以发现自己不知道什么时候，已经是眉眼俱笑的样子。

“没有，你回来啦？刚好第二期的台本已经好了，我拿去给你？”

台本上午唐梓才拿到手，老大特地交代说可以晚几天给沈之衡，先让他忙完自己的事情。可一时之间唐梓想不到更好的理由，她就是很想见他一面。

“昨天晚上回来的，嗯……好，刚好我带了特产回来，拿一些给你。”

“好呀！那我下班以后送到你家。”唐梓甜甜地回应。

挂了电话之后，她大呼一声：“Yeah！ Great！ So nice.”然后用力拍了一下墙壁，手都震麻了，她觉得钟雪凤说得没错，自己一定有幸运符加成。

沈之衡放下电话，目光投向行李箱里占据半壁江山的云片糕，自嘲地摇了摇头。有些习惯真是可怕，养成轻而易举，忘记却很不容易。

六点半，唐梓准时按响了沈之衡家的门铃。沈之衡似乎是刚洗过澡，一身简单的休闲服，脖子上搭着一条素纹毛巾，头发还是湿漉漉的。看他浑身清爽的样子，唐梓不禁嫌弃起自己身上出汗后黏黏的感觉。

唐梓已经熟门熟路，不需要交代，唐梓已经把台本放在了客厅靠窗的小木桌上。沈之衡画图的时候习惯在书房的大书桌前，看书则更偏爱在客厅的小木桌边。

不知道是从什么时候开始，唐梓面对沈之衡的小心和拘谨早就消失得无影无踪，她本能地想要去亲近他，时刻关注着他的一举一动。

唐梓自己找了个地方坐下，等沈之衡擦干头发。

沈之衡再走到客厅的时候，手里已经提着一袋子云片糕。看见有些眼熟的包装，唐梓不可思议地抽出一袋。

沈之衡解释道：“这是云片糕，甜的。”

“嗯，云片糕。没想到还能吃到它啊。”最后一句唐梓说得很小声。

回到家以后，唐梓迫不及待地打开一包云片糕，味蕾瞬间被那甜糯的滋味填满。她怎么会不记得这个味道呢，以前阿衡哥哥总是用这个糕点哄她来着。只是那个时候她记不住这糕的名字，这么多年居然都没再吃到过。

最后还是他买给她的啊，唐梓前所未有的满足，与此同时心里陡然生出很多暖意，她真的很开心。

“Mommy,what does it mean to like a person?”

“Like a person is when he can affect your mood easily.”

什么是喜欢一个人？就是当他能轻而易举牵动你情绪的时候。

她确定了，这么多天以来她一直放不下的那件事，叫她喜欢沈之衡。

9 月初的时候，白逸凡好好拾掇了一下自己的店铺，唐梓从没见过这么随心所欲的老板，顶着高额店租却开着一家随心情开门的店铺。每当唐梓忍不住吐槽她这种任性的行为时，她总挥着画笔道：“我开的不是画室，是情怀。”

话虽然这么说，但唐梓还是发现，其实这间画室对于白逸凡来说，并不如她表现出的那么不上心。

纵然这间“疤”时时紧闭大门，可每次唐梓走进它的时候，室内的边边角角，都干净得一尘不染。

起初唐梓以为白逸凡大多时候都在外游玩，到后来才知道，她行踪缥缈的时候其实都在这里，只不过是把大门关起，锁住自己一个人在里面涂涂画画。

就好比现在，唐梓两只手拿满了东西从后门走进画室，里面很静，只能听见画笔在画板上划过的痕迹。

唐梓也不打扰她，兀自清出长桌桌面，把她跑了好几家店集齐的食物一一打开放在桌上。

自打那天半夜把白逸凡从酒吧里拽出来以后，白逸凡就又消失了好几天，要不是唐梓晚上路过画室看见里面亮起的灯，她还真不知道白逸凡已经回来了。

此时早就过了晚饭的点，唐梓料想白逸凡应该已经在画室待了一天，看她的样子，大概又是一天没有进食。

果然，没多久就听见画笔入筒的声音，紧接着白逸凡就跑到长桌前，抓起离自己最近的蜜汁鸡翅啃了起来。

等她把手中的鸡翅啃得干干净净，这才挥着油腻腻的手企图拥抱唐梓。唐梓拎着小龙虾扬到她的面前，顺利阻挡她亲昵的攻击。

“还是我家阿梓好，知道心疼人，要不我怕是要饿死在画室里了。”白逸凡一边给小龙虾剥着壳，一边冲唐梓谄媚道。

唐梓摆摆手，上下打量她那一身皱巴巴的衣服，问道：“你不是昨晚也在这里将就吧？”

一口气干了一大杯雪碧，白逸凡打了一个嗝，而后响指一打，道：“Bingo！真聪明，奖励你小龙虾。”

看着她表现出来的这越发无所谓的样子，唐梓才意识到，她有些不对劲儿。

唐梓反手盖在白逸凡的脑门儿上，学着电视剧里的口吻，半开玩笑半认真道：“我仿佛在你聪慧的脑子里，看到了些不简单的东西。”

白逸凡成功把自己油腻腻的手掌盖在唐梓手背上，笑着说：“你看到的或许是我的 Heart dark。”

唐梓故作嫌弃地捏住她的脸：“Heart duck？你内心还住着一只亲爱

的鸭子？”

白逸凡微眯起眼直直看向唐梓，一字一句道：“D-a-r-k，Dark！”

“哦，所以这只鸭子叫黑暗？”唐梓故意问道。

果然，下一刻白逸凡立马摆出了攻击姿势，两个人闹了起来。

唐梓刷知乎的时候看过一个提问，“女孩子之间的友情如何最快建立起来”，五花八门的答案很多，最令她印象深刻的一条是“一起吃冰激凌、小龙虾、芒果千层等一系列天下美食”，说的正好就是她和白逸凡。

这种感觉很奇妙，两个认识刚刚过三个月的人，相处起来已经像是多年好友，半数功劳恐怕都要归功于榕城的大小饭庄。

等两个人闹得差不多了，才各自坐在椅子上喘着粗气。

许久，白逸凡看起来闹得有些累了，拿起另一只鸡翅，却久久没有下口。

又过了一会儿，她挥挥手里的鸡翅，对唐梓说：“阿梓，不然我们来交换秘密吧。”

她心里一定是有事情的，唐梓非常肯定。不过白逸凡是一个很有思想的女生，唐梓经常看她独来独往，不是她孤僻，更像是她已经对很多为人处世之道看得通透。所以哪怕心里藏着事情，急需一个树洞，她都会先再三思量，等到自己实在消化不了才决定要不要说，在她看来，很多糟糕的情绪都是自己的事，实在不适合说出去占用别人的大脑内存。

看来这件事情已经超出了白逸凡自我调节的范围，唐梓猜想，大概和赵世琛有关。

那晚沈之衡虽有提及，却始终没找到机会和唐梓详说，如今正主自己想要倾诉，唐梓乐意成为那个树洞。

故事和唐梓料想的差不多，向爱而生，因爱而伤。

白逸凡小赵世琛三岁，他高三的时候，她初三，一中的初中部和高中部只隔了一堵围墙一扇门。白逸凡每次在卫生区扫落叶的时候，隔着大门的铁栅栏，总可以看见在篮球场打球的赵世琛。

她从小在极其严格的环境下成长，自打上初中之后，姑姑教育得最多的那句话不是“好好读书”而是“严禁早恋”。或许潜意识里她把早恋当成了青春期里的第一项禁忌，面对那些主动亲近的男生，她一贯拒绝。但是自从见到赵世琛，她自己主动破了戒。她说不上来为什么喜欢他，只要和他有关的，她觉得她都喜欢。

有人说爱情是始于颜值，陷于才华，忠于人品，可她觉得一开始她就忠于赵世琛了。那可能是她这辈子唯一一次这样爱一个人，即使身心俱疲也不曾停下追逐他的步伐，一直到她站到他的面前为止，她度过了很长一段充实、谨慎、喜忧参半的青春。

后来他们在一起，每一天的空气都是甜腻腻的。

赵世琛对她很好很好，永远把她护在没车的那一边，撑伞时也永远会淋湿左肩。从在一起的第一天开始，白逸凡就看到了两个人携手白头的样子，美好又真实。

他们从不争吵，即使在柴米油盐的生活里，也没有丝毫争执。或许是爱得太容易了吧，平平稳稳的爱情，在经历第一个波折的时候就把昔日所有的恩爱尽数否定。

白逸凡原以为，爱情是两个人的事情，可她忘记了结婚却事关两个家庭。一直到现在或许赵世琛都还以为，阻碍他们在一起的是来自白逸凡父亲的否定，她却时常想起自己跪在老家的院子里，求着父亲陪她演戏给赵世琛看的情形。

她当然爱他，可是她做不到看着他为了和她在一起，被他同样爱着的家人放弃。她甚至不愿意让他因为她对家人心生嫌隙，所以她自私地把自己的家人变成了赵世琛眼里的阻碍。“我爸爸不同意我们在一起，你和家人，我选择家人”，由她来说。

她大概用了一年的时间，走遍两个人在一起时想要一起去的所有地方，然后又悄悄回到了这座满是回忆的城市。

她听过一些关于他的消息，他走得更远一些，在远方风生水起，也许会长久定居，娶妻生子。而她则决定在心脏重新为另一个人跳动之前，守着和他的所有甜蜜回忆，聊以度日。

她没想过他会回来，也没想过会再见到他。第一次见时，看到他大步追来，她是开心的，甚至想什么都不管了，她爱他不能失去他。可第二次见时，他们面对面，距离不过半米，她克制住想要拥抱他的心情，故作镇定地从他身边走过，他没开口，也没说挽留。

白逸凡想，也许，他早就忘记她了。

唐梓轻轻拥住白逸凡，她能感觉到她的身子在轻轻发抖。作为一个感情史空白的人，唐梓不知道如何安慰为情所困的白逸凡，她能想到的，就是陪在身侧，提供一个拥抱和一个可以藏住眼泪的肩膀。

但白逸凡最终没有哭，几个深呼吸以后她平复了情绪，牵牵嘴角勉强扬起了一抹微笑。倾诉的效用是缓解内心汹涌的情绪，可打败它还需要自己做出一些努力，她能做到。

白逸凡再一次选择出行是一周以后的事情了，北方秋意正浓，她决定去西安古观音禅寺看那棵一到秋季就美得无边的千年银杏树。

她的时间掐得很准，赶在台风来临之前登上了去西安的航班。

对于从没经历过的台风，唐梓十分陌生，单纯地以为只是要连着好多天下雨而已。栏目拍摄赶在台风来临之前，把取景地的计划拍摄素材都拍好了，只余下因为时间调整不过来没办法直接参与拍摄的沈之衡的那部分。

导演索性把有沈之衡的拍摄部分移到台里的摄影棚，正好避开外面的大风大雨。

转正以后，唐梓的日常工作比之前多了很多，实习期她的任务一般都是陈女王直接分配，到现在她除了需要保持和嘉宾的沟通之外，一些内部的文件也转到了她的手上。

拍摄结束后，导演提议请大家吃饭。因为《榕城记忆》的收视率喜人，导演可谓名利双收，每每看见他都是春风满面的样子。

团队早就欢呼起来，满心想着怎么狠狠撮导演一顿。作为嘉宾，沈之衡自然在受邀之列，导演过分热情他不好推辞，最终答应下来。

有沈之衡，唐梓当然是想去的，可惨烈的现实是，她今晚要加班，准确来说，是她要从这周一一直加班到下周三。

所以当她皱着眉和导演说的时候，导演满脸赞赏道："嗯，年轻人很有上进心，加班重要，去吧！"

唐梓觉得自己的内心就如窗外的乌云一般惨淡，看着其他人呼啦啦走远，唐梓愤愤地跑去茶水间接了热水泡了一碗方便面，励志要把它吃出米其林三星餐厅美食的调调。可这样，也丝毫不能弥补她错失和沈之衡一起吃晚饭的悲伤。

就着窗外开始倾泻的暴雨，唐梓扫光了方便面，挽起袖子，开始努力加班。

相比唐梓加班的寂寥，此时已经正式开始的饭局就显得热闹得多。桌上年轻人居多，也才刚到三十岁的沈之衡在这饭桌上，居然成了年龄仅次于导演和监制的“前辈”。

在电视台工作，时不时就需要蹦出新鲜想法，所以这群年轻人表现得十分活跃。起初大家还有所收敛，一直到几个服装组的年轻姑娘举着酒杯让沈之衡连喝下三杯酒之后，那些还拘着的人也纷纷朝沈之衡举杯。

沈之衡哪里有那么好的酒量，最好的记录也不过是喝下一两白酒，然后昏睡了一整天。刚刚几杯酒下肚，他已经觉得吃力起来，还好最终导演替他解了围，可沈之衡还是喝下了不少，平日思维敏捷的大脑也有些昏沉起来。

饭局散了之后，他婉拒了别人绕路送他的提议，他向来不喜欢麻烦别人，更何况现在外面风大雨大。

头很晕，他没急着立刻打车回家，而是转身走进了饭庄隔壁的茶屋，点了一壶茶打算等自己舒服一些再回家。

以往喝茶手边总有书籍或资料可以看，这回身边干干净净，他只得拿出手机看起了推送的新闻时事。

唐梓从没见过这么大的雨，接连下了几个小时，那股子倾泻的势头却丝毫没有减弱。关掉了电脑，主机发出的嗡嗡声戛然而止，从厚厚玻璃幕墙那侧传来的雨声越发大了起来。

唐梓站在窗户前，远远望去感觉整座城市都朦胧起来。

掏出手机，拍下一张大雨滂沱的照片，唐梓把它发至朋友圈感慨了一番，然后开始慢慢收拾自己的东西，准备回家。

虽然做足了心理准备，可当她撑着一把单人伞站在大门前准备迎接风雨的时候，正好看见不远处一个姑娘连人带伞被吹得极其狼狈的样子，她缩缩肩，蔫了。

这种天气，出租车都是可遇不可求，偏偏电视台门前还有个宽敞的小广场，不走到前面的马路上，打到车的概率基本上小于零。

就这样踌躇了半小时，风雨不仅没有减弱的趋势，反倒雨势还更大起来。再等下去情况或许更糟，唐梓无奈地接受现实，她把包用外套严严实实地裹住，紧紧护在胸前，打算一头扎进暴雨里。

步子还没迈出去，一辆出租车奇迹般停在了唐梓面前。唐梓正感叹自己运气不错，可她左等右等，车上的人并没有打算下来。正当她忍不住想敲副驾驶座的窗户时，后座的门开了！

沈之衡脸色泛红，有些慵懒地靠在后座上，说道："快上车，雨这么大一会儿怕封路。"

本来刚刚大风一吹，唐梓觉得浑身凉飕飕的，可现在坐在沈之衡身边，她觉得整个人忽然就暖了起来。

沈之衡不打算深究自己让出租车绕路来电视台接唐梓的缘由，他这回是全凭感觉，看见她在朋友圈说被大雨困住，他就过来了。不过他现在也没精力去深究，虽然醉意缓和了一些，可大脑还是有些晕乎。

看他闭着眼睛靠在座椅上小寐的样子，唐梓勾起嘴角，把手里的外套轻轻搭在他身上。

雨势太大，夜晚行车能见度也不佳，车速比较慢。出租车司机是个中年人，开着车也不说话。一直到他看见唐梓把外套盖在已经睡着的沈之衡身上，他笑着开了腔："小姑娘你男朋友对你真好，喝醉酒还来接你下班。"

哈？唐梓因为司机大叔一句话，面部温度陡然上升，她下意识地扭头去看沈之衡，还好他睡着了没听到，不然就尴尬了。

唐梓刚想开口解释，大叔却没给她机会，继续说道："这天气我老婆肯定也在家等着我回去，送你们回家以后，我也就回去了，省得她一直担心我。”

唐梓憋了半天，才呵呵笑说：“大叔真幸福。”

等车在沈之衡家门前停稳的时候，唐梓脸上的热气才散开一些。

沈之衡睡得有些迷糊，等司机大叔的车开走之后，他才说：“唔，刚才应该让车开到你家楼下。”

唐梓早就沉溺在沈之衡当前睡眼蒙眬、脸色绯红的美态里，听他这么说才摇了摇头让自己克制。

“没关系，几步路，走回去就好了。”

唐梓清清脆脆的声音让沈之衡清醒不少，他撑起手里的伞，准备送唐梓回家。

“我自己回去可以的，你喝了酒，快回去睡觉吧。”

唐梓的语气充满了关心，还特意举起伞示意自己可以。

又一阵大风刮来，一个不注意唐梓手里的伞被风吹得抖了一抖，在风中壮烈牺牲。

唐梓默默想道：事实不是这样的，其实我力气可大了，我可是温网种子选手啊。

许是因为她脸上有趣的表情，沈之衡笑着揉了揉她的脑袋，温声道：“我没事，走吧。”

唐梓被沈之衡护在身侧，大半边伞都挡在她头顶，余光瞥见沈之衡另一边的西装上不断有雨水滑下，唐梓心里既暖又忧，喝了酒还淋雨吹风，感冒了怎么办？

好不容易走到唐梓家楼下，沈之衡半边身子已经湿得透透的。她正想开口催促沈之衡快点回去洗个热水澡睡觉，就看见沈之衡正盯着自己脚边一地的玻璃碴子，又抬头看看，若有所思。

她循着沈之衡的目光抬头望去，整面楼的玻璃都关得紧紧的，只有她家窗户没有玻璃，白色的窗帘被风卷了出来，在窗外的风雨里飘摇。

……

“是不是你家的窗子？”沈之衡问。

唐梓内心长叹一口气，苦笑着说：“看来是了，我出门前好像没有关窗。”

开门，进屋，眼前的景象堪称灾难。房间里的小摆件被风吹得乱七八糟，雨打进屋子里，靠窗放着的床上，被子床单全部阵亡，洞开的窗户还持续往里面灌着风雨。

唐梓觉得自己已经没了说话的力气，果然幸福的时光都这么短暂吗？生活真是有喜有惊啊！

沈之衡比她更早反应过来，抢救般地帮她把还未遭殃的东西都往里挪了挪，说：“今晚你家怕是不能住了，雨还不知道下到什么时候，附近你有可以借住的地方吗？”

唐梓死机的大脑重启，叹着气收拾了几件换洗的衣物，道：“没事，我去宾馆将就一晚上。”

闻言，沈之衡思索了一番，离这最近的酒店大概要走二十分钟，倒是有几家家庭式的旅馆，可这么晚了，风雨又大，他实在有些放心不下。

末了，他建议道：“要不今晚住我那边吧，台风过去了再找人来修窗户。”

一直到唐梓在沈之衡家客卧柔软的大床上醒来，她还是感觉很不真实。所以自己现在是住在沈之衡家吗？唐梓有些质疑地掐着自己的脸颊，很疼。

这下内心的窃喜才汹涌而来，上帝为她打开一扇窗，还为她打开了一扇门。嗯……而且还是她最喜欢的沈之衡的家门。

窗外的雨相比昨天小了很多，但仍淅淅沥沥地下个没完，倒有点像是伦敦的天气。

唐梓趿着拖鞋轻轻往客厅走去，室内静悄悄的，沈之衡的卧室门紧闭，应该还没有醒。

想起他昨晚回家后似乎打了几个喷嚏，她翻出手机查找一番，跑到厨房熬起了姜汤。

她的母亲苏珊女士不善厨艺，最拿得出手的食物大概只有烤派和炸鱼薯条。唐梓自然也没学到什么好手艺，她唯一会做的几样西餐还是在被集训中心的食物弄得快要奓毛的时候悄悄贿赂食堂厨师大叔学来的。

至于中餐嘛，她实在没有勇气涉猎，所以当她脑子里浮现出要不要做点早餐的想法时，自己快速否定了这个提议。

她找了把伞，又从厨房找了一个大保温杯，悄悄出了门。

等她提着一壶鼎边糊走回来的时候，她在门口纠结了一下，这个时候自己是应该敲门还是直接输入密码进去呢？

等她输入密码打开大门的时候，隔着大开的木门，站在客厅里喝着温水的沈之衡和她对视了一眼，等她走近顺手接过了她手里淌着水的雨伞。

“早啊。”

此时穿着棉质居家服的他早已经没有了醉态，金边眼镜端正地架在鼻梁上，镜片后的眼睛里神采奕奕。

唐梓下意识去撩耳边垂下的几缕短发，笑着回应他：“早安。”

看到唐梓买回来的鼎边糊，沈之衡心情不错地点点头，从厨房拿出两个碗，先给唐梓盛了一碗。

时隔一个多月，两个人再一次坐在沈之衡家的餐桌上一同用餐。氛围还是很安静，不同的是，沈之衡手边多了一份报纸，还有唐梓时不时抬头偷看他的样子。

唐梓突然想起了自己的哥哥，一个身高一米八七的金发英国大帅哥，年龄和沈之衡不相上下，但不像沈之衡这般稳重自持。哥哥私下里更像是内心住着捣蛋鬼的未成年人，连自己两岁的亲生儿子都捉弄。和女孩子相处也远不如沈之衡这么淡定，唐梓深深记得哥哥第一次把嫂子带回家用餐时全程红耳朵的害羞样子。

唐梓望向沈之衡，不知道他恋爱的时候，是不是害羞体质呢？

这时沈之衡翻动了一下手里的报纸，视线从报纸上短暂地移了开来，略感心虚的唐梓赶忙收回目光，埋头舀起一大口滚烫的鼎边糊就要往嘴里送去。

“秋天的台风威力都很大，如果又发布台风预警，你就要提前做好准备。”

沈之衡突然说了一句没头没尾的话，唐梓一愣，下意识停住了要往嘴里送食物的动作。

片刻，她才接话道：“还真没想到台风威力这么大，我还以为城区离海有一段距离，影响会小一些呢。”

沈之衡放下了手里的报纸，说：“像昨天这么大的雨，不少地方肯定会出现内涝，下次下暴雨还是早点回家比较好。”

两个人刚提及城市内涝，下一刻刚经历过城市内涝的不速之客就走进了沈之衡的家门。

看到唐梓和沈之衡面对面坐着用餐的情形，赵世琛满面惊讶。他走到桌子边拉了一把椅子坐下，看看沈之衡再看看唐梓，面部表情精彩纷呈，好半天都说不出一句话。

唐梓该怎么形容这种感觉呢？就像是元配夫人在一个雨天的清晨打开家门，发现自己的丈夫和另一个妙龄女子正共进早餐，登时不知如何是好。

嗯，赵世琛就是那位元配夫人。

好半天，赵世琛才意味深长地点了点头，朝着沈之衡咧开嘴，笑了。

用完早餐的沈之衡端起唐梓熬好的姜汤，喝了好几口，这才慢悠悠对赵世琛说："唐梓家的窗户被台风整个刮掉，老式窗扇的那种，你有没有认识的人会维修的，找时间上门看看。"

赵世琛握拳做思考状，心想这不对啊，你认识这方面的人比我多得多吧，把这种可遇不可求的表现机会让给我干什么？

心里这么想着，他嘴上还是应道："行，你给我一个联系方式，我尽快找人去帮你看看。"

唐梓扬起嘴角，礼貌道："那谢谢您了，赵先生。"

看唐梓笑起来的样子，赵世琛这才觉得她有些面熟，可一时想不起来在哪里见过。他只顾着回想，也没来得及好奇唐梓怎么知道自己姓赵。

听闻唐梓一不小心成为受灾群众，陈女王破天荒给她放了一天假让她在家里好好拾掇，连远在西安看银杏的白逸凡匆匆拍了几张银杏照之后，也马不停蹄地赶了回来。

在目睹了唐梓家的惨状之后，白逸凡同情地拍拍她的肩膀，开始和她一起收拾。

"那你这几天，住哪儿？唉……早知道我应该把我家的钥匙留给你的。”

唐梓刚拆下发霉的被套，里面果然也起了霉斑，她叹气道：“怪我自己，来台风不知道关窗户。要不是这几天有沈之衡收留我，我可真的要好好哭一哭。”

“什么？”白逸凡挥着扫把一脸震惊地看向唐梓，拔高语调问，“你……你都住到沈之衡家里去了？”

“巧合巧合，他好心收留我。”唐梓呵呵笑着。

白逸凡的表情仍是不可思议，她认识的沈之衡明明是一个过着苦行僧的生活，不近烟酒不喜女色的男人，曾经她一度以为沈之衡的存在是为了和她争赵世琛的好嘛！

想着这几天在沈之衡家借住，和沈之衡相处的点点滴滴，唐梓笑得像个傻白甜。她握了握拳头，非常认真道：“我决定了！”

“什么？”白逸凡不解。

“我要追他！”唐梓的眼睛里有光，坚定且耀眼。

白逸凡手里的扫把“啪嗒”一声倒在了地上，她空着的手虚拍几掌，像是对唐梓勇气的喝彩。

“可……”想到什么，白逸凡欲言又止。

“怎么了？”唐梓疑问地看向她。

她随即摆摆手，试探性地问道：“万一他早有喜欢的人了呢？”

这……唐梓的眉毛难得有些发皱，不过也只有片刻。她反问：“他有女朋友吗？”

“没有。”白逸凡摇头。

“那他有妻子吗？”

“也没有。”白逸凡继续摇头

“那我为什么不能追他？”

唐梓吃吃笑了起来，心情一片大好。

看她这副模样，白逸凡除了对她勇气的佩服，还打心底里升出几丝羡慕。

卧室大概一半的东西都光荣阵亡，所幸唐梓的衣柜在最里面，里面的衣服倒是幸免于难。不能再用的两人都打包装好，最后整理完两人都累得瘫在沙发上喘气。

敲门声自门外传来，唐梓戳戳白逸凡的腰，用可怜巴巴的眼神看向白逸凡，她实在是不想动了。

白逸凡体谅她，佯装嗔怪地连说她懒，但还是起身，打开了门。

门才开了一半，看清门外的人，白逸凡手疾眼快地把门大力关上。

门外的赵世琛摸摸自己差点磕门上的鼻子，这才反应过来为什么沈之衡会拜托他替唐梓找维修工。

不愧是自家兄弟，靠谱。

关上门的白逸凡低声骂了句“我去”，手握着门把，一时之间没了思量。

“是不是修窗户的来啦？”唐梓边说着边走向门口。

趁着白逸凡愣神之际，唐梓已经打开门把赵世琛和维修师傅迎进了门。赵世琛连招呼都没心思和唐梓打，目光直接从她身上越过，锁定了站在门边的白逸凡。

感觉到他的目光，白逸凡侧了侧身子躲避，这回赵世琛没有像以前一样大受打击，他仔细想了很多天。自己丢的媳妇儿，要自己找回来。至于会因为死皮赖脸而丢了形象，丢就丢吧，都没有媳妇儿重要。

“唐梓，这就是我给你找的维修师傅，咱们先看看窗户受损的情况吧。”赵世琛心情不错。

唐梓正要把人往受损的窗户边带，白逸凡已经提起自己的包打算离开。接收到赵世琛的求助目光，唐梓赶忙拉住白逸凡的手。

“这你得在，怎么说都是你的房子，总得等师傅修好了当场验收吧。”她凑在白逸凡耳边说道。

白逸凡的心情自打看见赵世琛就变得十分复杂，然而最后她还是留了下来。

“你一会儿给我好好解释一下，他为什么会来。”白逸凡瞪着眼睛和唐梓咬耳朵。

唐梓戏谑道：“反正不会是因为我过来的。”

维修师傅在窗户边开始敲敲打打。

唐梓家没有茶，端着几杯开水出来，发现白逸凡和赵世琛各自坐在沙发两端，都不说话。她笑着上去缓和气氛，就着没营养的话题扯七扯八，但一般都是一个接话另一个就闭紧嘴巴。纵使这样，观察力敏锐的唐梓还是捕捉到了白逸凡几个偷偷瞟向赵世琛的眼神，这下她的心里才算是吃了一颗定心丸。

今天这事儿她没办砸，白逸凡的心里肯定是还有赵世琛的。

她听沈之衡多少说了些在赵世琛视角上这两人的事情，联系起白逸凡说到他时的种种表现，她觉得，这两人或许还有挽救的机会。所以她和沈之衡一合计，也就有了今天这一幕。

不过显然这个开头并不简单，两个人就像是装在两个独立玻璃瓶子里的人，全程零交流。

唐梓掐着时间，只等救兵来打破尴尬。

趁着她走去厨房拿水果的空隙，白逸凡也钻进厨房，满脸都写着“从实招来”四个大字。

唐梓举起双手，连连低声道：“我坦白我坦白！是沈之衡拜托赵先生帮我找师傅维修窗户的，就这么凑巧你俩刚好撞上了，你说我也不知道你今天过来对吧，咱们这么久没见你一来我也不能把你往外赶啊，你就当没看见，乖啊。”

白逸凡凑近，恨铁不成钢道：“你就重色轻友去吧，沈之衡说什么你都听，哪天他把你卖了你是不是还屁颠屁颠给他数钱啊！”

唐梓笑得贼兮兮：“卖给谁？如果卖给沈之衡，我倒是一点意见都没有！”

维修师傅手脚麻利，几番敲敲打打就已经换好了新的窗框。眼见唯一留住白逸凡的借口马上失去效用，赵世琛比唐梓着急多了，时不时拿起手机，对着沈之衡就是一顿猛催。

小组刚开完改造计划动土前的最后一次项目大会，连续三小时的冗长会议让沈之衡的眉间沾染上一丝疲态，乍一想起上午在电视台无心听到的言论，他更是整个眉头都深锁起来。手机时不时的疯狂振动让他连喝口水都来不及，把外套往臂弯上一挂，他就大步走向了停车场。

沈之衡到唐梓家的时候，维修师傅刚刚离开，白逸凡刚走到门口，就被沈之衡的到来给挡了回来。从唐梓的角度，明显看到赵世琛脸上大舒了一口气的样子，她觉得有些好笑，看来他是真的非常在乎。

白逸凡终究还是没走成，和他们一起去下了馆子，不过究竟是出于盛情难却还是随心而为唐梓就不知道了。倒是赵世琛心情极好，仿佛能多和她相处几个小时已经是捡到了莫大的便宜，即使全程白逸凡都没有看他一眼，他也仍然乐在其中。

不过这顿饭唐梓吃得有些郁结，而且连着接下去的小半个月，唐梓都有些郁结。

或许是女性天生的敏感，从那天一起吃饭时，沈之衡几个客气的笑容里，唐梓就察觉到了他的疏离。

这对单恋得正起劲的唐梓，无疑是当头一棒。到底是哪里出现了问题？明明早晨还对自己如春风一般的沈之衡，一天的工夫就变回了最初认识的模样。

由此带来的猜测和不安持续在唐梓心里发酵，一直到陈洁通知她岗位调动，她不需要继续担任沈之衡拍摄助理的时候，这种情绪到达了顶峰。

算起来她已经很久没和沈之衡好好说上几句话了，每次不过都是公式化地聊着工作事宜。

而沈之衡似乎也变得非常忙碌，不仅拍摄来去匆匆，微信回复也变成了隔天或隔两天回复。原本这一季的纪录片也就只剩下一期拍摄，有些灰心的唐梓原打算抓住最后这一段还能有理由联系的时间，多少在沈之衡心里加深一下印象，结果直接被通知自己调离岗位。

连对职场仍有些陌生的唐梓，都察觉到了这一举动的怪异。

她难得有这种无力感，整个人神情恹恹，对着电脑上乱七八糟的文档，提不起一丝干劲。她起身，打算去茶水间泡一杯咖啡。

刚走到门口，里面传来的说笑声让她下意识停住脚步。她没有偷听别人说话的习惯，但正当她要转身离开的时候，那些带有针对意味的声音，就已经钻进了她的耳朵。

“哪来的那么多童话啊，人家沈之衡是什么人，她只不过是个小小助理，哪里真能入人家的眼。”

说话的声音高扬，一点都没有背后议论别人最好小声一点的自觉，唐梓听出来了，这是一直和她不怎么对盘的策划部小刘的声音。

另一个声音很快接话：“我上次都说了，男神哪里是那么容易被染指的，偏偏还有人以为真能成，事事都优待着她。”

这个声音唐梓也听出来了，是和她同期的实习生，一心想留在陈女王麾下，但是被调到了广告部。

她正在思考自己现在要怎么走进去，才能让里面的人十足尴尬的时候，钟雪凤已经边拉着唐梓边扯着嗓子说：“聊什么八卦这么起劲儿呢？我和唐梓也来听一听啊。”

钟雪凤有一个特点，准备怼人的时候，嗓子里自觉带上了一股“后宫娘娘”做派，有意为之的嗓音加上睥睨众生的眼神，分分钟让心虚的人后背一冷。

几人脸上一阵尴尬，但也只是片刻，起头的小刘就立马摆出了一副“我就是说你了你能怎样”的样子，临走出茶水间的时候，还有意无意地碰了唐梓一下。

钟雪凤的小暴脾气刚要起来，唐梓拉住了她的袖子：“不管她，我没事。”

钟雪凤愤愤地冲了一杯咖啡递到唐梓手上，安慰道：“你别往心里去，这些人看陈女王对你好眼红着呢。调动也不是坏事，毕竟你现在去的那个栏目可是我们台见明星大腕最频繁的地方是吧？

咖啡味道很香，入口后的苦味也着实绵长，唐梓找了一个地方倚着，其实心里还是有些在意刚刚听到的那几句话，她怎么也想不到事情会被说成这样。

钟雪凤看出来她的不快中掺杂着几分不解，拍拍她的肩膀说：“刚才她们那么说，可能是因为道具组有人八卦，把沈之衡告诉你他家密码的事情说出来了，这不是刚好你调动了嘛，坏狐狸说葡萄酸。咱们唐梓小仙女腰细腿长，肤白貌美，肯定不像我这么肤浅看颜值的是吧？”

哪里见过安慰别人是黑自己的，唐梓心中一暖，难得感性地抱了抱钟雪凤，后者大方地给她一个熊抱，而后顿了一顿。

“怎么了？”唐梓不解。

钟雪凤煞有介事道：“你太瘦，硌到我的胸了。”

第四章

三个诸葛亮败给一个臭皮匠

宽敞的球场上只有稀稀拉拉几个身影，唐梓一个人占了一个场，找不到对手，就兀自练起发球。

起抛，挥拍。一个个发球动作干净利落，果绿色的网球极有力度地跨过球网，准确落到唐梓想要命中的位置。

从小到大，每当她心里憋着一股气的时候，她就喜欢跑到球场练球。尽管打球不能实质改变什么事情，可是大汗淋漓下浑身那股子坏情绪似乎都从毛孔里排了出去。

说不生气是不可能的。

她从没遇到过这样的敌视，除了费解之外，实在郁结。

更深的原因，还是沈之衡。

唐梓没有什么恋爱经历，更拿不准怎么去追一个无论年龄还是心理上都比自己成熟得多的男人。之前他带来的喜悦与窃喜，不过都是因为沈之衡对自己照顾有加。可当他收回这些令人欣喜的温暖，她除了失落，无计可施，只能懊恼地在球场上挥拍。

“这球要都像你这么打，基本上没职业选手什么事情了。”

熟悉的声音从不远处传来，唐梓停下动作扭头去看，戴着白色鸭舌帽的顾城在球场边朝她挥了挥球拍。

唐梓此时已经微喘，但丝毫没有停下来的意思。看见顾城，她眼睛一亮，也挥了挥手上的拍，示意他：“来一局？”

比起一个人闷闷发球，唐梓还是更喜欢有对手。

有了上一次的较量，她这回再不敢轻视顾城，每一个球都拿出了正规比赛的态度，几轮下来，倒是顾城颇感吃力。

再一次挡下唐梓一个难度颇高的旋球之后，顾城摇了摇手示意休息一会儿。走到休息区，他拿起矿泉水一通豪饮，余下的小半瓶通通浇在了自己的头顶，像极了唐梓读高中时篮球队那群少年。

把自己浇了个透心凉，顾城笑起来，露出满口洁白的牙齿：“球技突飞猛进啊，刚才我还以为你要用球谋杀我。”

听他这话，唐梓“扑哧”一声笑了出来：“夸张，明明每一个球你都挡下了，这个锅我可不背。”

顾城拍拍身边长凳的空位，示意唐梓坐下，随手拧开一瓶矿泉水递给唐梓：“听吴导说，你调部门了？”

唐梓有些诧异地看向他，随即反应过来，吴导是他的恩师，偶然一次顾城探班《榕城记忆》的时候，恰好看到坐在吴导身边蹲监视器的唐梓，两人认识的事情，吴导自然也是知道了。唐梓还沾着顾城的光，颇受吴导关照。

唐梓点点头，握着手里的水很久，也没喝一口。大概是在沈之衡家借住时跟他蹭了几天茶水，唐梓慢慢也喜欢上了喝茶，再喝凉凉的白水怎么都觉得不习惯。

“那我可得祝贺你高升了，你的新战场可是你们台里的金牌栏目，前途远大。”

顾城说得兴致勃勃，可唐梓丝毫开心不起来。

不想再继续这个话题，唐梓已经站起身来，指指球场：“再来一局？”

这个傍晚，唐梓在把自己累得瘫在球场上大喘气后，终于纾解了浑身郁气。天边几抹长云染着越发暗淡的霞色，轻描出夜色将至的味道。

四周的灯光准时亮起的同时，天已经全黑了。唐梓拍拍身上的草屑站起身来，恰逢一阵江风吹来，顿时整个人都精神几分。

顾城早就走了，来也匆匆去也匆匆的，也不知道是不是他们这个职业都是这样的生活模式，明明晚上还有高强度的拍摄工作，他还挤出时间跑来运动。

唐梓慢吞吞地收拾好自己的东西。自从回国后，她的生活节奏就比在伦敦慢了很多，没有需要时时严阵以待的比赛，也没有日复一日不断强化的训练，好像她才真正开始享受生活。

可是这些时光更像是她偷来的，她终究不会永远留在这里，在那个遥远的国度，还有很多人在等她回去。

所以，如果沈之衡一点也不喜欢她，那她究竟应不应该硬闯进他的生活里去呢？

唐梓背着球拍，漫无目的地走在悠远的小巷子里，仔细地思考着这个问题。她避开了所有靠近沈之衡家大门的路，哪怕她仍旧很想见到他，不过她更怕的是看到他之后，他那种客气且疏离的模样。

她长叹一口气，不想再往前走，随意地往后一靠，盯着头顶的路灯发起呆来。

这里是最明亮的地方，可还是不够她看清楚心里最真实的想法。

一阵急促的脚步声从黑暗的角落里传来，愈见清晰。唐梓下意识朝声源看去，身着黑色职业装的女性紧抱着手里的文件包，踩着高跟鞋的步伐焦急而仓促。

看见前方有人，女子的眼睛里闪过一丝光芒，可细看发现也是个女生之后，她眼里的光霎时就熄灭了，转而变成担忧。

“跑！”她朝着唐梓低喊一声，拉过发呆的唐梓，就往前大跑起来。

身后嘈杂的声音传来，夹杂着怒骂和呵斥，唐梓来不及细问缘由，跟着女子就跑起来。刚跑没几步，女子踩着高跟鞋的脚一偏，唐梓听到一声惊呼，女子已经护着扭伤的脚踝再跑不动。

这个当口，身后的声音已经步步紧逼，没时间犹豫，唐梓掏出背着的球和球拍，朝着领头那人，挥拍就是狠狠一球过去，然后趁乱拽着女子，躲进了另一条巷子里。

得亏唐梓对这一片的巷子已经门儿清，左转右转，就带着女子躲开了追她的人。强撑着跑的女子脚已经肿了老高，本来梳得整整齐齐的头发也已经散乱。

她不欲拖唐梓下水，甩掉“追兵”后，就打算和唐梓道别，没走两步，她一个踉跄，整个人已经虚脱，坐在了地上。

“你受伤了，要不先去我家躲一下吧？”唐梓轻声询问。

女子似纠结了一会儿，最终点了点头。

出于刚才种种，唐梓对她已经心生好感，搀扶着她回到了自己家里。

把女子安置在沙发上以后，唐梓赶忙跑去厨房抱着两个冰袋就出来了。女子手里的公文包自始至终都被她紧紧抱着，可见里面定然装了十分要紧的东西。

唐梓对窥探别人的隐私没有兴趣，但是大晚上一个女人护着公文包被一群人追，难免让人产生好奇。

“扭伤的前二十四小时，冷敷的效果是最好的，不过会有些冰，你忍一忍。”唐梓扬着手上的冰袋，对女子说道。

女子的脸上早已没有了方才的惊慌，周身的气场很强，让唐梓立马想到了陈女王，看来也许这也是一个职场女强人呢。

女子点头，说：“谢谢你。”过了小一会儿才想起来补充，“我叫张洲倩，刚才多谢你了。”

不同于她给人那种强势又成熟的感觉，她的声音听起来温柔得多。

唐梓扬起嘴角，富有感染力的笑容绽放在红扑扑的脸上：“客气，我还没对你说谢呢，我叫唐梓。”

唐梓朝张洲倩伸出右手，没留心手还扶着敷在张洲倩脚踝上的冰袋，伸出手的一瞬间，冷冰冰的冰袋砸在唐梓脚上，冰得她“嗷”了一声。

虽然觉得她的反应有趣，张洲倩还是很礼貌地忍住了笑，唐梓自己倒先笑话起了自己：“我果然还是很冒失。”

张洲倩微微一笑。之前没来得及仔细观察，没想到她笑起来的样子还挺好看，和她的声音一样，温温柔柔的，十分有亲和力。不过她的脸却让唐梓觉得很眼熟，好像在哪里见过。

多亏唐梓及时冰敷，张洲倩原本肿得老高的脚踝消下去一些，不过还是红肿着，在她白皙的皮肤上尤为扎眼。

唐梓有些放心不下，问道：“要不，我还是陪你去医院看看吧，伤着骨头可就麻烦了。”

“没关系，我自己感觉还好，不是骨折那种疼痛感，应该只是扭伤了。”张洲倩婉拒唐梓的建议。

虽然唐梓是一个运动员，受伤这种事情对她来说也算家常便饭，但大概是运气比较好，骨折之类的事情，还是从来没有碰到过的。听张洲倩说骨折的疼痛感，唐梓有些诧异，难不成她还经历过？

“不过你这样肯定是走不了路了，那些人有可能还在附近，需不需要帮你联系朋友来接你？”

张洲倩指了指桌面上倒扣着的手机：“联系过了，一会儿就过来，那之前可能还要再麻烦你一段时间。”

唐梓笑着摆了摆手：“不麻烦，你吃过饭了吗？不介意的话一起吃一点？”

张洲倩正想说一句“不用了”，肚子却不争气地“咕”了一声，她有些尴尬地对唐梓笑笑。

唐梓捞起茶几上一小袋奥利奥递给她，说：“我去弄点吃的，你当这是自己家，随意点。”

撇开白逸凡、沈之衡他们，这还是唐梓的小窝第一次来其他客人，虽然过程复杂一些，但对于好客的唐梓来说，还是挺开心的，干起活来都觉得利索很多。

两个人各自吃完一大碗面的时候，唐梓家的门铃响了起来，她去开门的时候多留了一个心眼儿，提前看了看猫眼。看完猫眼她就傻了，扭头又多看了一眼张洲倩，难怪觉得她眼熟呢，恍然大悟的她一拍脑门儿，扭开了门把。

张晨雨戴着鸭舌帽快速闪进门里，看见张洲倩就开始数落：“你说你一个弱女子，就不能踏踏实实找一个如意郎君愉快地嫁了吗？每天把自己置于危险之中，还让不让你妹妹我省心了？今天还好，没出事，要真出事了怎么办？”

不像张晨雨那么情绪激动，张洲倩的语气平静得多：“你什么时候退出娱乐圈，再来对我的职业指手画脚吧。”

张晨雨气得瞪圆了眼睛，转头叹口气，才发现了从她一进门就被她无视的唐梓。

“哎？唐梓？你怎么在这里？这是你家？谢谢你啊。”张晨雨看见唐梓满脸惊讶，随即明白过来是唐梓帮了忙。

被她一连串的问题问得发蒙，唐梓缓了一会儿才开口：“是啊，好巧。你们是姐妹啊？”

不同于镜头下的落落大方或性感妩媚，这个时候的张晨雨更像是唐梓熟悉的邻家少女，没有丝毫明星架子的她，浑身上下都充满了亲和力。

“嗯，我亲姐姐。在律师事务所工作，正为了证据被被告雇的人追着打呢，多谢你英雄救美。”张晨雨说道。

张洲倩不自然地咳嗽了一声，而唐梓则被张晨雨有趣的语气逗笑，连忙说：“偶遇，是缘分啦。”

不过，唐梓看了看张晨雨身后空空，问她：“你一个人来的？”

张晨雨扶起一瘸一拐的张洲倩，说：“我经纪人和助理在楼下等着。”

唐梓一直把人送到楼下，目送她们上了保姆车才转身上楼。

因为这件事情，她和张晨雨、张洲倩两姐妹逐渐熟稔起来，慢慢聊了才知道，两姐妹十多岁就成了孤儿，寄人篱下相依为命了好几年，过了很长一段时间的苦日子，所以姐妹两个事业心都很重，身为律师的张洲倩也已经不是第一次因为案子被报复。

每个人都会遇到不顺利的事情，谁说不是呢。

调了新部门的唐梓工作内容比以往多了很多，现在她所在的是娱乐访谈类栏目，是陈女王一战成名的地方。栏目每周一期，邀请人气明星，以游戏的方式既让他们宣传了自己的作品，也达到了一定的访谈效果。内容种类繁多，需要前期筹备的工作也很多。

唐梓现在不需要和嘉宾过多接触，岗位是导演组助理，琐事一大堆。

前两天《榕城记忆》杀青，摆了场规模不小的杀青宴，时间正好和唐梓她们栏目的录制时间冲突，她自然是去不成。这样想来，她跟这个纪录片其实也挺没缘分的，无论是庆功宴还是杀青宴，她都去不了。

尽管这样，她还是给一起在纪录片摄制组工作过的同事发去了短信祝贺。思量许久，她也同样把信息发给了沈之衡。

内容很简单，只有寥寥数字：杀青愉快，感谢您这段时间以来的辛苦和照顾。

她知道，她没有什么资格去要求沈之衡一定要对她的信息做出回复，可是当手机真的沉寂时，她也分明感觉到了自己心里那抹浓重的失落。她关掉了提示音，把手机丢进了抽屉里。

可这样还是没什么效果，因为她根本就忍不住时不时拉开抽屉，看着空荡荡的锁屏界面反复确认。

窗外又开始稀稀拉拉下起雨来，没来由地让人有些烦躁。唐梓索性把抽屉一锁，把钥匙往钟雪凤那边一丢，声明下班后再找她拿，然后反身就回到自己的办公桌，一头扎进大堆文件里。

而沈之衡这边，一点没被糟糕的天气影响，筹备了大半年的项目终于在不久前开始了一期动工，作为总负责人的他比任何人都更加忙碌。

高强度的工作让原本一丝不苟的沈之衡整个人都染上一层倦意，可这周身的疲惫感在看到塘口孤儿院的这群孩子的时候，又通通消散殆尽。

活动室里，孩子们把沈之衡团团围住，一口一句“之衡叔叔”叫得极甜。沈之衡是塘口孤儿院的常客，每回他来都会带上很多书本和文具，孩子们都特别喜欢他。不过令孩子们不解的是，之衡叔叔每次过来，都会站在挨着大榕树的围墙下，发好久的呆。

这次的改造项目里，孤儿院也在改造范围内，他费了不少力气，才保住了孤儿院的这堵围墙，好像这样围墙上就会出现那个丫头，往他头顶撒一大把树叶一样。

手机提示音响了一下，沈之衡随手点开收件箱，意外发现唐梓的短信夹杂在一堆广告短信里，不仔细看还真容易忽视。

沈之衡打开短信看了看时间，已经是几小时前发过来的。

看到最后的笑脸，沈之衡柔和地勾了勾嘴角，输了删删了输很久，才回道：这段时间辛苦了。

说实话，在最后一期拍摄的时候，没有看到唐梓，很出乎沈之衡的意料。后来才知道人事调动的事，唐梓去了其他部门，在片场听不到唐梓清脆的声音，他还真有些不适应。

回完短信，手机立刻就响了起来，沈之衡心存期待地看了过去，却是许娉的来电。

许娉的声音有些着急：“沈老师，再过二十分钟就是项目会议，您在回来的路上了吗？”

经她这一提醒，沈之衡才发现自己在孤儿院围墙下逗留的时间长了些，险些忘记正事。时间确实有些仓促，不过他的语气还是一如既往地从容：“我马上赶回去。”

挂断电话的许娉松了一口气，替沈之衡整理好要用的文件，然后帮他泡起茶来。这段时间他的忙碌她都看在眼里，不敢明着关心，只好在背后偷偷替他做些小事。

把手机锁起来之后，唐梓的工作效率有了明显的提升。起初还会下意识地往锁紧的抽屉看上几眼，到最后是真的全身心都投入到工作当中无法自拔，连窗户外面变大的雨声都没有惊扰到她。

钟雪凤来的时候，唐梓刚好弄完最后一份文档。她惬意地伸了个懒腰，正为自己今天不用加班感到开心，一扭头就看见钟雪凤单手叉着腰，另一只手拎着个只有稀稀拉拉几把钥匙的钥匙扣，定定地看着她。

唐梓做乖巧状双手领下钥匙，开心地搓搓钟雪凤的手，调侃道："谢女王赏。"

钟雪凤眉毛一挑，反手在她手上轻拍一下，嗔她说："油嘴滑舌，下班啦，快收拾东西，姐今天开了小马达，送你回家。"

唐梓笑得露出牙齿，三两下收拾好自己的东西，末了搀着钟雪凤的手捏着嗓子轻号了一声："娘娘起驾。"

恰好剪辑部小赵走了过来，一时没兜住"扑哧"一声笑了出来，唐梓当即不好意思地红了脸，惹得钟雪凤和小赵笑得更欢。唐梓沉默，有一群逗笑同事也真的是，太容易伤害自己了！

钟雪凤同志十分给力地把唐梓送到了巷子口，还给她留了一把格外亮眼的小花伞，然后满脸春意地去赴男朋友的约。

唐梓笑看车身远去，心道热恋中的女人真的是浑身都在散发着粉红泡泡啊。

她掏出一下午都没有去理会的手机，当看到沈之衡的信息时，原本迈出的步子顿在了原地。

她快速转了个身，没有一点犹豫地往隔着两条巷子的省建筑院方向走去。她记得沈之衡说过，为了项目的事情，整个组每天都自发加班一小时，算算时间，运气好的话现在过去正好赶上他们下班。

她的步子迈得飞起，连水洼都懒得避开，溅得裤脚上都是小泥点子也不去理会。可当她和省建筑院大门只隔着一条马路的时候，她那原本生风的步子，在原地踌躇了好久。

算了，就这样远远看一眼吧，她在心底说服自己。不用想也知道，要是她真放任自己冲上去找沈之衡，她尴尬倒是没什么，沈之衡被同事误会怎么办。

但显然，她今天的运气不太好，马路对面的她眼见从建筑院出来的人走了一波又一波，就是没有看到沈之衡的影子。倒是看到上次给她引路的许娉等在门口，她也不好意思上去问人家说“你们组长什么时候下来”。

苦等无果，唐梓正打算转身回家，就看见沈之衡那辆黑色大切诺基从地下停车场开出，停在了许娉面前。尽管唐梓只坐过这辆车一次，但她还是一眼就认出来了，不会错的，沈之衡不怎么开车，因为家离单位近，他的车一般都停在单位附近的地下停车场。

建筑院大门离马路还隔着一段没有遮挡的台阶，沈之衡拿了车里的伞下来，把许娉接到了车里。

不得不承认，当她抱怨下大雨没有带伞、沈之衡说可以送她回家的时候，许娉整个人都在窃喜。尽管她知道，沈之衡对组里的每个人都很照顾，送回家一趟也代表不了什么，可这仍旧无法阻止她内心升起的期待。

当看到沈之衡撑着伞走上台阶，她觉得自己快飘起来了。这段台阶说长不长，说短也不短，按照沈之衡和她在伞下保持的绅士距离，怕是两个人都得湿身一半。许娉带了点小心机，用手牵住了沈之衡撑伞那只手的袖子，愣是把两个人的距离拉近很多。远处看上去，就像两个人紧靠在一起。

唐梓不幸沦为了这一幕的观众，她还在自我安慰别想那么多的时候，沈之衡刚好抬头，先看到了唐梓那把极为夺目的小伞，而后目光和伞下的唐梓撞到了一起。

唐梓率先朝他扬起笑脸，他点点头，许娉循着他的目光，也看到了唐梓。

她同样对唐梓笑着点点头，问身边的沈之衡：“老师，这是不是上次来过我们院，在电视台工作的那个姑娘，叫什么来着？”

说话间已经走到了车门前，沈之衡边替许娉拉开车门，边说：“唐梓。”然后他反身往驾驶座走去，临上车前又看了一眼唐梓，示意他先走了。

周围的路人行色匆匆，而撑着伞站在雨里的唐梓怎么看都显得有些突兀。看着沈之衡的车开远之后，她突然之间觉得有些难过。

她想起了修窗户那天和白逸凡的对话，想起了自己信誓旦旦说要追沈之衡时候的表情和语气，突然之间觉得自己其实并没有想象中的那么勇敢。她从没有设想过，如果沈之衡不喜欢她，或是他有了喜欢的人，那，又应该怎么办？

雨势变小了，可她现下完全不知道，要走哪个方向。口袋里的手机疯响个不停，还是身边路过的好心大爷提醒，唐梓才浑浑噩噩地接通了电话。

半小时后，钟雪凤开着她的小马达，带着浑身怒气把唐梓接上了车。

“太过分了！明明说好一起吃饭的！他居然临时加班，还竟然忘记提前和我说！”钟雪凤愤愤地和唐梓吐槽起自己的男朋友。

得，两个失意人。

路过的广告牌十分醒目，唐梓盯着看了许久，转身对钟雪凤提议：“咱们去别墅‘轰趴’吧！”

仍旧愤慨的钟雪凤刹住车，朝唐梓指着的地方看去，末了说：“那地方……怪奢侈的，就咱们？”

仔细想想，以前在家的时候，几乎每周家里都有一次 Party，回国以后小半年都没有参加过任何 Party 的唐梓，来了兴趣。

她小手一挥，豪气道：“我请客，嗯……咱们叫上几个姑娘，一起乐和乐和。”

以前祖父喜欢懒洋洋地靠在躺椅上晒太阳，一脸满足地眯着眼睛对唐梓说：“小姑娘，有时候及时行乐也是一件很幸福的事情啊。”

接下来的二十分钟里，唐梓打电话预订了“轰趴”别墅，约上了张家姐妹，指挥钟雪凤七拐八拐地开到白逸凡画室门口，拐带上在画室闭关画画的白逸凡，愉快地前往聚会地点。

别墅很大，三层高的欧式小洋楼，里面自带的酒水食物够满足三十人的需要，显然，唐梓一行五人看起来有些单薄。

钟雪凤一走进别墅就开始兴奋地嚷嚷：“我喜欢这种奢侈的土豪感！”尤其是唐梓居然请来了张晨雨，真的美飞了好吗？

几个姑娘都不是什么内向的人，唯一不太容易融入环境的张洲倩，都在疯疯癫癫的钟雪凤影响下，丢掉了包袱，加入狂欢。

张晨雨可不仅仅是宅男女神，白逸凡也绝对不只是文艺女画家，看着她们两个在大厅里放肆热舞，唐梓惊讶地朝她们竖起大拇指。看来自己当初在英国高中毕业舞会上得到的“Party Queen”称号，今晚无论如何都要让贤了。

钟雪凤举着麦克风随性号叫，连同样和唐梓坐在沙房上的张洲倩都举着香槟，朝她大喊了一句“Cheers”。

唐梓受气氛感染，整个人都持续亢奋。五个姑娘不管是不是第一次见面，都已经嗨成一团。其中还出了个插曲，也许是因为她们闹得太嗨，惹得隔壁别墅的房主无奈敲响大门，结果人家还没发挥，就被巧舌如簧的张洲倩说得哑口无言，无奈败北。

等她们闹累了，齐齐倚在沙发上，聊起天来。

女生之间的友谊，可能也该算作是世界上一大未解之谜，就这么心血来潮组起来的一个局，倒是让唐梓把她在不同环境下认识的女性朋友都串到了一起，开始交心。

先是钟雪凤，开始吐槽她那可怜的男朋友。

“我都觉得，我男朋友真的是走狗屎运好嘛，就他那种情人节把玫瑰花订成白玫瑰的技术宅，我还没有和他说分手，真的是我太善良了好不好？”

“哈哈哈……”张晨雨拍拍她的肩膀，“所以你是说自己是狗屎吗？”

一旁白逸凡默默又给自己倒了一杯伏特加，冷笑道：“好歹你男朋友还知道给你送花。送花这种事情，我男朋友直到跟我分手以后他才学会好嘛！”

“不对。”钟雪凤打了个嗝，晃着自己的食指，“分手之后，就是前男友。”

钟雪凤不经大脑的一句话，让唐梓明显感觉到白逸凡的脸色有些微变化，看起来更像是她又想起了赵世琛。

“不行！说起来好生气啊！我要和我的傻子男朋友分手。”

说着，钟雪凤就掏出手机要打电话。唐梓手疾眼快一把抢过她的手机，生怕她一冲动造成无法挽回的后果。

比她还激动的是白逸凡，白逸凡往钟雪凤嘴里塞了一大块曲奇饼干："别作，有的话一旦说出口，就再也挽回不了了你知道吗！"

一边张晨雨也加入进来，哀怨地说："有对象就不错啦，你哪里知道我们这种单身女子的苦，暗恋都暗恋得委屈巴巴。"

"咦？"白逸凡指向她，"你也玩暗恋啊？你喜欢的男人是不是眼瞎，要是我肯定主动倒贴。"

张晨雨嗔怪地轻打白逸凡的胳膊："什么叫'也'，还有谁和我一起这么悲惨？"

白逸凡指指唐梓："喏，那个小傻子啊。"

张晨雨眯了眯眼睛，凑到唐梓面前："阿梓，你暗恋谁啊？"

得，这炮火怎么就转移到了自己身上？唐梓苦笑，不知道要怎么开口。

另一边钟雪凤也贱兮兮地凑了上来，八卦道："是不是沈之衡，是不是？"

"哟，雪凤你都知道了，这傻子学聪明了，开始挑明了啊？"白逸凡惊讶地叫着。

钟雪凤恨铁不成钢地摆摆手："怕是没有，我猜的，刚才我就是从沈之衡单位门口接的这傻孩子。"

这下，换来三个人一齐摇头。

唐梓继续苦笑，好吧，她承认自己确实算不得聪明。

"沈之衡？是不是省建筑院那个沈之衡？"一直在一边看着她们闹的张洲倩开口问道。

钟雪凤凑到她身边："你也认识啊，就是他就是他。"

张洲倩默默叹口气，看了看唐梓，说："沈之衡是我大学学长，建筑系的颜值担当，当初人气很高的。我一舍友，算系花级的了吧，追了他好几年，一直追到他留学回来，结果人家说有女朋友了，在英国。”

“哇，异国恋啊。”听到八卦后的钟雪凤满足地咂咂嘴，胳膊肘轻顶了顶唐梓，玩笑道，“小梓，异国恋多么伟大啊，你还是不要去横插一脚了。”

错愕中的唐梓扭头看了看白逸凡，对方朝她摇摇头，表示她也不知道这一段。

怕唐梓难过，白逸凡忙打起圆场：“应该是用来堵那个女生的吧，我认识沈之衡这么多年，从没听说他恋爱过。”

“也可能人家爱得很低调，这是低调的守护，啧啧！”钟雪凤花痴地搓搓手。

唐梓持续错愕中，连张晨雨都看出有些不对劲，她赶忙开口：“一群没志气的家伙，一个晚上光顾着说男人了。就不能说点其他话题嘛！”

“对对对，没出息的家伙。”钟雪凤附和。

这下几个人都笑出了声，张洲倩也难得点了点钟雪凤的额头：“都是你起的头好嘛！要我说，其实女孩子完全可以一个人自力更生的啊！”

“我反对！”张晨雨高举右手，“这不是你不嫁人的理由和借口，我还指着给你儿子我大外甥买奶粉呢！”

张洲倩反手对着张晨雨的脑门儿就是一巴掌：“你才是，赶紧退圈，别整天说什么为了暴富。”

张晨雨摇头晃脑，十成十是喝醉酒的样子：“我才不呢，何以解忧，唯有暴富，我是一个要当女富婆的人。”

说完她还不好意思地冲唐梓她们嘿嘿一笑：“你们可不能说我拜金哦，我只是小时候穷怕了，需要人民币堆积起安全感。真的，我大学时候可穷了，看到一双打完折只要三十五块钱的高跟凉鞋，我都舍不得买，我多喜欢那双鞋啊。”

她和白逸凡碰了杯，仰头灌下一杯酒后又歪着头继续道：“可，女孩子再穷，都不要告诉任何人，没有人会理解你的，你能做的，就是脚踏实地，努力赚钱！”

接下来的场面，就开始走感性路线，吐槽完了男朋友，又开始说起小时候的心酸种种，五个人更是抱在一起，哭作一团。

其实每个人的心里都藏着一些很不快乐、不愿轻易提及的过往。

没心没肺的钟雪凤，生在一个重男轻女的原生家庭；看似洒脱的白逸凡，心里从来都没有忘记赵世琛；还有张家姐妹，有一段寄人篱下艰难贫穷的成长史；唐梓自己也是一样，她曾是个弃婴。

唐梓知道，自己酒量很浅，所以没有放纵，可即时只是喝了几杯酒精度含量很低的香槟，仍觉得脑子发晕。其他几个人更惨，一人占着一个洗手间，抱着马桶大吐不止。晕乎乎的唐梓跑上跑下，由衷地觉得，还是找人把她们各自认领回去，比较妥当。

接到唐梓电话的时候，赵世琛正在和沈之衡泡茶，挂了电话，他已经对自己兴冲冲带来的那盒好茶丧失了兴趣，急急忙忙就要去接白逸凡。

“什么事情，这么着急？”沈之衡看向他。

赵世琛笑着摇了摇头：“一群姑娘跑去别墅‘轰趴’，我家小麻烦喝醉了，唐梓顾不过来，让我去接呢。”

沈之衡皱起眉头：“唐梓也醉了？”

赵世琛摸摸下巴，故意道：“怕是也差不多吧。”

果然，如他所料，沈之衡一把捞起外套，说：“我和你一起过去。”

赵世琛、沈之衡他们几乎是和钟雪凤男朋友一起到的别墅门口，临下车时三个人互看了几眼。

钟雪凤的男朋友王朝河率先开口道：“你们也是来接女朋友的？”

赵世琛点点头，两个人和王朝河握手后一齐往别墅内走去。

见到别墅里惨不忍睹的样子，三个人都有些愣。

王朝河苦笑着转过头对两人说：“看来没什么事情，还是不要惹怒女朋友，她们疯起来，还真的是又吓人又让人心疼哈。”

赵世琛十分赞同，眼前这群女人哪里还是平日里那群精致的小仙女，鞋子飞了老远不说，头发糊在脸上，妆也花了，衣服也脏了，嘴里还大着舌头嘟囔着什么“男人算哪块小饼干”。

沈之衡目光快速地扫过沙发上醉得东倒西歪的两个姑娘，确认唐梓不在其中后轻舒了口气，转而想到她会不会喝醉了倒在哪里没人管，当即大步迈进大厅找起人来。

这时，晕乎乎的唐梓刚从厨房端着烧好的热水走出来，差点撞上沈之衡，一壶热水险些烫伤自己。幸好沈之衡手疾眼快，一手接过开水，另一只手紧紧扶住唐梓。

唐梓虽然晕乎，脑子却清醒异常，看见这个女朋友在英国的沈之衡，她叫了句“沈先生”，就下意识要和他保持距离。这一退，本来就不稳的身子又是一晃，沈之衡只得加大力度扶住她，语气已经带上几分劝哄，他说：“乖，别乱动。”

这话好似有魔力，让唐梓乖乖地站在了原地，她傻乎乎地盯着沈之衡的侧脸看了很久。

“谢谢你。”她低着头轻轻说了一句，极力稳住身子退后了一步。

右手触碰的温度骤失，沈之衡不自然地把手握拳放在嘴边轻咳一声，恰好白逸凡嚷嚷着要喝水，缓解了他不易令人察觉的尴尬。

看到赵世琛和王朝河，唐梓这才算是松了一口气。从张家姐妹被张晨雨的经纪人接走开始，剩下的两个就没有停止过奴役她。

不像王朝河那样名正言顺，赵世琛一时对醉得一塌糊涂的白逸凡有些手足无措。看着他想抱又有所犹豫的样子，唐梓没忍住，不厚道地笑出声来。

这一笑倒好，赵世琛的耳朵都红了起来，连和他熟识多年的沈之衡也是第一次见。

实在看不下去，唐梓出声指挥："愣着干吗，扛走啊！"

好一番折腾，赵世琛总算把白逸凡妥当地安置在了车后座。

唐梓倚着别墅大门的柱子，不忘交代道："把人妥善送回她自己家啊。"

赵世琛疑惑抬头："你不走啊？"

唐梓在原地眨巴眨巴眼睛略加思索，贼贼地说："这别墅租一天可贵了，不睡一晚上，太浪费了。"

从没见过唐梓这精明模样的赵世琛乐了乐，目光跳过她看向她身后的沈之衡，笑着说："那车，我就先开走了。"说完也不等沈之衡答复，扬长而去。

唐梓丝毫没意识到有什么不对，还在喃喃自语："老赵啊，我也只能帮你到这里了。"

酒劲一阵一阵地冒出来，唐梓靠在柱子上根本不想动弹。一阵风吹来，喝过酒的唐梓发起酒寒，冷得打了个哆嗦。一件带着好闻木香的外套披到了肩上，唐梓瞬间被温暖包裹。她一惊，转身看到沈之衡的俊脸，吓得差点咬到自己的舌头。

"你……你怎么没走？"

沈之衡自己也不知道怎么回答这个问题，他自认为自己算不上是特别热心的那种人，除了偶尔体恤自己的组员加班辛苦，送他们回家之外，他确实很少过度去照顾什么人。唐梓算是个意外，明知哪怕磕磕绊绊她也能把自己照顾得还算不错，可是当他看见她遇到状况的时候，总是忍不住想为她做点什么。

可能是因为，她太像小囡了吧。所以他控制不住自己，想把她当成小囡去照顾，所以才连累她被同事误会许多。

困意浓浓，唐梓没心思去等沈之衡的答复，满脑子除了头晕，就是想睡觉。她打着哈欠摇摇晃晃往楼上走，还不忘交代："您走之前记得帮我把大门关上，谢谢。"

这似乎是认识她以来第一次被她甩在身后，沈之衡笑着摇摇头，挽起了衬衫开始收拾这满室的狼藉。

赵世琛车开得极为稳当，连不得已需要刹车时都踩得相当温柔。白逸凡趴在座椅上，想了很久自己是不是要继续装睡。

她觉得自己今天没有醉，因为她晕乎得连唐梓的脸都想不起来长什么样子的时候，她还是一眼就认出了赵世琛。不仅认出他来，她还明确地知道，这是自己爱而不得的那个人。

她想自己应该是要推开他的，可当她整个人被他抱在怀里的时候，她才发现他的怀抱原来比世界上任何一种烈酒都更醉人，醉得她想沉溺其中，一梦不醒。

白逸凡以前就有一个习惯，装睡的时候浑身都绷得紧紧的，赵世琛只从后视镜里看了一眼，就发现她已经醒了。

他拿起一直放在手边的水，缓缓说道："要不要喝点水？"

装睡被点破，白逸凡索性整个人坐了起来，不客气地接下水狂饮几口，满足地呼出一口气："沈之衡的女朋友在英国？"

一直稳稳扶着方向盘的手晃了晃，连带着车身也摆了一下。赵世琛不知道自己是应该感谢沈之衡还是嫉妒他，隔了这么多年，白逸凡对他说的第一句话，居然是关于沈之衡的。

他清了清嗓子："就那个万年老光棍，连女孩子的手都没牵过几回，哪来的女朋友啊？"

"那他说他女朋友在英国？"白逸凡不解。

"是吗？估计是用来堵他追求者的借口吧，或者他拉那个小丫头出来挡桃花。"赵世琛说着，自顾自笑了起来。

这下白逸凡更加疑惑："小丫头？他喜欢的人？"

赵世琛侧头看了她一眼，说："你不会喜欢上他了吧？"

白逸凡瞪着眼睛朝他就是一掌："乱说什么，我替唐梓问的。你不想说，就算了。"

连白逸凡自己都没察觉到刚才的他俩有多像当初在一起时打闹的样子，赵世琛忍着手臂上麻麻的痛感暗自窃喜。

他正了正声："我早就觉得唐梓对阿衡有点意思，没想到还真是。看沈之衡今天那上心的样子，唐梓希望还是挺大的。"

宿醉后的唐梓被生物钟叫醒的时候，豪华的卧室里只有窗帘没拉紧的缝里漏进来了一束微光。这光不偏不倚，恰好打到卧在沙发上熟睡的沈之衡身上。

所幸唐梓一直是一个自我情绪控制得很好的人，纵然惊讶，她还是忍住没有惊呼出声。床头柜上放着保温壶和一个玻璃杯，沙发边还静静躺着一个沈之衡触手可及的果绿色的脸盆。

他照顾了自己一夜？不可否认，得出这个结论的唐梓非常开心。可一想到他有一个英国女友，她脸上的笑容就又垮了下来。

她蹲在沙发边，静静地看着沈之衡熟睡的脸，轻声呢喃：“果然我还是晚了点吗？以后不要再对我这么好了，你女朋友会吃醋的，我也会误会的。”说罢，她起身轻轻把空调被搭在了沈之衡身上，踮着脚尖出了卧室。

她还没有想好自己要用什么状态和清醒的沈之衡相处，极快地做好早餐以报沈之衡照顾之恩后，她就逃一般离开了别墅。

醒来后的沈之衡对着早餐和唐梓留下的便笺无奈苦笑，明明今天周六她还要编出一个“上班迟到先走了”的借口，看来真的是被自己吓到了。

接下来的很长一段时间里，唐梓再没有出现在沈之衡的世界里。

因那场心血来潮的Party，唐梓成功把她们五个人串到了一起，也让王朝河和赵世琛成了最大受益人。

可令唐梓纳闷的是，为什么平日里一本正经的赵世琛创建了个名为“追爱联盟”的群，群里有他和王朝河也就算了，把她拉了进去这算是怎么回事？

联想到白逸凡一声不吭又跑出去当背包客，唐梓顿悟，这两个人怕不是要自己来当他们的爱情间谍吧？

唐梓叹着气默默摇了摇头。

左边一只手伸过来，点了点唐梓歪着的脑袋，唐梓有些无辜地看向戳她的钟雪凤，扁了扁嘴。

“朝我卖什么萌，你不会不知道我过来找你是为什么吧？”钟雪凤认真地盯着她。

嗯？唐梓仔细回忆，未果，她只得朝雪凤摊了摊手。

不出所料，钟雪凤无奈摆摆手：“一小时前，我在QQ上约你，下班一起去买团建时穿的登山靴。”

啊……好像是有这么一回事儿，唐梓不好意思地挠了挠头，抱歉道：“Sorry，我给忘记了。”

钟雪凤开始替她整东西：“嗯，我也没指望你记得住。别说我没提醒你啊，你最近走神的次数多了些，明天团建，台里几大BOSS可是都会露面的，你要是这种状态，怕是不太好。”

谁说不是呢，作为一个网球运动员，能否时刻控制自己的精神高度集中早就成了必备技能，可这种以往无数次她都能做到很好的状态，现在好像彻底和她这个人说再见了一样。

她尝试让自己投入到高强度的运动中去，跑步，打球，累到一回家就瘫在沙发上一动不动，可是她的大脑从没有停止过思考，无论她多努力地控制着，脑子里都是各种样子的沈之衡转来转去。

出师未捷身先死，说的是她没有错了，可怜她唯一能做的，就只剩下控制自己不去想他。

旅游大巴在九曲十八弯的山路上绕来绕去，原本兴致勃勃的同事也在晕车的状态下选择安静。只有钟雪凤是个例外，拿着手机不停对着窗外咔嚓咔嚓，一刻也消停不下来。

团建的地点在一个刚开发出来的高山风景区，山中湖泊山谷应有尽有，景色宜人。据说是全省第二高峰，基础设施完善以后，急需一个宣传平台把它推广出去。刚好今年团建台里想与众不同，两方一拍即合，倒是让唐梓她们捡到了大便宜。

车开到半山腰，就到了景区大门，门口立了个大石碑，碑上刻着四个大字，但字体和内容，唐梓实在认不出来。她掏出手机，刚给石碑拍了张照，那边钟雪凤就大声喊她上缆车。

唐梓第一次坐高山缆车，感觉很是新奇，看着窗外随着海拔爬升森林植被呈现变化的时候，她顿时心情大好。

由于阴天的缘故，越往上走，雾气越浓，下缆车的时候，空气的湿度直接可以打湿人的衣服。

住的地方在山顶的小木屋，离缆车终点还有一大段距离，大 BOSS 们走在前面相谈甚欢，像唐梓她们这些基层员工，都稍稍落后一些。

坐进卧在枕木轨上的小火车的时候，钟雪凤整个人都亢奋起来，拉着全车同事开始高歌。唐梓靠在窗边俯视群山，群山在云雾里露了些模糊的影子，唐梓觉得，自己身处云端，仿佛只要一伸手，就可以抓住云彩。

景区花样很多，一环紧接着一环，下了小火车，就走到了“时光隧道”的入口。两边灯光延伸进去，还真有些时光隧道的影子。

唐梓正打算迈步，身边的钟雪凤却盯着洞口一动不动。

“怎么了？”唐梓不解。

钟雪凤一本正经地问道：“阿梓，你说走进‘时光隧道’，会不会回到过去的某个时间啊？”

唐梓心情好地配合道：“难说，保不齐你就回到十八岁了。”

“不不不，”钟雪凤摇头，“我不想回十八岁，我想去唐朝当美人。”

唐梓掐掐她腰边软软的肉，应和道：“对对对，还是那种绝世美人。”

“你呢？想去什么时候？这么瘦，去汉朝吧，估计你去了就没飞燕什么事情了。”钟雪凤臆想道。

唐梓失笑：“我可能……想回到十八岁，告诉自己回来得再早一点。”

说完，她没给钟雪凤继续追问的机会，拉着钟雪凤就往洞里走去。

隧道不长，可走出来看到的景色，还真让唐梓觉得，可能自己误入了桃花源。

面前云雾袅袅，一阶阶石板向上蔓延，石板两侧生长着高山植物，再往前走，就是沿着一块巨石修建的栈道。

唐梓、钟雪凤落后了许多，走到那边的时候前面围了好几个同事。唐梓个儿高，稍稍踮了踮脚，就看到人群中间站了一个身着古装、满身仙气的女人。

“巧啊！”

肩膀被拍了一下，唐梓随即转头，赵世琛满脸笑意地同她打着招呼。

唐梓下意识就往他身后看去，以往这位仁兄出现，就一定看得到沈之衡的影子。

赵世琛当然知道她要看谁，贱笑着调侃：“别看了，他没来。他们项目最近在评什么奖，忙着呢。”

心事被戳穿，唐梓忙转移话题：“你怎么跑这儿来了？”

赵世琛指指人群：“我们公司游戏广告在这儿拍，我过来监工。早听说你们来这儿团建，我还想着能不能遇到你呢。”

“我？”唐梓疑惑。

赵世琛夸张道：“咱们好歹是同甘共苦的战友不是？”

唐梓想起了他建的那个群，不免笑了起来：“嗯！我要是记得住，会在大白面前偶尔提一提你的。”

赵世琛用手捶了捶自己的左胸，指向唐梓：“够义气！”

果然人不能只看表面，不是所有人都像沈之衡那样表里如一。唐梓默默选择忘记当初第一次见到赵世琛时对他的第一印象，然后反复告诉自己，这个人其实只是一个穿着西装的顽童。

赵世琛公司找的代言人唐梓没认出来，但是坐在监视器前戴着鸭舌帽的身影，她倒是认识。

她正犹豫要不要去打招呼，顾城就已经看了过来。他冲她一笑，比了个“等我一下”的口型。

顾城这一细小动作落入了赵世琛眼里，他摸着下巴若有所思，目光已经在唐梓和顾城之间走了几个来回。

唐梓丝毫没有注意到赵世琛的小动作，和赵世琛打过招呼，她径自走向企图和广告女主角拍合照的钟雪凤。

拍完合照的钟雪凤笑得欢乐，满足地朝唐梓打了个响指：“啧，小花啊那可是，又多了一张和女明星的合照，此行满足了。”

“你的合照收藏没有上百也有好几十张了吧，你追这么多‘爱豆’，不怕被粉丝说你滥情啊？”唐梓手撑在钟雪凤肩头，调侃她。

钟雪凤毫不在乎她的调侃，反倒说起她来：“哟哟哟，我们阿梓都会说‘爱豆’啦，可见姐姐我最近对你的调教很有用，要不要加入我们集合照小组？”

“嗯，不要。”唐梓果断拒绝。

哪知钟雪凤登时戏精附体，对着唐梓作势要走的背影开始深情表白：“别走，我的阿梓，纵然‘爱豆’千千万，可我只宣你一个啊！”

尽管两个人此时的位置和人群隔着点距离，但是钟雪凤分贝不低的嗓门儿一号，还是有不少人听见。

先前忙着和拍摄团队熟人寒暄的几大 BOSS 也被钟雪凤这一嗓子吸引，笑着看了看她和唐梓，说：“还是这些年轻人有活力。”

唐梓看过去的时候，陈洁恰好也看着她，她脸色一红，有些生涩地朝陈洁笑了笑。陈洁同样回以一笑，那笑容让唐梓想起教练查森，竟然给她带来些熟悉感。

直到一只略感冰凉的大手在她头顶轻拍一下，她才回过神来，看见和自己面对面站着的顾城，她惊讶于他方才的举动，除了家人之外，还从来没有人这样亲昵地拍过她的头。

"好久不见。"唐梓笑着说，步子缓缓往后退开一些。

顾城对她的小动作视若未睹，语气有些说不上来的温柔："山上冷，你怎么也不多穿一些？"

唐梓略有些不自然地呵呵一笑："爬山不好穿太多，何况运动了就很暖和。"

刚才爬山出汗的时候，唐梓把冲锋衣领子解开了一些，虽然她穿得还算暖和，但是空荡荡的脖子露了一截儿，确实显得单薄。

"以后多穿点儿，山区温差大，一不小心就感冒了。"顾城字字关切。

一旁的钟雪凤眼里再度燃起八卦的小火苗，正打算附和顾城给他助攻几句，赵世琛的声音就插了进来："顾导说得有道理，初冬的感冒可是很磨人的，阿衡一场小感冒拖了将近半个月才好利索。小梓你得照顾好自己，要不一个两个都输给流感了。"

"他感冒了？"唐梓有些着急地看向赵世琛。

赵世琛在心里为自己点赞，面上却是不动声色："唔，就你们去'轰趴'疯的那次，回去他就感冒了。你是不是霸占了所有的被子？"

眼尖的赵世琛看见顾城眉毛一挑，脸上的表情越发无害起来。

唐梓听着他这句状似无意的话，顺带多想了想，耳朵上染了浅浅一层粉色。

沈之衡确实一晚上都没盖被子没有错，可是怎么听赵世琛说出来，感觉就这么怪呢?

那边副导演开始催场，准备下一个镜头的拍摄，顾城被赵世琛这么“无心”地一打岔，原本要说出口的邀约也搁置了。

唐梓一行继续往山顶的木屋酒店走去，一路上钟雪凤兴奋地拿她打趣，可她一门心思都在沈之衡感冒这事上。

“别发呆啦！爱妃，看，这就是朕为你打下的江山。”钟雪凤一只手钩着唐梓的肩膀，颇有几分指点江山的气魄。

原来不知不觉她们已经到达了山顶，放眼望去眼前一片辽阔。

云海翻涌，似浪花层层叠叠，云海之上蓝天依旧，远处阳光泛起光晕，恰好拢在远方的山顶。

钟雪凤大呼：“佛光啊！可遇不可求，可遇不可求！”说罢，她忙拿起相机，摁起快门。

唐梓被眼前风景所惊艳，随之而来的是一种轻松感，她突然觉得，在这浩荡的世界面前，其实她真的很渺小。

她内心被一种十足的安宁感笼罩，如果想见的人也在这里，是不是就算岁月静好。

她也跟着拍下照片。连同在山下拍的，唐梓细挑了九张出来，发到了朋友圈，配字：在不认识是什么字的地方。

状态刚显示发送成功，白逸凡的电话就打了进来。唐梓现下心情愉悦，电话一接通，那头的白逸凡就感觉到了她语气的轻松。

心情好就好，白逸凡在心里默念。她总觉得自己似乎忘记了一件非常要紧的事情，现在想起来才发现真的非常要紧。

“小梓，我有罪。”白逸凡的语气满是诚恳。

“嗯？怎么了？”没头没脑的一句话，令唐梓非常不解。

“那天我帮你问了赵世琛，然后我忘记和你说了，你也知道，遇到他的时候我都比较……”白逸凡欲言又止。

唐梓轻笑：“嗯，我知道，遇到他的时候你都比较傻，但是你忘记和我说什么了？”

白逸凡清了清嗓子：“听了别太兴奋掉山下去哦。”

“好……”唐梓拖长嗓音，“可是你为什么还不说……”

“是这样啦，我问了赵世琛，沈之衡其实没有女朋友，他单身。”

唐梓愣了一小会儿，对着电话那头号道：“这么重要的事情，你居然忘了说！忍不住了，我要把你的住址卖给赵世琛！”

猜到会有这个反应，白逸凡满怀愧疚地好好哄了她一番，好不容易平复了她的心情，这才放心地挂了电话。

上一秒的内心宁静早跑没影了，唐梓整个人亢奋起来，奈何她现下的欣喜找不到人分享，钟雪凤早躲一边和她家王朝河开着视频你侬我侬去了。

通话界面结束以后，手机屏幕又自动转回了朋友圈首页，一条新消息明晃晃地挂在中间。唐梓点开，只见来自沈之衡的评论里说：字体是篆书，内容叫闽江正源。注意安全，团建愉快。

评论完，沈之衡习惯性把手机放在桌面。手指还没完全松开，振动就已经传递到指尖。

他接通电话，只能听见电话那端的风声和唐梓有些急促的呼吸声。

“唐梓，说话。”沈之衡清朗温润的声音在唐梓耳朵里绽放。

唐梓并不知道要说什么，她刚才完全随心，等沈之衡的声音传来时，她才意识到自己做了什么。

“你的感冒……好点儿了吗？”这是什么话题，唐梓咬了咬自己的舌头。

果不其然，沈之衡在那头轻笑起来："没什么事。你到景区了？感觉怎么样？"

"感觉超棒，这边的山好高啊，先坐缆车，然后又是小火车，过了隧道居然还有栈道。山顶视野可好了，一整片云海，很好看。对啦，我还碰到赵世琛了，他们公司在这边拍广告。"唐梓吧啦吧啦说了一长串话，表情眉飞色舞。

"山上温差很大，别感冒了。景区周边还没怎么完善，你去那里玩的时候记得找个伴。"

沈之衡的叮嘱让唐梓心头一暖，脑子里重温过无数遍的话脱口而出："知道啦，阿衡哥……"

"什么？"山风刮来再加上唐梓及时收音，最后几个字他只听了个大概。

唐梓笑着打哈哈："没有没有，你也是，照顾好自己。"

第五章

我想和你谈恋爱

建筑院这几天的气氛极度轻松，每个人脸上的表情都暗藏喜色。连以往对这些事都不怎么放在心上的沈之衡，脸上也时不时露出些不同寻常的笑意。

他向来是个很好相处的人，除了工作的时候一丝不苟之外，其他时候一点组长架子都没有。相比其他组那些不怒自威的前辈，沈之衡的组简直是所有实习生的向往之处。

许娉把要提交给沈之衡的文件一份份整理好，刚走到他办公室门口，就听见新来的实习生在向他请教。

许娉没走进去，站在门口，偷偷打量。沈之衡大多时候都是迷人的，不仅是在纪录片里侃侃而谈的他，也不只是工作时严谨投入的样子。在许娉眼中，他最迷人的时候，就是当下。

她一直都记得，自己刚到院里的时候，刚要从理论投入实践，整个人的状态都是紧张且空白的。每每她小心翼翼求教的时候，沈之衡都极度耐心地把每一个细节一一告知，哪怕她问的问题是最最基础的，他也都不吝教授。

“谢谢沈老师，您这几天整个人都看起来神采奕奕，看来咱们的项目这次是一定有一个好成绩了吧？”实习生笑着问道。

结果出来之前，到底项目能不能获奖，沈之衡也不保证。他没直接回答，而是问道：“是吗，我最近看起来精神不错？”

实习生仔细打量了他一番，说：“嗯，十足好事将近的样子。”

沈之衡起身，准确地从一堆卷着的画稿中抽出了自己需要的那一份，递过去：“这份图稿你带回去好好研究一下，关于你说的问题，或许还可以从中找到些解决的方法。”

实习生满心欢喜地抱着画稿走出办公室，许娉这才敲门进来。沈之衡带了她大半年，相比刚秋招进来的实习生自然熟稔得多。

她把文件放在沈之衡习惯放置的位置，笑道：“咱们院里的实习生越来越机灵了，刚才这是变相和您打探情报呢。”

沈之衡拿起文件看了起来，边翻着纸张边调侃道：“是不是在后悔自己实习期的时候也有很多想打探却没有问出口的情报？”

听见他居然调侃自己，许娉有些意外：“老师怕是真的有什么好事吧？您最近的心情似乎特别好。”

沈之衡轻笑一声，拿起了另一份文件：“大概是最近项目一切顺利，感觉很轻松吧。”

等到许娉离开，沈之衡放下文件摸了摸自己的脸，自己最近真的和以往不同吗？他正打算起身活动一下久坐的身体，赵世琛的电话就打了进来。他一边接通电话，一边走向办公室的窗户边上。

“阿衡啊，你猜我现在在干吗？”赵世琛的口气十分不正经。

沈之衡边揉着太阳穴，边回道：“你不是在山顶监工吗？”

赵世琛神秘一笑，随即把手机的听筒对准了不远处，听筒里传来些不甚清晰的笑声，沈之衡却立刻判断出声音来源。

“听见没？”赵世琛问道。

沈之衡不解：“什么？”

赵世琛语气颇有几分恨铁不成钢的味道：“唐梓啊，他们团建小组滑雪竞赛，拿了第一正乐着呢。不过这小丫头挺看不出来啊，滑雪可是一把好手。”

沈之衡换了个站姿，斜靠在窗框上，脸上划过一抹不自知的暖意，语气却很平常：“你什么时候还转行当情报员了，景区那个新盖的滑雪场可是咱们省第一个滑雪场，唐梓比较占优势。”

不知道隐情的赵世琛完全听不懂他说的什么优势，满心都是自己好心向好友传递情报却反被调侃了的怨念。

他赵世琛可不是轻易肯吃亏的人，思及此，他话锋一转：“唐梓占什么优势我是不知道，不过这丫头人缘倒是不错，看得出来她们单位挺多小伙子都对她很上心啊。”

听得这话的沈之衡挑了挑眉，心中有些异样，但他很快反应过来赵世琛说这话存着使坏的心思，随即回道：“这样看来优秀的人果然都是扎堆的，前阵子我也听唐梓说，白逸凡的追求者不少。”

挂了电话的赵世琛满腹怨念，看着不远处笑得欢乐的唐梓，深觉自己有必要好好引导一下这姑娘，让她尽早收了喜欢沈之衡那浑蛋的心思。

想完之后赵世琛觉得稍微解气了些，然后开始变着法子向唐梓求证自己亲爱的白逸凡是不是真的有很多追求者。

唐梓在对主发誓了很多遍保证自己说的是真话后，终于让赵世琛稍微平静了下来。和钟雪凤相看一眼，她摇头叹了口气，钟雪凤默默扶额。

良久，唐梓感慨道："第一次见到他的时候，觉得他妥妥是那种霸道总裁型的，没想到硬是被爱情逼成了愣头青啊。"

钟雪凤竖着食指摇了摇："半年前赵世琛可还是榕城最具魅力黄金单身汉 TOP50，如今……我只能说，咱家大白魅力果真不容小觑。"

"还有这种排名？"唐梓咋舌。

钟雪凤哈哈一笑："那个时候我们台的妹子比较闲，闲得发慌就给他们排了排名。"

唐梓不住点头："看起来是真挺闲的。话说，咱们下午的总结会开完之后，是不是可以先回去了？"

"嗯，没错。不过台里不是还给咱们安排了两天自由行嘛，你不去？这可是难得的福利，不去吃亏的哦！"

唐梓叉了一口蛋糕塞进嘴里，含糊着说："我有事。"

"啥事？"

咽下蛋糕，唐梓字正腔圆道："终身大事！"

在她内心把白逸凡捏扁搓圆用网球拍拍了不下几十次之后，一门心思都在数着这为时不长的团建究竟啥时候到头。

赵世琛这个熊孩子啊，没事为什么要刺激白逸凡，连累她整整半个月都笼罩在单方面失恋的乌云中。她反复安慰自己好在沈之衡还是单身啊，可转念一想，不对，这半个月她和他连个标点符号的沟通都没，这才真的是亏大发了！

平白多了两天假期，往日坚守电视台扎堆工作的同事们个个满脸喜色。陈洁和电视台几位副台长一齐走出会议室，团建结束他们也开始享受起度假的欢愉，表情很是轻松。

“难得来一趟燕栖山，空气是真的好。”走在最前面的台长和身边人说道。

杨副台长笑着应声：“可不是，还是有人会享受，选择在这种地方修心养性。”

台长呵呵一笑，目光不动声色地从陈洁面上扫过，还不及陈洁察觉，又快速移开。

“小陈啊，这两天有什么计划？”台长问陈洁。

陈洁露出惯有的表情，回答得有些公式化：“出发前手头还有点工作没有处理清楚，想趁着有空搞定。”

“你呀，就是事业心太重，难得放个假，还是好好休息，工作什么时候做不行，要注意劳逸结合嘛。”说完他又看向陈洁边上的杨副台长，认真道，“你们看好她，要是跑回去工作，下次就给她调到后勤去。”

被勒令度假的陈洁索性在高山酒店埋头睡了一整个下午，醒来时已是暮色四合。餐厅只有寥寥几人，那几张熟悉的面孔全都不在。

“陈洁女士？”酒店的工作人员不知什么时候走到了身侧。

陈洁看向她：“什么事？”

“您的同事给您留了言，说他们去探望老友，明天回来和您一起返榕。”

简单吃了点东西，陈洁百无聊赖地在酒店附近随意漫步。她是忙碌惯了的人，这陡然冒出来的空闲时间，令她有些无所适从。

恰好是月亮出来的时候，临着山崖修建的亭子是最佳的赏月地点。陈洁斜靠在大圆柱上，望着月色下的云海山峦，心思纷杂。

这是她第二次来燕栖山，第一次来的时候和那人徒步，这里别说酒店了，连路都没有。那个时候他们爬到山顶也是月出时分，景色比今天还美。

想到这些，她长叹一口气，闭上眼睛强迫自己整理思绪。而在离她不远的地方，一丛繁茂的山花背后，另一个人也微不可闻地叹了口气。

燕栖山南侧的山谷里，湖畔木屋闪动点点灯火。平日在电视台西装革履的领导们穿着随意，对着一大锅鲜美的鱼汤赞不绝口。

“别说啊，我倒是有点羡慕他的生活了，闲云野鹤，与世无争。”杨副台长端着鱼汤畅饮，末了意犹未尽地补上这么一句。

“这个时候，他已经到上面了吧？”台长问。

“差不多。”

“唉……他们啊……”

台长遗憾地摇了摇头，再不多言。

沈之衡从建筑院大楼走出来的时候，一眼就看到了站在路边鼻尖被冷风吹得通红的唐梓。

他有些意外，却还是满脸笑意地走向了她。

看到他，唐梓傻呵呵地笑了起来，觉得自己刚刚大巴、动车来回转的疲惫都消失得一干二净。

“这么冷怎么不多穿点？”沈之衡清朗的声音带着关切。

唐梓当然不好意思说是因为自己思他心切，匆忙回家丢下行李连外套都来不及穿就迫不及待跑出来见他。

她扬了扬手里提着的袋子，满心欢喜：“我给你带了礼物哦。”

“是什么？”

沈之衡接过袋子，碰到她指尖的时候发现她的手不是一般的冷。他连忙截住她的话头，说："走吧，外面好冷，找个地方吃饭。"

这个提议深得唐梓欢心，冷是真的，饿也是。最最重要的，还是沈之衡邀她一起吃饭啊，每次都有这些意外惊喜，真的棒极了。

沈之衡贴心地找了一家火锅店，这种突然降温的日子里，没有什么比热热的火锅吃起来更容易满足。他看着唐梓兴致极好地点餐，时不时抬头问他吃不吃这个菜的熟稔样子，一点也找不到先前的疏离模样。

说起来，每回这个姑娘出现在他面前，都有些让他摸不着头脑，有时候她很拘谨，有时候又很客气，有时候疏离，有时候又像现在这样，总让他觉得非常熟悉。更意外的是，他居然一点都不排斥这些样子的她，更多的时候，她的出现，一则信息或一个电话，或是她的笑脸，总让他轻易扬起嘴角。

唐梓点了这家店的招牌菜番茄锅底涮锅，另点的其他食材看起来也非常适合火锅。等菜期间，唐梓开始和沈之衡分享自己这几天遇到的事情。这些原本她经历时并不觉得特别有意思的事情，现在说给沈之衡听，反而觉得很有趣。大概是因为他很配合，听得非常认真吧。

菜上齐的时候，店员端上一碟香菇送到唐梓手边，说这是赠送的食物。唐梓屏着气把香菇往边上推了推，表情和动作分毫不差地落入沈之衡眼里。沈之衡自然地把香菇端到了自己面前，然后往锅里下了些东西。

唐梓不好意思地笑道："我不太受得了香菇的味道。"

她不算是那种非常挑食的人，仅食用菌类除外，光是看到，全身的每一个细胞都会抗拒。

沈之衡往她的水杯里加了些温水，笑道："我也觉得菌类的味道有些奇怪。"

吃过饭，沈之衡把唐梓送到楼下，又返回单位加班。唐梓一直目送他直到再看不见他的身影，才依依不舍地收回目光。她深觉得自己现在很是亢奋，回到家妥妥是静不下来的，索性拎着从景区带回来的一堆鸭脖跑去了白逸凡的画室。

白逸凡给唐梓打电话那天就回来了，在画室闭关几天，非常顺利地又给画室的墙上添了两幅不错的作品。

她啃着唐梓提来的鸭脖，窝在椅子上一脸满足。唐梓则饶有兴趣地看起了她新画的几幅画。

虽不懂艺术，可唐梓还是一眼就看出，她的新画风格和以往有些不同。在她的大多数作品里，色彩都选用了冷色系，唯一一幅暖色系的向日葵，还送给了唐梓。而她这次画的画，居然全部都是暖色调，甚至还用上了粉色。

以往可以一眼看出的残缺，这次也不甚明朗。

"你这趟回来，心情似乎特别不错。"唐梓意有所指地看向她。

白逸凡把手里的骨头丢进垃圾桶，又再拿起一只，含糊道："还行吧，吃了很多好吃的。"

"喊！"唐梓索性挪了把椅子坐到她对面，"有什么事儿没告诉我呢吧？比如说赵……"

啃着鸭脖子的白逸凡一顿，肉也不啃了，忙道："哎哎哎，别瞎猜啊。我这还没和你算上次把我丢给赵世琛那笔账呢！"

唐梓霎时有一丢丢心虚，但随即硬气起来："我好像也有什么账，还没来得及和你算。"

两人眼神一对上，白逸凡忙摆手："走走走，今天你特别不可爱。"

唐梓作势要收起鸭脖："赶我走，不给你肉吃。"

眼看到手的鸭子要飞走，白逸凡一把摁住唐梓的手，讨好道："我错了，你最可爱了，你说的都对。"

这没皮没脸的样子，怎么有些熟悉。唐梓笑出了声，她明显感觉到白逸凡较之以前有了些变化，不错的变化。

解决完食物，白逸凡手一伸搭在唐梓肩膀上，问她："你死而复生的追求计划，进行得怎么样了？"

闻言，唐梓面色微微一红，小声道："就……那样啊。"

白逸凡就知道有事。她戳戳唐梓的胳膊，调侃道："那样，是哪样啊？"

唐梓揉揉被她戳痛的胳膊，索性豁出去，说："嗯……就刚刚一起吃了顿饭。"

白逸凡继续调侃："哦哟，重色轻友，一回来就跑他那里，连我都要往后靠。"

对她这种五十步笑百步的行为，唐梓表示非常不齿："也不知道是谁，见到男人以后就把我丢下自己远走高飞。啧啧，这种塑料花的友情啊。"

没想到唐梓最近越发牙尖嘴利，白逸凡捏住她的脸："小样儿，你那温柔乖巧的形象都是装出来的吧，我以前怎么不知道你嘴这么厉害！"

被说中事实，唐梓咬了咬唇，道："这不是，初到宝地，人生地不熟，要谨言慎行嘛。"

每当这个时候，白逸凡就深觉唐梓一点都不像个二十出头的姑娘。她不禁想起自己的二十二岁，刚刚走出大学校门，哪里知道什么为人处世之道，反正是随心所欲惯了，四处碰壁，撞得自己头破血流。

她面露惆怅地看向唐梓，说："突然想到，我三十岁的时候你才二十五岁，我居然非常悲伤。"

唐梓心中早笑开了，面上却配合着白逸凡演起戏：“怎么会，你不是才十八岁吗？我不许你说自己老！”

“神经。”

白逸凡自己也被两个人的对话逗笑：“现在想想，沈之衡读高中的时候，你也才刚上小学啊。以后要是你俩在一起了，我一定要嘲笑他吃嫩草。”

唐梓轻打她的手背，嗔她：“他正当风华好不好，再说了，你自己不也是一样的？”

“我俩又不会在一起。”白逸凡嗫嚅道。

氛围悄然发生变化，唐梓连忙岔开话题。

等唐梓离开后，白逸凡对着画了一半的画布，发了很久呆，手中的画笔举起来又放下，她索性把画具都收了起来，取了大大的围巾在脖子上随意一围，关了店门。

刚离开温暖的室内，12 月份的寒风就无情地吹向她。顶着风走了几步，迎面的风却被挡住了。

白逸凡下意识抬头，身着黑色长呢大衣的赵世琛就站在她的面前。路上行人疾步而行，就他们两个站在原地，谁也没先开口。

恍惚间，白逸凡突然想起了一些往事，那个时候她还在北方读美术学院，赵世琛刚刚毕业，不管不顾地跑到她在的城市实习。每天晚上她背着画板从画室出来，就可以看到他穿着大衣，提着保温杯，站在台阶下等她。

明明12月的北方室外温度常常零下，可是她居然一点儿都不觉得冷，因为有他。

如果他们之间没有隔着那么多难以跨越的人和事的话，那该有多好。

可惜，世上没有如果。

这些日子里，赵世琛每天都固定给她发两条短信，早晨七点半的早安，和夜晚十点半的晚安。即使她从不回复，他也始终坚持。习惯仍和三年前一样，白逸凡以为自己对过去都忘光了，现在却发现，她连这些细枝末节都记得清清楚楚。

只差一点点，她筑起的所有壁垒，就要融化在赵世琛给予的温情里。可她知道，他们回不去了，过去结束了，伤人的话一口气说完的时候，就结束了。

之所以现在还有些牵扯，或许是因为当初的再见说得还不够果断吧。

白逸凡不再躲避赵世琛的目光，她盯着他的眸子，温柔地笑道："一起喝点儿东西吧。"

在她的笑容里，赵世琛仿佛觉得，他经常失眠的那三年，从未存在过。他笑着牵起白逸凡的手，把她往两人以前常去的店铺带。

白逸凡没有挣脱开他的手，他的手非常温暖，能给她足够的安全感，可是明明手被他握了那么久，她的手心却还是一片冰凉，可能不属于她的，就是不属于她的。现下握在手心里的，只不过是上天的施舍。

赵世琛轻车熟路地给她点了她爱喝的热饮，满眼期待地看着她看了很久，就是说不出一句话。

"我想过和你再次见到的样子，那时候你有佳人在侧，我也不再是孤身一人。可是，我没有想到，我们这么快就又见面了。"

白逸凡停了停，喝了一口燕麦牛奶，温暖细腻的口感，险些让她再没有勇气开口。可她还是接着说："说实话，再见到你，让我挺不开心的，尤其是我们明明斩断所有牵扯之后，又开始牵扯不清。现在想来，前段时间我一直躲着你，也实在算不上什么好方法。所以，我以后不会再躲着你了。

不过，我们真的回不去了，过去的事情，就让它彻底过去吧，请洒脱一点儿，那样会比较酷。”

想说的话说完，白逸凡没再看一言不发的赵世琛，率先离开。她以为多待一会儿她可能会忍不住要哭，可是当她走在大马路上，被寒风包围的时候，她却感觉到轻松。

或许本该这样，哪有什么管不住自己心的时候，逼一逼自己，也就好了。如果过去的三年时间不足够让她忘记赵世琛，那她可以用更长的时间，去忘记他。

唐梓刚走进办公室，目光就被桌子上的一大捧花吸引。盛开得极为热烈的保加利亚玫瑰几乎占据她办公桌的所有空间，而被玫瑰簇拥其中的浅紫色荷花，更是十分醒目。很少有人会在花束中加上荷花，更别说冬日里荷花多么稀有。

荷花是她最喜欢的花，但是知道这件事的人不多，国内更是一个没有。那么这束花，会是谁送的？

同事们在一旁说着羡慕的话语，她却无暇回应，翻找好久，才终于在花束中找到一张卡片，上面陌生的字迹龙飞凤舞，写着：晚上能否赏光共进晚餐？

没有落款，也查不到是谁送的。唐梓一整天，都觉得心里压着事情，很不痛快。

今天节目录制的嘉宾，正巧是张晨雨，正式录制开始前，受不了经纪人唠叨的她躲到了唐梓这里。唐梓忙着做录制前七七八八的琐事晕头转向，百无聊赖的张晨雨对唐梓桌上的花束起了极大的兴趣。

看到卡片的她有一瞬间愣神，恰巧这时唐梓走了进来。

“看啥呢，这表情？”唐梓问道。

张晨雨手疾眼快地把卡片放回原地，面上不动声色：“看你这束花呢，这么特别，追求者送的？”

唐梓把手上的东西一股脑儿放在一边，说：“哪来的追求者，我也不知道是谁送的。”

“说不定真是追求者。”张晨雨笑道。

唐梓也笑：“那可惜了，我可是一个专情的人。走吧，演播厅那边差不多都准备妥了。”

临走出唐梓办公室前，张晨雨又回头看了看那束开得极美的花，嘴角不由得牵起一抹苦笑，但很快，这些表情就都被她藏了起来。

张晨雨她们这次是带着新剧上节目宣传，据说这部剧台里也有投资，所以节目里主演全部合体，期间自然少不了男女主角的甜蜜互动。

游戏环节开始的时候，本该老实待在办公室的钟雪凤偷偷地跑了过来，抱着个塑料小凳子坐在唐梓身边，近距离欣赏台上最近人气正旺的男一号。

男女主角目前都是单身，节目过程中为了效果，自然有意无意地炒起了荧屏 CP。游戏分组也都是分到一起，很多环节里还有设定男主角霸气保护女主角的戏码。

“晨雨真好看。”唐梓小声和钟雪凤说道。

张晨雨今天穿了件白色的淑女裙，为了和饰演角色相呼应，给人的感觉完全是言情小说里温暖初恋的样子。

节目的噱头是有一个神秘嘉宾，按照台本在这一轮游戏结束后，就会上台。

“哎，一会儿上台的嘉宾是谁啊？”钟雪凤小声问她。

唐梓朝她比比口型，钟雪凤读懂后差点兴奋得欢呼出来，幸好及时捂住了自己的嘴巴。看着她这副不矜持的样子，唐梓觉得自己有必要提醒她一下，凑在她耳朵边，玩笑道："收收你热烈的目光，别忘了你男朋友还在辛苦地敲代码。"

钟雪凤摇摇头，指了指台上的张晨雨，说："你不知道，晨雨的粉丝们现在分两派，一派是男女主荧屏 CP 粉，还有一派就是晨雨和顾城的 CP 粉。上次他们杀青视频流出来的时候，就有好多人天天喊话他们在一起，这回第一次上综艺的顾城就和晨雨同台，我只能说，你们这期收视率会爆。"

她俩说话的间隙，主持人已经把顾城邀请到了台上。果不其然，观众席发出了极为热烈的欢呼。顾城站在张晨雨和男主角的中间，明明不是明星，但气质丝毫不输身边帅气的当红小生。

因着钟雪凤刚给她八卦的话，唐梓特意多看了一眼顾城和张晨雨，发现两个人站在一起，画面果真十分和谐。而在主持人开玩笑炒气氛的时候，张晨雨看向顾城的眼神，确实也显出了一些端倪。

唐梓想起她们五个人在别墅"轰趴"那天张晨雨自曝处于暗恋中，心下猜测她的暗恋对象十有八九就是顾城。

正在这时，张晨雨的目光正好投向唐梓和钟雪凤所在的位置，唐梓朝她眨眨右眼，表情有些调侃。

沈之衡刚从项目施工现场回到建筑院，入冬以来，榕城几乎没怎么下雨，让项目施工便利了许多。他在心里粗粗计算了一下施工时间，开始衡量是否可以着手进行下一步。

空调制热很慢，他的一身寒气还没消散。他打算泡一杯热茶驱寒。拿茶杯的时候，他的手在常用的茶杯前顿了一顿，转了个方向，拿起了唐梓送他的竹质茶杯。

茶香混着被开水泡出的竹香，有一种别样的滋味。沈之衡轻啜一口，顿觉五脏六腑有一种说不出的熨帖感。

他的目光投在手中的茶杯上，脑海里又浮现出唐梓笑意盈盈的模样，不自觉地扬起嘴角。

“老师有什么事情这么开心？”许娉刚好进来，看到沈之衡这陌生的样子，忍不住开口问道。

沈之衡笑着看了看她，放下茶杯，拿起桌面上准备好的一沓文件说：“没什么，这些你一会儿发下去。”

许娉走后，他端起茶杯又喝了一口茶，对着电脑里的建筑3D模型又开始细细研究起来。他的精神有些不集中，看着看着就不受控制地想到其他方面去。

他发现自己现在很少想起牵挂多年的小囡，反倒是更经常想到唐梓。他起身，站到了窗户前面往外看去，常绿树叶在阴天的笼罩下有些失色。他用十分钟的时间冷静地分析了一下自己最近这些反常的情绪和行为，然后他非常肯定地得出结论。

他满心悦纳她。

走出电视台大楼的一瞬间，唐梓放松地长呼出一口气，终于可以下班了。但想到那束神秘的保加利亚玫瑰，以及卡片上的邀约，她有些烦躁地挠了挠头发。

一只手在身后拍了拍她的肩膀，她反射性地转过头去，只见顾城冲她咧嘴笑道：“你怎么走得这么快，不是说好一起吃晚饭吗？”

唐梓一惊，下意识地退开两步，试探性问道："那花？"

顾城承认得十分坦荡："是我送的啊，喜欢吗？没想到冬天还能找到那么好看的荷花。"

唐梓也不知道怎么形容自己现下复杂的心情，一是她没想到花是顾城送的，二是她总觉得顾城好像知道什么。一时之间，唐梓有些忐忑，连带看向顾城的目光，也有些不易察觉的防备。

顾城却像没事人一般，兀自道："我订了一家不错的西餐厅，那里的料理说不定你会喜欢。"

唐梓下意识就想开口婉拒，恰巧这个时候戴着超大墨镜的张晨雨和经纪人快步从大门走出来。

张晨雨的经纪人边走边抱怨："非要走什么大门，指不定门口守着多少狗仔呢。"

路过唐梓和顾城的时候，张晨雨稍作停顿。她摘下自己的墨镜，看向顾城，说："难怪导演刚才走得那么快，我们叫了好几声都没听见，原来是佳人有约。"三分调侃的语气里，唐梓听出了七分落寞。

张晨雨的反应让唐梓更确定方才的猜想，她赶忙想向张晨雨解释点什么，可谁知张晨雨随即又像没事人一样，转头朝唐梓笑笑，说："阿梓，和顾导一起用餐可得小心一些，跟拍他的媒体，可是一点都不比明星少哦。"

说罢，张晨雨再度戴上墨镜，快步走向停在不远处的保姆车。她的话虽是在和唐梓说的，但更像在提醒顾城。

"我们走吧。"

顾城接过唐梓的东西就把她往车边带，边走边警惕地看向四周。这让唐梓婉拒的话完全来不及说出口。

到了地方，顾城带着她快速地搭乘直达电梯，进入了餐厅。

顾城事先安排得很周到，包间里的一切无一不透露出用心，可越是这样，唐梓越感不安。她本就是一个很细心的人，顾城种种举动都直指她心中的某一猜想。

长方形的餐桌让两个人之间保持着一定的距离，隔着烛台和花束，顾城敏锐地感觉到了唐梓的不自在。

他低头笑笑，即使明知道自己的举动会造成她的不适，他还是果断地做了，他总觉得自己要是再不做点什么，就会看着唐梓离自己越来越远，和那时一样。

“怎么样，开胃菜还合不合口味？”顾城优雅地擦擦嘴角，笑着问她。

唐梓礼貌地回道：“味道很好，谢谢啊，请我吃这顿大餐。”

顾城低笑出声：“你喜欢就好。我也是偶然在这吃过一次，就想着什么时候，带你过来。”

这话听起来有些暧昧，唐梓一时接不上，连忙转移话题：“说起来，这次的电视剧里，晨雨饰演的人物和以往演过的角色相比，有好大的突破啊。”

顾城细细切着刚送上来的牛排，动作娴熟。期间他抬头看了唐梓一眼，才回答她：“她一直都是一个可塑性非常强的演员，任何角色到她手里，都能被她塑造出全新的灵魂。”

“那我可要把你对她的这些夸奖，一字不落地告诉她。”唐梓笑。

顾城切完牛排，站起身来，端着切好的牛排走到唐梓身边，换下了她那份。

虽然面上维持着镇静，可唐梓知道自己现在心跳得有些快，她喝了一口香槟压压惊，然后打起精神，不断告诉自己要沉着应对。

“对了，你最近还经常去俱乐部吗？”顾城问。

唐梓点点头：“有空都去。”

“我还是第一次遇到网球打得像你这么好的女生，一点也不比职业选手逊色。”

面对顾城的夸赞，唐梓心里又是一个咯噔，忙说：“过奖了，就我这水平，哪敢和职业选手比？”

“那你也太低估自己了，在我看来，你就是最棒的。”说这话的时候，顾城紧盯着唐梓，面含笑意。

顾城的心思昭然若揭，唐梓除了想躲，还是想躲。恰巧这个时候沈之衡的电话打了过来，唐梓毫不犹豫地接听。

“嗯？很着急吗？那好，我马上回去。”

说完，她利落地挂断电话，不好意思地朝顾城笑笑，说：“真抱歉，我现在有些事得马上回去一趟，感谢你今晚的款待。”

“我送你回去。”顾城作势要和唐梓一起离开。

唐梓连忙摆手：“不用不用。我走了，再见啊。”说完，她几乎是逃一般离开了餐厅。

顾城看着桌上分毫未动的牛排，无奈地苦笑。他认识的唐梓，可从来不会逃跑，果然连她也变了。

顾城给自己倒了满满一杯香槟，一饮而尽。

唐梓小跑了好久，才给沈之衡回电：“刚刚，借你电话脱身呢。”

耳边传来沈之衡的轻笑：“现在是已经脱身了？”

“对呀，不过你怎么有空给我打电话？”唐梓笑着询问。

被她的问题问倒，沈之衡开始一本正经地瞎掰：“就是想和你说，你送的那个茶杯，很好用。”

这个回答唐梓并不满意，她追问道：“就为这个？”

心口不一的沈之衡犹豫了一小会儿，还是沉着地回了说：“嗯。”

看来是问不出什么，唐梓放弃，回他说：“那好吧。我要回家了，没什么事，我就挂了。”

“好，路上小心。”

挂了电话的沈之衡拿着水杯连喝了好几口水，历来云淡风轻的他，居然在紧张。

他走到庭院里，夜空黑洞洞一片。

今晚就会出让整个建筑院备受期待的结果，明天项目施工会进入最有难度的阶段，他还有一个设计难关没有攻克。可这些，都不是他现在在思考的问题，以往把工作当作生活全部的他，第一次抛开了工作，因为一个突然闯入他世界的女孩儿。

唐梓走在人来人往的马路上，最近气温有些回升，出门的人也多了起来。看到广场上立起的圣诞树时，她这才恍然想起，再过几天，就是圣诞节了。

她有些想家，这个时候，家里一定开始采购圣诞节要用的东西，爸爸妈妈也一定已经准备好了塞进长筒袜的礼物。小侄儿今年已经可以缠着哥哥布置圣诞树了，不知道今年的圣诞树会立多高的呢?

她又想到了顾城，和他想说却因自己遁走而没说完的话。她并不期待听到那些话，她满心惦念着的只有沈之衡，心早就没有任何给别人的缝隙，更何况，白天她还在和钟雪凤密谋要撮合张晨雨和顾城。

张晨雨喜欢顾城什么呢？白逸凡又为什么迟迟忘不掉赵世琛？至于她自己，对沈之衡的感情，仅仅因为小时候，他是她的光吗?

喜欢真玄妙，好像所有的答案都不正确，又好像所有的答案都是对的。

总用工作麻痹自己的赵世琛，破天荒地给自己放了长假，临近年关抛下所有工作跑出去度假，也得亏他的智囊团对他不离不弃。

他一直不知道，为什么白逸凡喜欢一个人四处旅行，直到他学着她的样子，去到一个陌生的地方时，他才发现，原来离开了熟悉的地方，有助于他更深刻地想念她。那么她是不是也曾在陌生的地方，这样想念过他？

在出来之前，他遵从母亲的安排，和从小认识的名媛吃了一顿饭，有那么一瞬间，他差点儿因为白逸凡的决绝，再也没有挽回她的勇气。他差一点儿完全顺从母亲，接受自己一点儿也不喜欢的人。

可他发现他做不到，做不到顺从，更谈不上放下。他这辈子只认定白逸凡，其他的再好他都不要。

这就是他心里唯一的想法。

但是，白逸凡不要他，如果真的永远挽回不了，那要怎么办？

唐梓醒来的时候，习惯性地瞄了一眼手机屏幕，待看清清晨的新闻推送之后，原本还有一点儿困倦的她立马清醒过来。

她极快地洗漱，换了衣服出门。

站在熟悉的大门口，她刚准备敲门，门就从里面打开，一身运动装束的沈之衡走了出来。

“早。”唐梓朝他笑得眉眼弯弯。

意外她的出现，可沈之衡却觉得心情极好：“早。”

“我看到新闻了，祝贺你！”

唐梓比他开心得多。

两年前沈之衡第一次作为项目总负责人设计建成的花园小区，获得了今年的“鲁班奖”，这无疑是对作为青年建筑设计师的他最大的肯定。

比起她的兴奋，当事人淡定得多。他看了看唐梓，语气有些宠溺：“穿得太少了。”

唐梓挠挠头，她是行动派，一醒来就光想着要成为第一个当面祝贺他的人，哪里还有多余的心思去想自己要穿什么。

他不提还好，一提唐梓还真的觉得有点凉意，纵然这样，她还是硬着头皮：“没事儿，我一点儿都不冷。”

沈之衡指指前面，建议道：“和我一起跑跑，一会儿就暖和了。”

求之不得，唐梓开心道：“好呀。”

跑步的时候两人都不怎么说话，小巷子里只听见两个人同步的脚步声。一米七三的唐梓优势就是腿长，不过毕竟是女生，跨步还是比沈之衡小一些，感觉到她努力追上他的步伐有些吃力，他默默调整了自己的步子，配合着她的速度。

跟着沈之衡穿梭在熟悉的巷子里，即使没有事先说好要往哪里跑，但是唐梓很快发现，两人有着难以言明的默契。

后来唐梓发现，这路线似乎就是她以往跟着那个脚步声跑着的那条。她扭过头看了看身边的沈之衡，他的脸上已经有一层汗珠，呼出的空气腾起淡淡白雾。

真巧。

唐梓终于确信，她和他，一定不会缘浅。

跑完步，唐梓整个人都暖和起来，脸上红扑扑一层，就像水果摊上最新鲜的红富士，赏心悦目。

沈之衡今天没有像往常一样跑完步就走进那家鼎边糊，他先去买了两笼热气腾腾的“金包银”，然后带着唐梓走进了这条街上最有名的花生汤店。

唐梓对从没见过的“金包银”很感兴趣，一连吃了好几只。看她兴致勃勃，沈之衡顺带着也给她科普起这道榕城名小吃。

做花生汤的老板一边熟练地搅拌着锅里的汤，一边听着沈之衡的介绍。等他端上两碗花生汤的时候，还不忘纠正沈之衡：“小沈你刚漏了说，咱们这儿的“金包银”料里还得加一味香菇，那才香呢。”

听到“香菇”二字，唐梓咬着“金包银”的嘴巴瞬间僵化，她紧紧盯着馅儿看了很久，才终于放心地继续咬下去。

没想到他记性这么好，还特地买了不加香菇的“金包银”。唐梓满心欢喜地喝了一口浓香四溢的花生汤，觉得整个人都暖烘烘的。

怎么办？她偷看了沈之衡一眼，她觉得自己越来越喜欢他了。

“还能怎么办！喜欢就说出来啊！”

白逸凡有些郁闷唐梓的犹犹豫豫，挥着锅铲子的样子霸气威武。

唐梓盯着锅里圆滚滚的东西，说：“哎呀，这不是还没找到告白的最佳时机嘛。”

“要什么时机啊，再拖下去冬天都过了。”

没忍住好奇，唐梓问：“这个圆滚滚的，是小鱼丸？”

白逸凡“扑哧”一声笑了出来：“丸什么丸，这是汤圆，今天不是冬至嘛，就该吃汤圆啊，这叫暖冬。”

“还有这种说法？”唐梓表示很惊奇。

对于唐梓不认识汤圆这件事，白逸凡更是惊奇，她上下打量唐梓，玩笑道：“你们大英帝国，是不是真的只吃牛肉和炸鱼薯条的啊？”

唐梓睨她，摊了摊手："反正那边是不怎么吃汤圆的啦。"

坐在桌前，白逸凡也不开玩笑了，正经问她："那你现在是打算怎么办，还不准备告诉他？"

"告诉什么？"唐梓叼着个汤圆，好奇道。

白逸凡往碗里加了一勺红糖，继而说："告诉他你俩的渊源啊。"

唐梓把头摇得像拨浪鼓："才不要呢，小时候他可是把我当妹妹的，这要是知道了，我还怎么追他啊？再说，我也不想他因为以前对我另眼相看，毕竟我和小时候不一样了啊。"

"问题是，你俩关系得再进一步啊。"

唐梓咽下嘴里的汤圆，有些怯怯地开口："其实，我确实打算捅破这层窗户纸。"

白逸凡挑眉，搬着椅子挪到了她的身边："说说，怎么打算的？"

"我决定……"唐梓故作神秘地凑到她耳朵边上，"平安夜那天，真心诚意地告诉他，我喜欢他。"

"没了？"白逸凡问。

"没了呀。"

"没有什么巧妙的气氛烘托？直接说？"

唐梓十分认真地点点头："不需要什么气氛烘托，他那么理性的人，喜欢就是喜欢，不喜欢什么气氛也没用啊。"

"也是。"白逸凡认同地点点头，"那就加油了，唐梓同志！"

"嗯，会的！"

唐梓摁住白逸凡又要伸向汤圆的手，阻止道："女孩子别吃那么多，留点儿我一会儿给沈之衡送过去，他们建筑院今晚正庆祝着，他肯定没空吃汤圆。"

白逸凡错愕地张大嘴，许久才反应过来：“搞什么！你竟然已经重色轻友到这种地步了吗？”

唐梓边朝她嘿嘿笑着，边把锅里的汤圆倒进了保温壶，末了朝白逸凡飞吻：“爱你哟，比心。”

白逸凡失望地摇了摇头，佯怒道：“不爱了，再见！”

说是说诚恳地表明心意就好了，可是临近圣诞节，唐梓还是不受控制地紧张起来。她满脑子想的都是怎么开口，以及万一被拒绝了要怎么不让自己太过尴尬。

一直到她站定在沈之衡家大门口前，她还是没有想好怎么说。临出门前听了白逸凡的主意，灌了一小杯酒给自己壮胆，可是胆子没壮成，她只觉得自己更紧张了。

门敲了两三下，里面静悄悄的，一点儿也没有要开门的迹象。唐梓这才意识到，自己应该提前打个电话探探底的，万一他今晚不在家要怎么办？

唐梓有些懊恼地敲敲自己的头，气自己怎么笨成这样，难不成这一次要出师未捷身先死了？

沈之衡抱着两个礼盒走在路上感觉有些别扭，他总觉得路人一眼就知道他的礼盒里装着花和平安果。

这种事情他第一次做，从留学的时候开始一直到今天以前，他看身边认识的男性给喜欢的女生买花买礼物时，都觉得这种事情离自己非常遥远，可没想到今天偶然路过花店，看到那些娇艳欲滴的花朵和包装精致的苹果，他却鬼使神差地买了下来。

这完全不是他的作风，可既然买了他也没有后悔，就是思前想后也想不到一个合适的送给唐梓的理由。

他看了看自己抱着的花盒，兀自笑了笑，再一抬头，就看见家门口站着的那个熟悉身影，正对着他家的密码指纹锁，面露纠结。

沈之衡没有迟疑，径直走到了唐梓身后，刚想叫她的名字，就想起以前唐梓对着他家指纹锁恶作剧的样子。他勾起嘴角，恶作剧地凑近她低声道："在干吗呢？"

唐梓被突然出声的他吓了一跳，看清来人才长呼一口气拍拍自己的胸口，连连道："吓死我了，吓死我了。"

闻到她呼出的轻微酒气，沈之衡微拧起眉毛，问："喝酒了？"

唐梓条件反射地捂住嘴，伸出一根食指比画道："一杯！就一杯！"

听她瓮瓮的声音，沈之衡只觉可爱，利落地开了门，对唐梓说："外面冷，进去说。"

紧跟在沈之衡身后的唐梓握着拳头不停地给自己打气，沈之衡进了大门再回过头，就看见她咬着嘴唇眉头紧锁，满脸坚定的样子。

不等他开口询问，唐梓抢话道："我有话说！"

沈之衡微微抬眉，凝视着她，而后指了指客厅："进屋坐下说？"

唐梓摇头，面色是沈之衡从没见过的认真，她坚定地对上沈之衡的眼眸，深吸一口气，然后开口："我，喜欢你！我自己也说不上因为什么，但是，我确定我喜欢你，控制不住想见你，控制不住想听你说话，控制不住想对你好，所以我确定我真的非常喜欢你！如果你接受我的感情的话，那么……我想和你谈恋爱。"

短短几句话，就已经让唐梓整个脸像熟透的苹果，红彤彤一片。她紧紧交握着的手，掌心已经汗湿了一片。

对于她的突然告白，沈之衡备感意外，大脑有一瞬间处于休眠状态，完全没有意料到的事情突然发生，他险些不知道怎么思考。

看着西装革履的沈之衡站在原地一言不发，唐梓内心越发忐忑，忐忑中还冒出了几丝灰心。

她好看的眉头再度皱了起来，尽量控制着自己的失落，说："对不起，如果我让你感觉到困扰的话，你别放在心上，喜欢你是我自己的事情，你不接受，也没关系。"

沈之衡这才唤回一些理智，他不可置信却明白自己的确听到了，这个让自己不知道什么时候喜欢上的女孩儿，正在向自己告白。他觉得内心有不可抑制的喜悦，漆黑的瞳孔里，有什么东西瞬间被点亮。

唐梓正失魂落魄地准备转身离开，温暖的手掌却及时拉住了她。

她睁大眼睛看向沈之衡，他脸上笑意如春，声色清朗道："我有些懊恼。"

"懊恼……什么？"唐梓小心地问道。

可下一刻，她整个人被拉入了一个宽阔温暖的怀抱，她无措到两只手不知如何安放，却明显感觉到，自己正被沈之衡紧紧圈在怀中。

然后她听到沈之衡在她的耳边说："我懊恼，为什么被你抢了先。告白这种事情，不是应该男士先开口吗？那么，你愿不愿意，做我的女朋友？"

唐梓觉得自己的脑子在不断升温，一时之间除了心脏疯狂的跳动声以外，她听不到任何声音。

她呆呆地被沈之衡抱了很久，这才想起非常用力地点了点头："我愿意！"

不知道哪里放起了烟花，大片大片地盛开在夜空当中，唐梓亮晶晶的瞳孔里映射着斑斓的光芒，切身感受到的温暖，几乎让她融化在冬日里。

她不知道的是，此时正紧紧拥抱住她的沈之衡，耳朵上还有着未褪去的绯红，暴露出他方才的害羞和紧张。

明亮的客厅里，唐梓面前的茶杯正腾起袅袅白雾，她无心去看茶杯里嫩绿色的茶叶沉沉浮浮跳出的舞蹈，她的目光早就锁定在低头仔细削苹果的沈之衡身上。

他一手握住苹果，另一只手拇指紧随刀锋挪动，削出的苹果皮又长又薄，一点也没有要断的迹象。

真像艺术品啊。

唐梓在心里感慨，而一想到面前这个为自己削苹果的男人在二十分钟前，成了自己的男朋友，唐梓觉得这比自己第一次比赛拿到奖杯还要开心一千倍。

时不时抬眸看她的沈之衡把她的傻笑全部看在眼里，脸上也早已经布满了宠溺。他把削好的苹果递给唐梓，打趣她："真的这么开心吗？"

捕捉到沈之衡眸中一闪而过的狡黠，唐梓机智地回道："你开心我就开心啊。"

表情傲娇十足，沈之衡没忍住，轻轻捏了捏她的鼻子。

正是恋爱的粉红色大肆蔓延的时候，不识时务的赵世琛又一次成了打破气氛的不速之客。看着他大大咧咧走进来的样子，唐梓很想大呼一句"怎么老是你"，上次也就算了，毕竟还没修成正果，可这一次，还能不能给有情人一点儿独处的空间了。

唐梓看向赵世琛的目光充满了怨念。察觉到气氛有些不对，作为过来人的赵世琛立马读懂了一切，可意外地，他竟然没有像以往那样出言调侃，甚至连客厅都没进，站在门口就把手里的礼品袋递给了沈之衡。

"我从云顶带回来的，便宜你俩了。祝贺你啊，摆脱了三十年的单身生活。唐梓这姑娘不错，好好珍惜人家。”

从他的真心祝贺里，沈之衡还听到了几丝属于他自己的落寞。耳尖的唐梓也把他的话听了个一字不落，方才还对他心存怨念，现下反倒不好意思起来，毕竟赵世琛前不久又被白逸凡狠狠伤了一把。

见他要走，唐梓挥了挥手里的苹果：“带个苹果走啊，平安夜安康。”

赵世琛笑着接了，然后转身离开。

唐梓和沈之衡送到大门口，看他一步步走进黑暗里，唐梓握了握沈之衡的手，感叹道：“我觉得他的背影好落寞，我们是不是该帮帮他？”

沈之衡脑子里想的却是另一件事，唐梓的话他听了个大概，回答起来也不甚在意：“解铃还须系铃人，我们只能替他创造解铃的机会，能不能解开，还得靠他自己。”

说完他拉着唐梓走到指纹锁的终端，示意唐梓录入自己的指纹。

指纹录入成功后，唐梓只见他删掉了原有的几个指纹，还顺带改了密码。唐梓不解：“这是干吗？”

沈之衡回答得轻描淡写：“这样以后别人就不能想进就进了。”

“别人”说的是赵世琛吧，唐梓越发心疼他，可是她为什么觉得这么幸福呢？

被幸福支配的唐梓转身抱住沈之衡，调侃他：“没想到你这么重色轻友，赵世琛该哭了。”

沈之衡低笑道：“彼此彼此，那碗汤圆味道不错。”

“不是吧？”

唐梓咬牙，这个白逸凡，都跑这儿告状来了，什么时候的事儿，看她下次找她算账。

沈之衡圈着她，宠溺地说：“小梓，谢谢你。平安夜快乐。”

唐梓撒娇："我要礼物。"

沈之衡把她抱紧了些，问："要什么？"

唐梓坏笑着眨了眨眼，然后轻声说："要诗和远方和你。"

沈之衡的低笑从耳畔传来，唐梓觉得自己几乎要溺毙在他的笑声里，这人不知道自己这样很撩人吗？她几乎要忍不住亲上去了。

唐梓盯着他的脸看了良久，然后凑到他面前问："我可不可以行使一下作为女朋友的权利？"

"什么？"沈之衡不解看向她。

唐梓一把钩住他的脖子往下拉了拉，在他的侧脸上吧唧一口，然后心满意足道："亲你啊。"

只觉心里被柔软地撞了一下，沈之衡深情地凝视面前这个满脸通红却佯装得意的小纸老虎，没忍住诱惑，吻上了她粉嫩的唇瓣。

陷入爱情的唐梓一连几天脸上都是春风满面，尚不知情的钟雪凤还以为她一定是加薪了。

临近下班，钟雪凤伸手把唐梓胳膊揽住，建议道："姐们儿，走，咱们晚上'嗨皮'去，把大白、晨雨她们都叫上。"

唐梓摆了摆手："你们去吧，我晚上有约。"

"嗯？"钟雪凤上下打量着唐梓，挑着嗓音问她，"和谁约啊？"

唐梓故作神秘地把手指放在嘴唇边比了比："秘密。"

对于唐梓的反应，钟雪凤没有继续追问，她抱着手臂看向匆忙下班的唐梓，心道：小样儿，怕是赶着去约会的吧？

唐梓走出电视台大门，沈之衡的车已经停在路边。还没见到人，唐梓就笑得像朵花儿一样，步伐轻快地直奔过去。

看到她出来，沈之衡打开车门站在车边等她，等她走近就看见她白皙的脖子上空荡荡一片，他又皱起了好看的眉头。

唐梓正窃喜他围着自己送的围巾，下一秒就看见他把围巾摘下来，围上了她的脖子。围巾上还带着沈之衡的体温，混着他身上常有的茶香，十分好闻。

只听沈之衡清朗的声音说："下次再看见你穿这么少，我就要生气了。"

唐梓挽上他的手臂，把热乎乎的手盖在他手背上，狡辩道："你看，我是真的不冷啊。"

沈之衡可没那么好忽悠，他看了看唐梓手心红彤彤一片，当即拆穿她："刚用水瓶焐过手是不是？"

还真是什么都瞒不过沈之衡，唐梓有些怀疑，他真的是第一次谈恋爱吗？这种管女朋友的模样，可一点儿都不像是新手。

不过她可不敢直接怼上去，她说不过他，回回壮着胆子和他斗嘴，最后都会被他缜密的逻辑打败，一点儿都不让着她，没小时候可爱！

"你今天下班这么早，是不是为了见我偷溜了？"唐梓看着他，满脸期待。

沈之衡指指车身上沾着的泥土，说："刚从施工现场回来，没什么事，就直接过来了。"

哄哄自己又能怎样，唐梓愤愤地上了车，嘴里小声嘟囔。

沈之衡看着她孩子气的举动，笑意不减反增。

和唐梓在一起之后，他就发现她是一个非常喜欢听情话的姑娘，偏偏自己又从来都不擅长，每每她诱哄着自己说情话给她听，他都喜欢和她反着来，故意逗她。

唐梓觉得，好气！

作为唯一不在聚会现场的人，唐梓首当其冲，成了钟雪凤的八卦对象。知悉内情的白逸凡看着菜单但笑不语。本就不八卦的张洲倩撑着手看着叽叽呱呱的钟雪凤，权当是听故事，也丝毫没有参与谈论的迹象。

唯独张晨雨，一听到钟雪凤提及唐梓，整个人就有些紧张，尤其是听到唐梓可能已经脱单的猜测，指甲盖上精致的图案都被她抠下来一块。明知可能性不大，可是她心底里还是有些紧张。

“大白你说说，你肯定知道点儿什么的，不说不够义气了啊。”钟雪凤用胳膊肘顶顶身边的白逸凡，说道。

白逸凡故意吊着钟雪凤的胃口，双手抱臂道：“这多不好，小梓不在我也不能卖了她啊。”

哪知钟雪凤一点儿也不按套路出牌，直接从她的反应提取亮点，几乎是肯定地说道：“是真的吧，这丫头真的恋爱了吧？”

“和谁？”张晨雨脱口问道。

白逸凡冲身边的服务生点了一个菜，接着说：“想知道自己问呀，这不得当事人告诉你们才好嘛。”说着，她冲钟雪凤放在桌面上的手机挤挤眼，示意钟雪凤打个电话过去。

钟雪凤点点头，深觉这个建议可行，毕竟是玩在一起的朋友，要是她脱单了，肯定也不会一直瞒着。

唐梓正在试衣间和冬季连衣裙的拉链做着斗争，门就被敲响，紧接着听见沈之衡问：“钟雪凤给你打了电话，要不要接？”

本来拉得就不怎么顺溜的拉链，因为沈之衡的突然出声卡了一卡，唐梓也没多想，顺口就说：“你替我问问什么事。”继续斗争。

钟雪凤等电话一接通，开口就是一句：“亲爱的阿梓啊。”

“小梓现在正在试衣服，有什么事我可以帮你转告。”

钟雪凤未说完的话都卡在了喉咙里，她觉得自己不用再问什么了。

没听到回答，沈之衡又重复了一遍刚才的话。钟雪凤这下听出来了，瞬间满眼都是八卦之光，说道：“啊，这样，也没什么事儿，那我就先挂了，拜拜啊。”

电话一挂断，钟雪凤嗓音都在颤抖：“沈之衡啊！真的是他！我们家阿梓真是让人刮目相看，厉害了！”

白逸凡笑着轻拍她的肩膀：“这叫有情人终成眷属，可以让他们请吃饭了。”

听见沈之衡的名字，一直绷着那根弦的张晨雨终于放松下来，露出了她今晚第一个由衷的笑容。她就知道，唐梓这么一个单纯没心机的女孩儿，怎么可能会如她所想的那样呢。

可是，唐梓要是知道她的这些小心思，还会不会选择继续和她做朋友？

被沈之衡陪着逛了一晚上街的唐梓心情极好，和他十指紧扣走在回家的巷子里。

唐梓侧过脸去看着他，问：“你会不会介意我告诉她们我俩的事情？”

沈之衡替她把粘在脸上的头发小心地别到耳后：“荣幸之至。”

唐梓心里的甜蜜因子瞬间被引爆，脸上甜甜的笑容久久不消。看来还真不能让沈之衡经常说情话，要是常常像刚刚这样，她觉得自己的心脏会有些吃不消。

走到楼道门口，唐梓依依不舍地窝在沈之衡怀里，直到沈之衡拍拍她的肩膀哄她“上去吧，明早巷子口等你晨跑”，她这才舍得撒开手。

“怎么办，”唐梓不好意思地说，“我都嫌弃自己这么黏人了。”

沈之衡替她把外套整了整，宠溺道：“挺好的。”

唐梓立马笑嘻嘻，心满意足地接过他手里提着的东西，说：“好啦，你快回去吧，今晚走这么多路，记得用热水泡脚啊。晚安，男朋友。”

沈之衡伸手揉了揉她头顶松软的秀发，说：“快上去吧，晚安。”

唐梓一路小跑着上了楼，用最快的速度开灯跑到窗户边。

看到她窗子亮起了灯，沈之衡一抬头就看见一张红扑扑的脸蛋，朝她挥了挥手，这才往回走去，明明今天榕城大幅度降温，可他的心却因为唐梓，暖意融融。

这就是爱情，能驱散黑暗，也能赶走寒冬。

等沈之衡走远，藏在榕树后的人影才走了出来，他看了看那扇亮灯的窗户，手里的东西最终还是被丢进垃圾桶里。等他也离开以后，藏得更深的影子走了出来，径自走到了唐梓的门前。

打开门看见张晨雨，唐梓非常意外。自打那天在电视台见过一面之后，她俩就再也没有联系过。即使没什么，面对张晨雨，唐梓还是有些莫名的心虚，一心想和她解释些什么，却又找不到合适的话头开口。

进屋后，张晨雨摘下墨镜，大眼注视着唐梓，突兀地问：“阿梓，你会永远爱着沈之衡吗？”

唐梓愣了愣，然后会心一笑：“当然。”

张晨雨拥抱住唐梓，在她耳边郑重地说了一声“对不起”。

唐梓安慰地拍拍她的后背，感觉到她有一滴眼泪，落在了自己肩上。

第六章

对不起，我这里太黑了，你别过来

沈之衡早晨刚到办公室，一份材料检测报告就立刻送到了他的手上。

等他看到报告里材料物质值那栏里，高得有些吓人的氯离子数值，他的表情从未有过地严肃。

他立刻转身走出办公室，带着材料，敲开了院长办公室的门。

看见沈之衡提交的检测报告，一贯和蔼的院长也面露怒色，连道“荒唐”。

前些日子，沈之衡去施工现场查看工程进度的时候，恰巧遇到工程车把建筑用沙拉到工地。倾倒沙子的时候，沈之衡就闻到了一股扑面而来的海腥味。

施工项目是城改工程，除特定材料外，基础建筑用材基本都不由建筑院方面采购，他们只负责把所需材料名称、数目向机关提交。

可这些混入施工现场的不合格材料来源于哪里？其中可能牵扯出的利害关系，也让院长着实有些头疼。

“你怎么看待这件事情？”院长问一直拧眉沉思的沈之衡。

沈之衡心里早已有了决断：“我认为，这些材料已经严重危害到建筑安全，要先对已经施工建成的部分重新取样检测，另外，我主张把这份报告向上提交，查明源头，杜绝这种事情再次发生。”

院长手抚着下巴略加思考了一下，然后点头道：“上午先去取样送到质检机关，下午你和我一起去一趟顾局长办公室，说明一下情况。”

在仔细看完报告之后，顾局长反手在桌面上敲了两下，面露不快地把报告用力丢在桌子上。

“这些人都不知道在干什么！拿着国家的钱办出这种事情！幸好你们发现得及时，我们会查明这些不合格海沙的来源，严肃处理。”说完，顾局长继续补充说，“已经建成的部分，用材检测结果出来了吗？”

沈之衡和院长互看一眼，说：“上午已经取样送检，最快下周一可以拿到结果。”

“这样，”顾局长满意地点点头，拍了拍沈之衡的肩膀，“辛苦你们了，要不是及时发现，后果还真是不堪设想。这样，这几天工程暂时停工，我这边重新安排选购材料。”

院长起身，和顾局长握了握手，说道：“那就麻烦您了。”

顾局长上一刻还非常严肃的面孔，此时已经带上了一些笑容：“问题出在我这边，是耽误你们进度了才对。对了，听说小沈负责设计建造的小区今年获奖了，真是后生可畏啊，祝贺你了。”

沈之衡心里还有所思量，面上却不动声色，他朝顾局长点点头：“您过奖了。”

走出顾局长的办公室，院长才对沈之衡说道：“你方才的表情太过严肃了一些，虽然这件事情比较严重，但是在领导面前，还是要适度控制一下自己的情绪。”

沈之衡虚心受教，但不多言，倒是院长兀自笑了起来，说：“你看看我，都差点儿忘记了你是沈之衡，你这一丝不苟起来的样子还真和当年的沈老一模一样。总之，今天这件事情，你多放在心上，和领导作汇报这种事情，还是我们这些老骨头来吧。”

建筑材料的事情一直压在沈之衡的心上，建筑设计不是他最热爱的事业，但是在他的眼里，混合着钢筋水泥的建筑物，也绝对不仅仅是冷冰冰的房子和墙。它们都是有生命的，承载着城市的变化，和市民共同呼吸一样的空气。

作为建筑师的他们，就像是这些建筑的父母，看着自己的孩子在一砖一瓦的建设中长大，是绝对不能允许因为材料问题而出现任何差池的，更何况，这些建筑的存在价值，是为更多生命提供住所，绝不容许丝毫马虎。

一直到多次抽样检测结果出来，沈之衡才长舒一口气，先前使用的材料都是合格的，只有这一批存在问题，万幸的是这批材料还没有投入使用，所造成的影响，也只有这几天停工耽误的时间。

顾局长那边也传来了消息，是材料供应商擅自掺入了这些不合格材料，相关责任人接受了相应的处罚，也重新换过了材料供应商，至此，这次的海沙事件算是画上了句号。

而一连几天都为这件事情劳心劳力的沈之衡，也总算是舒展了他的眉头。

唐梓在沈之衡的指导下学习沏茶，看他终于不是一副心事重重的样子，她心里也轻松起来。

“你知道吗，这几天你家一只苍蝇都看不见。”唐梓朝他笑道。

“嗯？”沈之衡不解地挑眉。

唐梓伸手点了点他的浓眉，笑道：“都被你的眉头夹死了啊。”

沈之衡笑着抓住了她的手，替她搓了搓冷冰冰的手指，问：“晚上想吃点儿什么？”

唐梓掐了掐自己脸颊上最近被沈之衡养出来的肉，认真道：“你不觉得我最近快被养成猪了吗？”

看着她把自己的脸掐出两个红印子，沈之衡笑着点点头：“嗯，养得更好看了。”

唐梓对上镜片后面那双含笑的眼睛，朝他吐了吐舌。最近在沈之衡的锻炼下，自己对他偶尔冒出来的几句甜到掉牙的话多少有了一些抵抗力。

她把泡好的茶倒进杯子里，递给沈之衡：“沈老师，尝尝？”

听着她对自己乱七八糟的称呼，沈之衡既好笑又无奈，他接过茶水先闻了闻，然后轻抿两口，在唐梓充满期待的眼神里点了点头，说：“泡得不错，一会儿奖励你沈家私房菜。”

说起这个，唐梓立马来了兴趣，两人刚在一起的时候，经常在外面吃饭，时间久了，唐梓觉得，外面那些吃起来都差不多一个味道，实在没有沈之衡的手艺好。可偏偏大多时候他忙得自己都顾不上吃饭，今天听他说要下厨，她别提多开心了，当即套上外套就要拉着他去菜市场。

唐梓不算是特别害羞的人，两个人在一起也都顺其自然，既不高调也不刻意对外隐瞒。她就是恋爱中的小女人，出门总喜欢牵着男朋友的手走在大马路上，一来二去，整条巷子里认识沈之衡的邻居，也都知道他有女朋友的事情。

两人刚出家门，就看到住隔壁的大爷大妈一齐往家里走。沈之衡礼貌地和大爷打起招呼，就听见大妈道：“阿衡和女朋友出去呢？”

沈之衡笑着点点头，唐梓也略微有些不好意思地朝大妈咧嘴笑笑。

看着他们牵着手走在一起的背影，大妈朝老伴说：“阿衡这孩子谈起恋爱的模样，变化可真大。”

大爷眯着眼睛笑：“这才好呢，这小伙子，身边总算有个知冷暖的人了。盛国和裴宁知道了，不定得多开心。”

大妈帮大爷拍了拍身上蹭到的墙灰，叮嘱道：“你可别自己跑去跟盛国说，这事还是等阿衡自己告诉他们比较好。”

一听大妈的话，大爷不乐意了：“你这老婆子，瞎叮嘱什么，你老伴我是那么藏不住事儿的人吗？再说了，指不定阿衡早告诉家里了。”

大妈睨了大爷一眼，内心腹诽：就是知道你藏不住事儿，才嘱咐你的。当年这条巷子里的家长里短都没有秘密，也不知道是亏了谁说来说去。

走在巷子里，唐梓问沈之衡：“你从小就住在这边吗？”

“出生就住在这里了，街坊邻居都看着我长大的，对我都很关心。”沈之衡怕她不习惯刚才大爷大妈的热情，解释道。

唐梓转了转眼珠，试探性问道：“我记得，这一片以前是不是有个孤儿院啊？”

沈之衡挑眉看向唐梓，说：“这附近，没有啊。怎么突然问起这个？”

不自然地挠了挠头，唐梓笑道：“没有，这不是快过年了嘛，大白说想给孤儿院的孩子们买点儿东西，我还以为这附近有呢。”

沈之衡正要接话，却听见唐梓电话响了起来。唐梓一接通，就听电话那头传来查森教练久违的英式口音，可听见查森教练的话，唐梓刚要扬起的笑容就顿在了嘴角。

“怎么了？”面对她的反常，沈之衡问道。

唐梓回头看了看巷子，说：“我的教练来中国了，说在我家楼下。”

“教练？”

唐梓意识到自己说漏嘴，心里越发有些慌乱，听到查森教练说自己到了中国，她最先想到的就是自己是不是需要马上回英国去，其次就是担心，要是瞒着沈之衡的事情被他知道，他会不会非常生气。

敏锐如沈之衡，在唐梓的反常里，已经察觉到一些不寻常的味道，他在等唐梓的反应。

不知哪里冒出来的勇气，也或者是因为瞒着沈之衡总让唐梓觉得自己感情不够坦诚，她想干脆坦白，要是沈之衡生气，她就诚恳地道歉好了。

于是，她反握住沈之衡的手，说：“你和我一起回去吧，晚上请教练吃饭。”

沈之衡勾起了嘴角，对唐梓的反应感到十分满意。

然而，在见到查森教练的时候，沈之衡就已经被惊到了。查森教练的脸沈之衡并不陌生，他虽然自己不打网球，但对体育还是有一定了解，更何况查森还是媒体时常关注的网球界人物。

见到沈之衡的反应，唐梓已经有些心虚，她硬着头皮给两人互相介绍，然后就听见查森教练笑着感慨：“没想到你真的找到他了，唐妮，祝贺你得偿所愿。”

现在祈祷是不是已经有些来不及了？唐梓看向沈之衡的眼睛里已经充满了歉意。

尽管此时心里已经满是疑惑，沈之衡还是没有在查森教练面前表露分毫，他看了看小心翼翼的唐梓，像是安慰一般地握了握她的手。自从两人在一起开始，沈之衡就决定无条件相信她。

他一点都不质疑唐梓对他的感情，因此，他接受她的秘密。

来华旅游的查森教练，只把榕城当作一个中转站，在这里停留一晚上，马上就要转机去领略九寨沟之美。

可看他特地从英国给自己带来这么多东西，唐梓就知道，其实他不一定非要在榕城中转，来看看自己才是真的。除了家人，查森教练一直是对她最好的长辈，想到曾辜负这个长辈那么多期待还依旧被如此疼爱，唐梓既歉疚又感动。

吃过晚饭，趁着沈之衡去取车的间隙，查森说出了来见唐梓的另一个目的。

唐梓听得仔细，手里的纸巾被揪得变形。

“唐妮，你要知道，错过了这一次的机会，下一次不知道要等多久，你不会真的决定，永远放弃你热爱的事业对吗？”

唐梓像做错事的小孩儿，低头不语，最后她抬头，注视着查森教练，做出决定：“七个月，七个月以后，我会回去。在那之前，我想在他身边多待一段时间。”

查森本想再次声明这个机会有多难得，但作为长辈，他其实也不忍心要求唐梓放下自己努力追到的幸福，更何况，现在这个样子的唐梓，是在英国伦敦的那个唐妮身上，从未出现过的模样。

临分别前，查森拥抱唐梓，对她说：“既然做出决定，那就好好珍惜现在所拥有的一切，我们在伦敦，等你回来。”

送走查森教练，坐在回家的车上，唐梓时不时转过头偷偷打量专心开车的沈之衡，他不说话，她也一直没有开腔。

一直到车子停稳，两个人走进了巷子里，唐梓才鼓起勇气，拉住他的手，说："我有事情要和你坦白。"

沈之衡扶了扶眼镜，把唐梓冷冰冰的手握紧了些。

怕她冷，沈之衡把她带进室内，给她倒了杯热水，示意她慢慢说。

组织了半天的语言在触碰到沈之衡深邃目光的时候，总是卡壳，唐梓长呼了一口气，双手捂住自己的脸："阿衡哥哥，我是小囡。"

陶瓷杯子砸在青石板上的声音十分清脆，钻进唐梓的耳朵里，却有些刺耳。她不敢去看沈之衡脸上的表情，连呼吸声都敛得很轻很轻。

他一定很惊讶，甚至有些不能接受。自打在沈之衡家发现很多自己小时候的照片，唐梓就可以肯定，她的阿衡哥哥从没有忘记过她。万一他只把小囡当成牵挂的妹妹，那还会不会接受成为女朋友的她？

对面久久没有发出声响，唐梓偷偷从指缝里打量。沈之衡的金框眼镜不知道什么时候摘下，然后她看见他眼睛里，神情复杂。

"你说，你是小囡？"沈之衡有些找不到自己的声音。

刚刚在知道她就是唐妮·安德森的时候，沈之衡对她放弃比赛回到中国的原因有很多猜测，但他完全没有想到，这个理由居然是他。

"吓坏了吧，对不起。原本，我就是想回来看看你过得好不好，我没想到自己真的能找到你，更没想到，我会爱上你。如果……"

剩下的话唐梓怎么都说不出来，如果他接受不了的话，她也不知道要怎么办。她说着，自己就先哭了出来，从来没看过她哭的沈之衡，被她的眼泪弄得有些无措。

他仔细替她揩去脸上的泪痕，为她披上大衣，哄道："别哭了，我送你回家。"

他对唐梓就是小囡这件事除了惊愕没有做出其他反应，唐梓越发心慌，想追问却生生忍住。她任由沈之衡把自己送回家，看着他离开的背影，明明想出声挽留，张开嘴，却发不出半点声音。

从不爱哭的她现在眼泪根本停不下来，尤其是在沈之衡已经离开以后，她所有的心慌和不安通通席卷而来，让她找不到除了哭泣以外的其他发泄方式。

回到家的沈之衡打开藏在书柜最深处的相册，里面照片不多，都是被他藏进时光里的小囡。坐在围墙上笑容无邪的小囡和唐梓笑意盈盈的脸重合在一起，竟然这样美好。

他觉得生活一定在和他开玩笑，之前那么苦苦寻觅的人，在他几乎放弃寻找之后，主动出现在了他的生命里。

他一直惦念着的小囡，生活得很好，长大了，长得很好看，她现在就在自己身边。最重要的是，他已经爱上她了。

他这才反应过来，连脚上的拖鞋都来不及换掉，跑出大门，就直奔唐梓家。他从没有这么慌乱的时刻，就怕自己再晚一步，刚才他的迟疑会让唐梓难过。

唐梓家的窗户黑漆漆一片，他敲了敲门，里面一片寂静，拨了唐梓的电话，就听见她的手机铃声从门后传来，又很快被她掐掉。

沈之衡再敲了敲门，确定唐梓就躲在门后，他用极温柔的声音哄道："小梓，开门。"

红肿着眼睛的唐梓出现在沈之衡面前的一瞬间，她整个人被沈之衡圈进怀里，他一只手摁住她的后脑勺儿，像是怕失去她，紧紧地拥抱着她。

"对不起，我不应该瞒着你，我想晚点儿告诉你的，我怕你接受不了，我是真的真的很喜欢你。"在他的怀抱里，唐梓的委屈和不安完全爆发。

“我知道，我知道的。”沈之衡抚着她的头发，不断安慰，用自己的行动和温暖，慢慢止住了她的眼泪。

唐梓窝在沈之衡的怀里，一动不动，心里满是庆幸，还好还好。抱着她的沈之衡，心中更是百感交集。

当年他放弃自己热爱的摄影，学习建筑设计，就是为了得到去英国学习的机会，他在伦敦的茫茫人海中寻寻觅觅的时候，也只是希望，可以遇到她，确定她过得很好。包括这么多年，他为孤儿院所做的一切，大半部分原因，都是她，因为那是她最初的家。

在沈之衡以为唐梓已经睡着的时候，靠在沈之衡胸前的脑袋动了动，她伸手紧紧环住他的腰，表情可怜兮兮地问他：“我没有一开始就告诉你，你会不会很生气？”

沈之衡摸摸她的头发：“很气。”

见唐梓又紧张起来，他补充道：“我不是气你，是一想到你为了我放弃那么多东西，远渡重洋，我就很生自己的气，我应该先找到你的。”

唐梓笑了出来，脸上的笑容和红肿的眼睛成了鲜明的对比，她安慰地蹭了蹭沈之衡的胸口：“没关系啊，你这不是也找到我了吗，说来我真的可幸运了，一找就找到你了，还顺便……嘿嘿！”

听她得意的笑声，沈之衡把下巴搁在她的头顶：“是啊，你比我幸运得多，一找就找到了。”

唐梓从他的怀里抬起头，看着他：“沈先生，你知不知道，你现在和自己闹别扭的样子，让我很想……”

“什么？”沈之衡习惯性挑眉。

“嫁给你。”唐梓脱口而出。

等到沈之衡离开，唐梓脸上的温度都还没有散尽。美色误人啊，美色误人，她把自己的脑袋埋在膝盖里，心里又羞又恼。

她今天一定是受惊过度，或者是沈之衡魅力太盛，才会让她控制不住，把脑子里想的都说了出来。

“矜持啊唐梓，你都倒追了，难不成还想先求婚？再说了！你们在一起还不满两个月好不好。”

越想越懊恼，唐梓把整个人埋进被子里，羞死人了，短时间内她怕是真的没有勇气再见沈之衡了。

临近年底，台里又进行了一次人事调动，台里几个怀孕的女同事休起产假，个别部门人手吃紧，像唐梓她们栏目人手比较充裕的，就要往外借调。

上午上班没多久，唐梓就被陈洁叫到了办公室里。唐梓近期的工作一直都在被肯定，陈洁也有意多让她接触一下台里其他的事情，这次调动，就存了想给唐梓换换岗位的心思。

唐梓现在对陈洁只有尊敬，没有畏惧，或者是恋爱中的她真的有了些变化，偶尔还会在陈洁心情好的时候，和陈洁开开玩笑，耍耍宝，比以前更愿意和陈洁亲近。

陈洁也不和她兜圈子，开门见山地问她：“这次调动，我想让你去新闻部做通联，刚好她们有一个通联休产假，你自己怎么想的？”

新闻部一直是唐梓想接触的地方，比起有设定台本的栏目组，她对每天都可以接触很多新奇事物的地方更有兴趣。她一直很好奇，那么多正在发生或者刚刚发生的事情，是怎么被灵敏的新闻部及时捕捉到的。

她完全没有犹豫，一口答应下来。为此，钟雪凤揪着她调动这件事情，又毫不客气地敲诈了她一顿。

临近年关，各部门工作都很忙，张洲倩自不必说，一年到头都少有空闲，张晨雨忙着跑各地的颁奖礼，一个月总有好多天时间是在路上奔波的，连本该最清闲的自由职业者白逸凡，也跟着慈善组织四处送温暖，至于同在电视台的钟雪凤就更惨了些，一年的信息汇总，就够她头疼了。

“我说，你和你家那位，啥时候请吃饭呢？都拖了这么久了，没诚意了啊。”钟雪凤啃着唐梓给买的鸡腿，说得义正词严。

唐梓往嘴里送了块西芹，嘟囔道：“你也好意思说，你和你家朝河哥哥还没表示呢。再说了，就那三位神龙见首不见尾的，我想请，客人们也忙啊，过完年再说吧。”

“过年，又要回家当红包大使了。”钟雪凤有些心疼自己的钱包，但她旋即又开心起来，“我今年打算把他带回家。”

一向大大咧咧的钟雪凤说这话的时候露出了小女人的娇态，看得唐梓那叫一个不可思议。她戳戳钟雪凤的胳膊，侃道：“见家长哦。”

“觉得差不多可以带回家了啊，你呢？是不是也跟沈之衡回去？”

“我们这才刚刚开始，见家长还太早了啦。”

对唐梓那句“刚刚开始”钟雪凤表示很不屑，直白地反驳道：“就你们那一天恨不得早中晚都见面的样子，我总觉得离收到你的红色炸弹也不远了。”

拦住钟雪凤伸向自己碗里的筷子，唐梓朝她轻哼一声。也就是有几次沈之衡中午过来找自己吃饭被钟雪凤撞见，至此她就一直拿这个来调侃她。

“不过说真的啊，你俩都这么分不开了，你怎么不干脆搬他家去，还省了每个月的房租，一举两得啊。”钟雪凤坏笑着建议。

唐梓反手就是一掌拍在她肉乎乎的肚子上：“再说我就要动手了。”

“好好好，我不说了。”钟雪凤投降。

说到过年，唐梓远没有回国前以为的那样开心。传统的中国节日，她在伦敦的家人也会为了她庆祝，只不过在不同的文化背景之下，同样是庆祝，可气氛远没有国内热闹。

回来之前她一直满心想着要用这一年的时间，好好把祖国的传统节日认真体验一番，但自从感受过中秋节万家灯火可自己却是一个人孤孤单单以后，她对其他节日，就没有那么期待了。

本来这些节日里团圆是最重要的主题，而她自己孤身一人，庆祝起来没有一点儿劲。

既然是过年，沈之衡一定是得去杭州陪父母的，想到两个人届时会有一长段时间只能靠电话联系，她就一点儿也开心不起来。

沈之衡利落地切着案板上的青菜，一旁几个碟子里整齐码好他准备齐全的各种配料。他执意不让唐梓动手，百无聊赖的唐梓只好搬着一把椅子坐在他身边，边啃着他切好的胡萝卜，边腻歪地盯着他的俊脸看个不停。

被心仪的姑娘用这么热烈的目光盯着看，冷静如沈之衡，也实在有些不习惯。他不自然地轻咳一声，走到唐梓面前，夺走了那一碟快被她吃完的胡萝卜，笑着问：“一直看着我，不腻吗？”

“唔，看不够啊。”唐梓满脸娇态，边说还边从碟子里又顺走一条胡萝卜。

拿她一点儿办法也没有，沈之衡摸了摸鼻子，决定放任她，反正他心里还是蛮欢喜的。

色香味俱全的菜端上桌，唐梓食指大动，毫不掩饰自己对沈之衡的崇拜。这活泼又爱撒娇的样子，和十五年前还真的是一模一样。

正吃着饭，沈之衡想起来昨晚父亲在电话里的嘱托，他看了一眼正津津有味啃着排骨的唐梓，问她：“过年要不要和我回家？”

唐梓的动作停住，眼睛扑闪扑闪眨了两下，似乎是在质疑自己刚刚听到的话。

“我吗？”

看着她傻乎乎的样子，沈之衡摇头失笑，看来他的女朋友对他们的感情还真的是十分缺乏安全感。

存着刻意逗她的心思，沈之衡故意“嗯”了一声：“你不愿意也没关系，我自己回去就好了。”

果然，唐梓脸上露出了几分可惜：“嗯……我的意思是，会不会太早了点儿啊？”

沈之衡朝她碗里夹了一块排骨，严肃地告诉她：“一点儿都不早，小梓，过完年我已经三十一岁了。”

没听懂他话中蕴含的深意，疑惑的唐梓跑去向白逸凡寻求帮助。白逸凡看了她半晌，毫不客气地朝她吐出一个字：“笨！”

被说笨的唐梓不乐意了，愤愤地看着白逸凡，就见后者朝她笑得极其暧昧，更是让她一头雾水。

“也是，本来恋爱中的人智商就不高，更何况您还是个侨胞，听不懂也算正常，不怪你不怪你。”白逸凡自顾自感慨了一番，然后一只手拍了拍唐梓的肩膀，“躲起来乐吧，沈之衡这意思是说，他已经开始考虑你们的终身大事了。”

哈？

唐梓还在消化这个信息，白逸凡比她着急，立刻拉着她就要陪她去准备送给沈家家长的礼物。

唐梓对这些礼节不甚了解，懵懂地跟着白逸凡。

两人在商场逛了足足两小时，一点儿成果都没有。

比起比她着急的白逸凡，唐梓更理智些：“我觉得，我们得先知道他爸爸妈妈喜欢什么，这样才好选。”

也是，关心则乱的白逸凡觉得她说得很有道理，临离开商场还不忘千叮咛万嘱咐：“你一定记得问，问好我再陪你选。第一次见家长，你可得好好表现，不然有的你后悔。”

白逸凡可是有前车之鉴，一直都忘记不了当初没人告诉她这些礼节而闹出的笑话。她真心希望唐梓好，不愿意自己的悲剧在唐梓身上重现。

她的好意唐梓都记在心里，虽然觉得她对这事太过敏感了一些，但还是听取了她的建议，事先做足了功课。她多少听沈之衡提及过他的父母，虽然从没接触过，可是她想，能把沈之衡培养得这么优秀，他的父母也一定是很好的人。

白逸凡的症结来自哪里，唐梓也知道。不过听沈之衡的说法，赵世琛的母亲早就放下了对白逸凡的偏见，至于她的心结要如何解开，他们这些旁观者，还真的无能为力。

听闻唐梓要跟沈之衡回家过年，唐梓远在伦敦的养母苏珊太太非常夸张地表达了自己的兴奋。比起母亲的开心，唐梓发现父亲显得有些深沉。

母亲说，这是父亲在知道自己的宝贝女儿即将成为别人的宝贝时，产生了心理落差，可唐梓觉得，这是父爱的一种无声体现。

最后，父亲还是没有忍住，别扭地对唐梓说：“什么时候把那个抢走我心肝宝贝的人带回来，让我看看他值不值得托付。”

尽管一早做好了心理准备，可是当唐梓跟着沈之衡踏上杭州的土地时，唐梓整个人都不可抑制地紧张起来。

沈之衡安慰地环住她的肩膀，尽量缓解她的紧张情绪。

沈之衡事先在电话里交代过，唐梓就是他一直找的小囡。对于儿子的感情，沈盛国和裴宁都不打算干涉太多，之所以这次把唐梓叫到家里，也就是好奇到底是怎样一个孩子，竟然和自己家儿子，有这么奇妙的缘分。

在菜品满是江南风味的饭桌上，沈盛国抱着双臂，打量着唐梓一言不发。唐梓正襟危坐，心里打鼓。

感觉到唐梓的不自在，饭桌底下，裴宁用脚踢了踢沈盛国。沈之衡也摸不准父亲今天一反常态的样子，不停地给坐在身边的外婆夹菜，试图曲线救国。

察觉妻子眼睛里警告的味道，假装严肃的沈盛国顿时呵呵一笑："小梓啊，别拘束，当在自己家。"

沈之衡被自家父亲噎了一下，单手握拳放在嘴边咳嗽几声。

这一顿饭唐梓吃得心惊胆战，直到她跟着沈之衡的母亲去厨房洗碗的时候，裴宁的和蔼可亲，才让她放松下来。

"刚才你伯父是和你闹着玩的，你别放在心上。早就听之衡提起过你，今天见到你，才发现是这么讨喜的一个姑娘。"

这位气质不俗的长辈让唐梓很有好感，本能想和她亲近。裴宁不多过问唐梓的家事，只确定过唐梓父母同意她和沈之衡交往，然后就都在和唐梓说沈之衡小时候的趣事。

沈之衡此时在给外婆捏肩，外婆宠爱地拍拍他的手："这就是那时候让你要跑去英国找的丫头？挺讨人喜欢的，年纪不大吧？"

沈之衡蹲在外婆身边，轻声说：“比我小几岁。”

“那你可要多让着人家，自己选的，自己宠。”外婆叮嘱道。

怎么感觉他才是那个被领来见家长的人，沈之衡笑。正好唐梓进来，他就拉起她的手，问她要不要四处走走。

刚才就听说这附近有一个地方夜景独好，唐梓欣然应允。

看着两个年轻人手牵着手往外走去的背影，沈盛国满脸笑容地看向端着水果走来的裴宁：“你看看，还挺像咱们处对象的时候。”

看他那满脸开心的样子，裴宁嗔怪：“好意思说呢，刚刚那么吓唬人家，要是把小梓吓跑了，别说儿子，我都不原谅你。”

面对妻子的指责，沈盛国只能笑笑：“你这个人，之衡这小子自打上了初中，就从来不怕我吓，好不容易带回来个姑娘，我这不是想看看他多在乎人家嘛。”

裴宁把没削皮的水果放到沈盛国手里：“这你还看不出来，你儿子要是没认定这姑娘，也不会听你的话，这么快带家里来。”

“那是，我们老沈家的男人，个个从一而终。”沈盛国满脸骄傲。

越老越没个正行，裴宁摇摇头，可脸上却笑得灿烂：“把水果削好给妈送去，我再去看看小梓房里差点儿什么。”

沈盛国熟练地削起手里的水果，目光追随爱妻的身影一直到房间门口。末了，他看了看自己已经满是皱纹的手背，是真的老了，可妻子还是和记忆里一样美丽。

大年三十，大街小巷张灯结彩，路上行人也都喜气洋洋。

白逸凡提着大包小包，觉得这一年所有的阴霾似乎都要随着新年的到来，一扫而空。她看了看袋子里精心挑选的衣服，一会儿奶奶一定会很开心。

轻车熟路地到达养老院大门口，门口保安叔叔看向她：“接奶奶回家过年啊？”

白逸凡笑着点点头，走进去就看到奶奶穿得整整齐齐，坐在走廊里晒着太阳等她。

老人身边的护工看到白逸凡说：“白奶奶一早就换了衣服等你，念叨你一上午了。”

“多亏你照顾，我奶奶这段时间的状况还好吗？”白逸凡看着坐在椅子上不为外界声音所动的奶奶，细细询问。

“和以前一样，糊涂的时候更多，不过还算稳定。”

白逸凡蹲在老人面前，抚摸着老人花白的头发，温声细语：“奶奶，我来接你回家啦。”

老人缓慢地转过头，混浊的眼睛在看到白逸凡脸的时候，闪了闪。满是皱纹的手摸了摸白逸凡的脸，她笑了起来：“是凡凡来了，来接我回家了。”

看着奶奶脸上孩子般的笑容，白逸凡一阵心酸。她有些庆幸老人的糊涂，起码在看到只有她到来的时候，脸上还能洋溢出满足的笑容。

回家的一路上，老人拉着白逸凡的手絮絮叨叨，一个问题重复问了很多遍。出租车司机时不时从倒车镜里打量不厌其烦一直重复回答着的白逸凡，心想现在这样有耐心的年轻人，实在是不多见了。

车在小区门口停下，白逸凡刚要扶着奶奶回家，就接到了订画顾客的电话。

短短交涉几句，白逸凡面露难色，看了看身边的奶奶又看了看手机。顾及老人年纪大了，不便跟着自己跑来跑去，她最后决定先把奶奶送到家里，再出去给顾客取画。

即使这样，白逸凡还是不放心，反复叮嘱奶奶一定要乖乖在家等她回来。把老人可能要的东西全部摆在她面前，她这才离开。

用最快的速度去到店里，取了画交给客人后，白逸凡立马赶回家，原本四十分钟的路程被她压缩到只有二十五分钟，却还是看到了大敞着的房门，她开始后悔，自己刚才为什么不反锁上。

这种事情不是第一次发生，以前在老家的时候，老人就因为痴呆走丢过好多次。起初家里的叔伯还对老人任劳任怨，但次数多了，就越发觉得是个累赘。自己的父亲也是，被继母吹多了枕边风，一门心思都放在了继母带来的一双儿女身上，对自己这个亲生女儿也只是偶尔关心。

父亲再婚后，她被姑姑接到城市生活。姑姑供她衣食无忧，教会她一个女孩儿应该善待自己。她知道姑姑出国前最放不下心的就是奶奶，于是她不管不顾地把老人接到城市，独自供养。怕是只有姑姑，是真的牵挂奶奶的吧。可是当姑姑毅然决定跟随好不容易抓住的男人移民的时候，看着那些姑姑留给自己的财产，白逸凡就知道，姑姑不会再回来了。

姑姑一直认定自己那些不光彩的经历，是造成她得不到幸福的原因，仿佛把自己从她的生活中剥离，就能为她挽回些什么。可对她来说，她不过是又失去了一个真心疼爱自己的人而已。

她在马路上漫无目的地四处找寻，眼见夜幕将至，她越发着急，酸得不能再酸的腿不停发抖，没走几步，整个人就跪坐在马路上。

赵世琛出现在她面前的时候，她才想起，自己在火急火燎的情绪下，第一个向他求救。她的不安和慌乱似乎终于找到出口，这一刻，她什么都不想管，扑在他的怀里放声大哭。

“别着急，我们先去报警，查查你家附近的监控，看看老人家往哪个方向去了。”抱着整个人都在发抖的白逸凡，赵世琛心里比她更难受。

已经是晚上，《春节联欢晚会》都播了大半，老人还是杳无音信。白逸凡一刻都不想停下，拖着疲乏的身子，执意要继续寻找奶奶。赵世琛稍作犹豫，最后还是把电话打回了家里。

有了家里的帮助，效率高出很多。万幸在午夜来临之前，他们在江边的长堤上，找到了冻得瑟瑟发抖的老人。

一直神经紧绷着的白逸凡，在看到奶奶已经安全地躺在病床上熟睡后，终于放心地跌坐在地上。

这时候，浑身的疲惫和疼痛才席卷而来，她撩起裤腿看向痛处，发现刚刚摔倒的时候，两只膝盖擦破了一层皮。

血肉模糊的伤口看得赵世琛一阵心疼，他不顾白逸凡的反对，打横抱起她，把她带到急救处清理伤口。

“谢谢你。”总是在他面前冷漠如冰的白逸凡终于温顺下来。

赵世琛用湿巾替她擦着手上蹭到的血迹，说：“奶奶没事就好。”

同样是这个夜里，城市的另一端，顾城满身酒气打开家里的门，在漆黑一片中还没摸索到方向，突然亮起的水晶灯刺得他好久才睁开眼睛。

见到坐在沙发上等他的人，顾城笑得讽刺：“顾局长半夜不在家睡觉，怎么跑来了这里？”

本就满腔怒火的顾兴邦听到他的话更是火大，站起身反手就是一个耳光：“你现在还有把我放在眼里吗！”

顾城用拇指擦掉嘴角的血迹，冷笑：“顾局长半夜过来，就是为了给我这一巴掌的？打也打了，您请回。”

被他的话激怒，顾兴邦的手再度抬起，看到顾城那张熟悉的脸，最后还是放了下来。

“过年不回家，跑出去鬼混，难道你还有理了？”

“家？”顾城冷笑，“我没有家，在作为私生子被你遗弃在孤儿院门口的那一天，你的家就和我没有一点儿关系。呵呵，养子？顾局长的宝贝女儿要是还活着的话，我这个私生子，怕是完全没机会靠近你家大门吧。”

从没有被这样顶撞过的顾兴邦，明明有满心的怒火，却因为顾城的话，迟迟没有发作。他看了这个自己从来都不了解的儿子许久，最终一言不发，拂袖而去。

痛快发泄过的顾城，心里满是亲手撕裂自己伤疤的痛与快感，他瘫倒在沙发上，笑着笑着，就哭了出来。

为什么这偏偏是他的人生，从一开始，就生于黑暗。不管这么多年他多努力地想要摆脱过去，可顾家养子的身份时时刻刻都在提醒他，自己的生父曾怎样遗弃过他。那个人怎么敢奢望，仅用一个养子的名头，来弥补在孤儿院度过一段黑不见底的时光的他。

白逸凡在陪护床上醒来的时候，没有看见赵世琛的身影，桌上备好的两份粥温度恰好，正适合入口。

相比昨天，奶奶的状况已经好了很多，就是受到的惊吓还没有完全散去，嘴里不停念叨着白逸凡和姑姑的名字。

病房的门被敲了三下，白逸凡打开，就看见这么多年以来那位一直保养得体的女士抱着一束花站在门口。

“伯母。”白逸凡不太自然地把赵世琛的母亲迎进了病房。

“听说你奶奶出了事，我来看望一下老人家。”

赵世琛的母亲把花放在老人床头，转头看向白逸凡，说：“不介意的话，我能不能耽误你几分钟？”

时隔三年，再一次单独和赵世琛的母亲谈话，白逸凡还是有些惶恐。怕是以前留下的阴影，她对这位长辈，总是心存畏惧。

“对不起，你是一个好孩子，我为当年对你说的那些话，向你道歉。世琛这孩子认死理，认定了你，一辈子可能都放不下，是我这个做母亲的错了，如果你们还有可能的话，请你千万不要因为我曾经说过的话，放弃他。”

眼前这位从来不会低头的女士，在白逸凡面前，把姿态放到最低。她说过的那些话白逸凡从没忘记，只是早就没有了伤痛。即使她被赵世琛的母亲用那些话刺到过，但她始终把对方当成长辈尊敬。

赵世琛买水果回来，就看见自家母亲和白逸凡站在走廊里，登时有些不安。

哪知和他料想的不同，母亲并没有表露出生硬的态度，她只是对赵世琛说：“安排好了，就回家一趟，你祖父母昨晚一直等你回家吃年夜饭。”

母亲走后，赵世琛走到白逸凡面前，面色犹豫：“我妈……”

“你是不是很好奇，为什么我明明忘不掉你，但一直拒绝着你。”

许是赵世琛母亲的话有些影响了白逸凡，她终于决定对赵世琛坦诚所有。

天台上，风猎猎作响，只听到白逸凡娓娓道来。

“我的姑姑，叫白颖芳。”

不用去看赵世琛的脸，白逸凡都知道，他现在一定是惊讶的。对他家来说，不能原谅的人或许有很多，白颖芳，就是其中一个。

“我九岁的时候，生母去世。两个月后，我爸续弦。继母有一对双生子，小我五岁，非常讨人喜欢。渐渐地，我爸对我就不那么上心了，他忙着养他那庞大的家庭，在外四处奔波，继母虽然不至于饿我冻我，但终究对我不好。”

回想起幼年那些心酸，白逸凡叹了口气，继续说道：“我姑姑很早就进城打工了，看不惯我在继母手下吃苦，于是把我带到城市里来。那个时候，关于我姑姑，老家风言风语很多，可我一点儿都不信，她供我衣食无忧，培养我成才，对我说得最多的话是‘不能早恋，女孩子要学会自爱’。和你在一起的时候，我真的不知道，一直养着我姑姑的那个男人，是你的姨夫。所以，你的母亲不接受我，我一点儿怨恨都没有，确实是姑姑错了。可我也不会指责我的姑姑，没有她，我可能就和小时候同村的那些玩伴一样，早早嫁人，生儿育女，不知道外面的世界有多宽广。”

最后，她叹了口气，回头凝视赵世琛：“你说，隔着这么可笑命运的我们，要如何走下去呢？”

被真相弄得措手不及的赵世琛，第一次在白逸凡的面前，落荒而逃。

白逸凡看着四周冷冰冰的房子，靠着天台的墙壁，紧紧抱住了自己。

这些话说出来，她觉得心里轻松很多。她想，赵世琛也许永远都不会再来找她了。他的阿姨于他，就如她姑姑于她，他也不会原谅她了吧。她姑姑抢了赵世琛阿姨的爱人，逼疯了那个温柔贤淑的名门小姐，他们，不会再在一起了。

从医院出来，赵世琛开车直奔疗养院。他的阿姨在这里住了三年，天天念叨着那个男人的名字，终究是一辈子没有结果的等待与思念。

他心疼地把阿姨抱在怀里，头一点一点的阿姨看见赵世琛，毫无表情的脸上露了些许笑容。

“是小琛来了，什么时候把凡凡也带来，给阿姨和姨夫看看。”说完她又对着虚无的空气开口，“你不知道吧，小琛交女朋友了，‘凡凡、凡凡’

的，天天挂在嘴边呢。”

赵世琛有些痛苦地闭上眼睛，把脑袋搁在阿姨的腿上，像自问般：“我可以把凡凡带来吗？”

远在江南的唐梓，在电话里知道白逸凡奶奶出事，有关赵世琛的部分，白逸凡只字未提。

安慰过白逸凡几句，唐梓也不再多言，听出白逸凡语气里的疲惫，本想和白逸凡分享的满心欢喜，都被她压了下来。

比起白逸凡和赵世琛，她和沈之衡实在顺利太多。像是被命运指引一般，相识，分离，重逢，相爱。不仅如此，还得到家人的祝福。

在沈之衡家这几天，唐梓过得很是快乐。短短几天，她就觉得，自己好像已经完全成了这个有爱家庭的一分子。

准备回榕城前，唐梓收拾着行李，对沈之衡爸爸送给自己的礼物，研究了许久。

“你不准备偷偷告诉我，这是什么吗？”唐梓抱着沈之衡的手臂磨他，她实在不知道沈父为什么会送自己这块黑漆漆的石头。

沈之衡笑，拿起那块石头端详，向她解释：“这块石头，是我爸爸珍藏多年的陨石，他知道你喜欢星星。”

说着，他举起黑漆漆的陨石放到太阳光下，让唐梓细看。唐梓只见石头发出亮晶晶的小光点，煞是稀奇。

“这块陨石里，有很多细碎的金刚石成分，所以在太阳下特别好看。”

没想到这块黑漆漆的石头来历这么不凡，唐梓受宠若惊，抱住沈之衡，开心道：“你家人对我真好，作为回报，我决定爱你多一点儿。”

看她这一脸乖巧的样子，沈之衡捏住她的鼻子：“这么说来，以前你还不够爱我？”

这个男人怎么这么爱抓别人说话的漏洞？唐梓开始耍赖：“我爱不爱你，你不知道吗？”

变脸还真快，沈之衡拍拍她的头：“我以前怎么没发现，你这么爱耍赖。”

唐梓一脸得意地抱住他的腰：“后悔吗？后悔也没用哦，你已经是我的人了。”

“嗯，不后悔。”他在她耳边深情轻语。

春暖花开的时节，张晨雨的新戏终于杀青，在宣传期到来之前，总算有一段在家休息的时间。听说大家都有空，钟雪凤老早就嚷着要唐梓和沈之衡请客吃饭。

过年发生的事情，赵世琛在约沈之衡喝酒时，悉数告诉了他。没想到背后如此复杂，沈之衡也觉得，真的是世事弄人。

纠结再三，唐梓还是决定同时邀请他们。也许是自己不在白逸凡或者赵世琛任何一个人的立场上，她对爱情始终坚持一个信念：爱就不要轻易放手。

热闹的饭局上，白逸凡和赵世琛坐在遥远两端，像是被银河隔开的牛郎织女，中间的嬉闹喧哗，都与他们无关。

吃饭的场所，在沈之衡朋友新开的音乐餐吧，恰巧今天餐吧有人准备求婚，早就被好好布置了一番。

悠扬的小提琴声和钢琴协奏，在四周一片叫好的欢呼声中，求婚的男主角拿着话筒，站上舞台。事先不知情的女主角在自己男朋友深情的歌声中潸然泪下，连呼“我愿意”。

唐梓一桌也看着这温馨的一幕，各怀心思。

“你看，好浪漫啊，女生一定幸福死了。”唐梓揪揪沈之衡的袖口，凑到他耳边和他咬耳朵。

她呼出的气呵得沈之衡痒痒的，他趁大家都没看过来的时候偷偷吻了吻唐梓的发顶：“你喜欢这样的？”

唐梓摇摇头：“我喜欢与众不同的。”

想故意逗她，沈之衡轻呼一口气：“还好我没打算向你求婚。”

唐梓吸了吸鼻子，气得扭过头去不理沈之衡。只听他语气带笑，凑到她耳边悄声说：“原来你一直在等我求婚啊。”

斗不过斗不过，唐梓又羞又恼，幸好光线不亮，不然她红彤彤的脸一定会被大家看出端倪。这人怎么这样，平日里那文质彬彬温润如玉的样子去哪里了，幼稚。

赵世琛全程都没有去看台上的那个人，他的目光都集中在满脸向往和羡慕的白逸凡身上，即使是这种略带伤感的样子，看起来，都那么引人注目。

喝光杯子里的酒，赵世琛起身，看了沈之衡一眼，略点了点头，兀自离开。一直用余光关注着赵世琛的白逸凡几乎要因为他的离开起身，她紧紧攥住桌布一角，咬着唇，强迫自己不想不看。

归于寂静的钢琴声重新响起，熟悉的旋律让白逸凡片刻失神。

看见站到舞台上的那个人影，连唐梓都忍不住惊呼，她扭头去看沈之衡，可他的眼里也是惊讶的样子。忽而，两人都笑了起来，他们齐齐看向台上，期待着美好发生。

赵世琛一点也不紧张，像是破釜沉舟前最后的努力，他反倒充满勇气，目光紧紧抓住白逸凡，跟着节拍，唱出自己的心声：

notice me

请看着我的眼睛

take my hand

握紧我的手

why are we

告诉我为什么我们会变得

strangers when

如此陌生

our love is strong

正当我们的爱浓郁的时候

why carry on without me

为什么不和我继续爱下去

……

小甜甜布兰妮的一首《Everytime》，在赵世琛沙哑的嗓音里，诠释出了另一种独一无二的深情。被献唱的女主角从听到前奏开始，就捂着嘴，不停流泪。

赵世琛不比她好，深情的眸子里同样泛着泪光。他信步走下舞台，走到白逸凡的面前，握紧她的手，继续唱着：

and everytime I see you in my dreams

每当在梦中见到你

I see your face

我都是那么仔细地盯着你

you're haunting me

你让我这般魂牵梦萦

I guess I need you baby

亲爱的，我真的很想你

I may have made it rain

也许都是我的不好

Please forgive me

请你原谅我

My weakness caused your pain

如果我曾带给你苦痛

and this song is my sorry

这首歌就是我的歉意

……

最后一个音符终止的时候，赵世琛把白逸凡拥入怀中，她已经哭得浑身发抖，举着拳头无力地敲打在他胸膛上，但是这一次，她没有推开他，而是同样珍重地回拥着他。

四周早就响起了更热烈的欢呼，或许是气氛感人，在场不少女性都深受感动，更有人不忍心放过这么浪漫的时刻，全程拍摄视频，发到了网络上。

饭局散了之后，唐梓亲眼目送破镜重圆的两个人离开，然后找到沈之衡的手，和他十指相扣紧紧交握在一起。

她是真的很开心，为白逸凡，也为赵世琛。作为旁观者，看着他们明明相爱却痛苦纠结，每个人都于心不忍。现在好了，他们终于可以把三年前的结局改写，以后的故事，可能会有一辈子那么长。

“真的这么开心吗？”沈之衡握着唐梓的手紧了紧。

唐梓早就笑得眉眼弯弯："是真的很开心啊，情深没有被辜负，这才是爱情啊。"

沈之衡捉着她的手放在唇边轻吻："所有爱，都不会被辜负。"

"嗯。"

听懂了他的意思，唐梓眉眼俱笑，皆是幸福模样。

趁着沈之衡空闲，两个人一起去了唐梓小时候生活过的那所孤儿院。

孤儿院离沈之衡家有一段不小的距离，她这时才知道，第一次遇到少年沈之衡的时候，他并不是回家，只是为了买几本书绕了远路。往后，都是为了她，绕了远路。

孤儿院的人已经换了一批，院长妈妈已经不在，以前照顾过自己的护工阿姨，也都离开。那些欺负过唐梓、冷落过唐梓的小伙伴，也都长大成人，有了各自生活。可唐梓觉得，其实孤儿院没有变，还是有温和的院长和护工，还是有一群天真烂漫的孩子。

沈之衡把她带到他们第一次见面的围墙边，唐梓玩性大发坐上墙头，像小时候那样，捧了一把嫩绿的树叶，撒在已经和低矮围墙一样高的沈之衡身上，他就那样仰头看着她，金边镜框反射着阳光，没有一丝杂质的镜片后面，是一双深邃的眸子，那眸子里有深情，有宠溺，是世界上最最真挚的爱意。

"你说，当年你向我伸出手的时候，有没有想过会有现在？"唐梓倚着他问。

沈之衡扶了扶眼镜："第一次见的时候，还以为是调皮的小男孩儿，困在围墙上下不来。"

说谎，唐梓轻打他一下："我那时候明明穿的是裙子，好不好。"

"好神奇啊，像是有人在指引我找到你一样。"唐梓感慨。

沈之衡让她的头靠在自己肩膀上，看着手里捏着的绿色叶子说："这就是命中注定。"

以前我从不相信这些，直到你奇迹般出现在我的世界里，我以为你是照亮我孤独青春的灯光，原来，你还是我的命运。

那一天，围墙上那对依偎在一起的身影，比春风温暖，比阳光夺目。这段温馨的时光深深刻在唐梓的脑海里，永生难忘。

一直到沈之衡的手机铃响，这温情一刻才被打破，他接起电话，只听见许娉格外焦急的声音传来："老师，出事了！"

第七章

我不是天使，我是女超人

滚滚浓烟像一尾黑色长龙直逼湛蓝的天空，春风席卷城市，同浓烟作舞，为大火助燃。长长的火舌探出漆黑焦化的窗洞，吞噬着一切可以被吞噬的东西。

火光那般刺眼，仿佛再多看一下，双目就会鲜血淋漓。人群奔走匆匆，有惊呼，有慌乱，无一不为这冲天大火感到恐慌。

汽车的喇叭声、火情的警报声和人群的呼喊声通通交杂在一起，人群奔走间，唐梓被挤来挤去，不知道脚被踩了多少次，而她站在沈之衡身边，一动也不敢动。

她从没见过这么大的火，本就不高的住宅楼低处几层几乎全部淹没在大火中，高楼的窗户里，有人挥舞着红围巾求救，可低层火势猛烈，救援云梯始终找不到缺口。

五六把高压水枪齐齐喷向起火的窗户，可大火就像是一个红色的旋涡，吞噬着水柱，丝毫没有减弱的趋势。眼见越发浓黑的烟雾把挥着围巾的受难者逼回室内，她一个脱手，红围巾从窗户飘落，最终被大火吞噬。

沈之衡把唐梓的手捏得很紧，她可以清晰地感觉到指骨传来的痛楚。可唐梓没有放开他的手，自从接到电话以后，沈之衡以最快速度赶到这里，看着大火一言不发，面上的表情唐梓从未见过。

从他紧紧握着的手，唐梓察觉到他的克制，她这才想起来，是了，现在起火的这栋房屋，才刚建成不久，是沈之衡和他的小组负责的第一个安居工程，前不久还有刚搬进这栋楼里的住户提了乔迁酒席的伴手礼上门向沈之衡致谢。

“轰隆！”

不知道哪个地方先塌了一角，被大火吞噬的房子终于不堪重负，像个伤痕累累的巨人，发出震天一吼，颓然倾覆。

倒塌的房子漾起层层尘土，晴朗的日子里，突然起了灰霾的大雾。嚣张的火焰一瞬间被钢筋水泥掩埋，沉寂了几分钟，然后又从四面八方的缝隙探出，继续毁灭可以被燃烧的一切。

外套口袋里的手机不知道是第几次响起，周围所有的声音汇聚在一起，震得她耳膜突突作响，她的耳朵突然放空起来，听不到四周的喧哗。可她分明听到了，在大楼倒塌的时候，埋藏在那震天响声里，来自生命对世界的最后道别。

如果是以往，在这么惨烈的画面前，沈之衡一定会捂上她的眼睛，把她护在看不见可怕场景的那一面。可是现在，他自顾不暇，他的脑子里一片空白，只反复回荡着一句话——

那座承载着很多人希望的房子，自己一笔一画精心琢磨过的房子，成了一座巨大的坟墓，就崩塌在你的面前。

建筑院的相关领导一听闻事故发生，立马赶到了现场，本还在参加会议的顾兴邦，直接从会议室赶来。

消防和医护人员还在不断地和灾难较量，试图抓住任何一点希望，挽回更多生命。刚搬进楼里的几家住户的亲属，在还燃着余火的废墟前，放声痛哭。

作为项目责任人，被带走接受调查的时候，沈之衡握着唐梓的手才终于放开，她的手早就被捏出泛紫的痕迹，一定很痛，但她始终没有把手放开。看到她手上的瘀痕，沈之衡这才注意到自己方才自顾自沉溺在情绪里，居然忘记照顾身边的她。

她的眼睛里满是无措和惊慌，还有痛感的手在他放开的一瞬间立马拽住了他的袖子。

得到身边两人的许可，沈之衡靠近了唐梓一些，他替她拂去发上的灰烬，轻声安慰："只是例行调查，没关系的，你到家里等我，我很快就回来。"

明明自己心情沉重得不行，为了让唐梓心安，他还是勉强向她露出了一个劝慰的微笑。即使心中一百个不愿意他被带走，唐梓还是逼自己笑着和他点点头。她知道这个时候沈之衡心里一定比她难过得多，她不能再成为他的负担。

唐梓一直到午夜才回到沈之衡的家中。下午在台里，对她这个一直不接听电话的通联，新闻部长当头就是一顿狠批，要是以前她一定会为此难过很久。从中午开始一直到刚才，新闻部全部都为了今天的火灾事故忙得晕头转向，期间唐梓滴米未进，胃已经饿到痉挛。即使如此，唐梓也没有觉得难受。

可是现在，她站在黑漆漆的庭院里，以往室内那些温馨的灯光通通熄灭，想见的那个人不知道在哪里，好不好。只要一想到这些，她就有些想哭。

她觉得很疲惫，懒得抬手去开灯，摸黑往前走时，在石墩子那里一脚踩空，整个人跌坐在水里，险些压伤沈之衡精心照料的锦鲤。

冷冰冰的水让因为心绪不宁而浑浑噩噩的唐梓清醒起来，她可不是那么脆弱的人，他说过会没事的，她相信他。

唐梓在客厅的木椅上守了一夜，天际破晓的时候，两声悦耳的鸟鸣惊醒绷着神经打瞌睡的唐梓。她睁开眼睛的第一件事就是去找手机，尽管她知道，自己虽然打起瞌睡，但是根本没有睡熟，音量被开到最大的手机但凡有一点儿消息，她都一定听得见。可就是这样，她还是宁愿相信自己或许错漏了什么，不死心地一遍遍看向什么都没有的手机界面。

已经十八个小时了，从沈之衡昨天被带走到现在，已经过去了十八个小时。他的手机始终在关机状态，发过去的所有信息也都石沉大海。哪怕只是一个标点符号也好啊，只要让她有那么一点点他的消息，她都会安心很多，然而，并没有。

急促的门铃声响起，唐梓连拖鞋都来不及穿，光脚飞奔在冰凉的石板路上。那一点点希望在看到来人以后全然熄灭，尽管牵起嘴角，可是那表情反倒苦涩。

“还没吃吧？我就猜你在这里，带了点儿东西过来。”白逸凡拎着热乎的米粥，安慰般拥抱着唐梓。

和她一起来的赵世琛眼睛里泛着红血丝，身上的衣服不如往日整洁，一看就知道他也为了沈之衡的事情，奔波了一晚上。

唐梓看向他的目光里满是询问，迫不及待地想要知道他有没有打听出一点儿关于沈之衡的消息。

白逸凡几乎是强制地把唐梓带到餐桌前："你得先喝点儿粥，不然，什么也不告诉你。"

背对着唐梓，白逸凡叹了口气。替她打好了粥，端端正正摆在她面前。

唐梓机械地往嘴里送着略烫的粥，热粥灼得食道有些痛，但她全然不顾，快速地解决完。

戒烟很久的赵世琛在院子里抽完一根烟，才回到室内。他昨晚找了很多关系去了解情况，得到的说法有好有坏，但最后都加上一句"调查结果出来前，都说不准"。

听完赵世琛的话，唐梓把披散在肩头已经长了不少的头发扎在脑后。昨晚弄湿的衣服早就被体温烘干，她就着院子里的冷水拍了拍脸，收拾好东西就准备出门。

"你去哪儿？"白逸凡急着问她。

不知道是不是在惊慌过后终于冷静下来，唐梓比刚才沉着很多："回家换一下衣服，去台里。我同事这两天都在跟进这个事件，说不定已经有些消息。"

刚走到门口，她又想起什么："世琛，麻烦你了，你回去先好好休息一下，真的很谢谢你们。"

看到她笑着离开，白逸凡心疼地说了句"傻子"。他们都知道，虽然唐梓脸上带笑，表现出镇静的模样，心里其实还是很害怕的吧。

一走进办公区，忙碌的气氛立马就让人紧张起来。角落里几张折叠床横七竖八，一看就是起身后都来不及整理的样子。

此起彼伏的电话铃声，转来转去的人，入目即可看见的各类新闻标题。唐梓深吸一口气，命令自己沉着起来。

她刚走到自己的办公桌前，同为通联的搭档小林忙把她拉到一边："都忙疯了，你怎么才过来？看你脸色不好，生病了？"

唐梓摇摇头，抓住她的袖子问："我没事，怎么样，有没有什么新消息出来？"

"消息现在都被封锁得严严实实，咱们部长动用了不少关系，都没有拿到什么有用的消息。这不，能派出去的都派出去了，看看边边角角能不能挖出些什么。你都不知道，这个事情引发了多大的轰动，连上面都惊动了，现在社会各界都在等调查结果。看来这次，男神是遇到不小的麻烦了，听说这次发生事故的建筑，是他总负责设计建成的，你知道吧，就是你们纪录片的嘉宾，沈之衡……"

不知道两人关系的小林喋喋不休地把沈之衡作为谈资和唐梓分析，本就心烦意乱的唐梓在她这听了只言片语，心中更是七上八下。

她突然很想躲开这里，在她看得见和听得见的地方，不止一处的交谈内容都提及那个令她担心无比的人的名字。有好的，亦有不好的，有表示担心的，也有存着心思看热闹的。

她觉得这一刻，那些曾和自己朝夕相处过的熟悉面孔都变得可恶起来，明明他们和自己一样，知道的都仅有那些，下不了定义也给不出结论，可他们却说得那样煞有介事，好像是在安排故事的剧情一般。

看她面色不豫，小林也闭上了嘴。她觉得今天的唐梓和往日那个爱笑的唐梓不太一样，或许是真的疲惫，她不再多言，默默回到了自己的位置上。

唐梓躲进茶水间，倒了杯咖啡，加了四五块冰。冷冰冰的咖啡下肚，除了刺激得大脑神经有些疼之外，也让她又打起了几分精神。

她不在乎外界如何谈论她的沈之衡，她相信他，且愿不顾一切守护他，这就足够了。

“医院的伤者抢救过来了！快，一组人过去看看能不能采访。”有人放下电话高喊一句。

唐梓立马收好自己的包，紧紧跟住摄像。虽然是通联，但是在忙起来总是人手不够的新闻部，很多时候，也把通联当记者用。与其在这里胡思乱想，听着自己一点儿都不想听的话，还不如出去跑新闻，亲眼去判断。

这次事故的伤者都被开放了绿色通道，重伤入院有三人，两人在ICU刚刚结束手术，一人刚脱离生命危险，还在密切观察。

唐梓他们到的时候，医院的大楼前已经聚集了不少媒体，唐梓一行被允许进到医院内，但是能不能采访上伤者，还要看人什么时候醒。

刚踏进烧伤科，一股沉重感就扑面而来。ICU前的地板上坐着几个人，头埋得低低的，不时发出隐忍的哭泣声。

同大人坐在一起的还有一个孩子，小小的身子看起来不过两三岁，他黑漆漆的眼睛里满是不解，时不时用小手摸一摸身边神情痛苦的妈妈。

地板明明那么冰凉，年轻的妈妈却无暇顾及自己的孩子是不是会着凉。她更多的牵挂都放在隔着厚厚玻璃的病房里，那个浑身裹满绷带、奄奄一息的丈夫身上。明明他们刚搬进新家不久，忙碌繁复的生活才刚让她看到些新的希望，可突然，她的世界就像那座房子一样，轰然倒塌，四分五裂。

今天榕城迎来了入春后，第一个降温的日子，前两天沈之衡还提醒过唐梓，要注意倒春寒，也不知道，他自己现在会不会冷。

本来还对采访兴致勃勃的摄像在看到眼前一幕的时候，也默默放下了肩上的摄像机。他们几人商讨一番，最终还是决定等一等再提采访的事情。当事人和家属都这么痛苦，让他们再去回忆一次灾难的过程，实在太过残忍。

看见坐在地上小男孩儿的手已经冻得有些发紫，唐梓蹲下身，把自己的外套脱了下来，垫在孩子的屁股下。

她的动作惊扰了兀自沉浸在悲伤中的年轻母亲，她满是血丝的眼睛没有神采地看了一眼唐梓，沙哑地道了声谢。

唐梓躲在楼梯间喘气，手机微信响个不停。白逸凡的叮嘱整整两页，赵世琛也不停地在和她说他获得的最新消息。很多人都在对她说，没事，没关系。她也反复告诉自己，一定没事的。可她就是觉得心很沉，满是焦灼。

消息传到了远在杭州的沈之衡父母那儿，接到沈之衡父亲的电话，唐梓这才惊觉，她不能慌，她需要安抚二老的情绪。

唐梓在电话里把现有的一切消息都告诉给沈盛国，关于沈之衡那块，她尽量把措辞用得委婉一些。沈盛国哪里会不知道这件事情的严重性，听着电话那头这个丫头小心翼翼的语句，他有些心疼她，反过来安慰了她几句。

这下，整日担心沈之衡的唐梓才终于觉得自己不是孤身一人，自己还是有依靠的，长辈的关切和安慰，好似情绪的出口，眼眶里蓄势已久的泪珠，通通滚落下来。

她没有发出一丁点儿声音，任由泪珠滚落，等再流不出眼泪的时候，她擦干净脸，走回众人视线之内。

她不想再哭了，因为他知道的话，会心疼。

脱离危险的伤者终于在所有人的祈祷中缓缓醒来，事故让他全身烧伤面积高达60%，建筑物坍塌那刻，幸好他没有被砸伤，比起ICU中烧伤加上骨折的两位，他幸运一些。

他的声道轻微灼伤，说起话来非常缓慢，像猫爪挠着粗糙的水泥地面，听上去令人浑身起鸡皮疙瘩。

比起这个，更让人感觉恐怖的，是他的叙述。不知道哪里冒出的大火，以及被大火吞噬的楼层，他好不容易在弥漫的烟雾中找到一条可行的逃生通道，楼却突然倒了。

火迎面而来，像红色的魔鬼。

讲述时，伤者整个人都在轻微颤抖，白纱布因为他的颤抖，又渗出些血来。在场没有人不为之动容，这一刻所有人关注的都不是事故的罪责方是谁，而是衷心希望，这场事故，从未发生过。

等到采访结束，已经临近傍晚。没有晚霞的黄昏阴暗得有些深沉，仿佛整座城市都被笼罩在苍穹之下，了无生气。

也或许，是医院的大环境，太让人喘不过气。也不是一点儿好消息都没有，在采访的过程中，先前在ICU病房里的男人脱离了生命危险，那个年轻母亲的脸上，露出了些许笑意。尽管后期需要发愁的事情还有很多，但总算不是身处提心吊胆的等待之中。

赵世琛电话打过来的时候，唐梓已经通过张晨雨约了顾城。在满屏都是关心的消息里，只有张晨雨的消息吸引了唐梓的注意。

顾城的父亲是顾兴邦，这次事件调查组的负责人。

过年前那顿草草终结的晚餐，她还没淡忘。接下来的五六个月里，两个人也完全没有交集。突然找上顾城，唐梓确实也摸不准他到底会不会帮她。

电话那头白逸凡和赵世琛保证会妥善安置沈之衡的父母，唐梓放心地挂断电话，只觉得幸好沈之衡和她有这么多靠得住的朋友。

如今她的短发已经披肩，她用腕上的皮筋三两下盘了个丸子头让自己显得精神一些，对着镜子抚平了衣服上的褶子，而后从容赴约。

她并没有很大的奢望，她现在想做的，就是见沈之衡一面，确定他一切都好，如果可以的话，她还想给他送一件足够保暖的外套。

对于唐梓的邀约，顾城答应得爽快，唯一的条件是，地点由他来定。本想着，如果有张晨雨陪同或许会好一些，没成想原本答应一起去的张晨雨，临时接到通知需要去剧组补拍镜头。

饶是唐梓不熟悉那一行里那些杂七杂八的规则，也隐约察觉到，这小小的变故不是巧合。

顾城一直令她捉摸不透，好像她的事情他知道很多，可她对他所知甚少。

这或许是唐梓本能想和他保持距离的原因，没有人会想靠近那个知道你一切的神秘人，因为你不确定，他会不会伤害你。

换作是以前的唐梓，可能会心存些许隐忧，可她现在一点儿也不，她确定自己敢于面对一切，为了沈之衡。

顾城选的用餐地点，唐梓并不陌生。走到门口的时候，看见熟悉的招牌，她心情有些复杂地勾了勾嘴角。

不同于上次餐厅还有客人，这一回，顾城包下了整个场子。是不是搞艺术的人都这么令人捉摸不透？唐梓跟着服务生往里走时，这样想着。

坐着等她的顾城明显精心打扮过，得体的西装礼服上闪着小小光点，还挺像沈之衡父亲送的那块含钻陨石在阳光下的样子。宝蓝色的领结衬得他整个人十分优雅，这一身直接去参加颁奖典礼，一点儿也不失色。

相比起他，唐梓就显得随意很多。只有淡妆打了个底掩盖住差得不行的脸色，连外套都是从同事那里借来的，穿在身上，袖子明显短了一截儿。

在看到她还沾着泥土的运动鞋后，顾城笑得有些讽刺：“你和沈之衡约会的时候，也都是这么随意的吗？”

察觉到他笑容里称不上善意的部分，唐梓选择避开他的提问，她的表情仍是客气，但笑容里看不出一丁点儿和朋友相处的味道。

面对顾城玩味且审视的目光，唐梓换了个和气氛无关的开口方式，她端着笑对顾城说：“很感谢你赏脸。”

顾城笑着抿了一口红酒，似是对唐梓的表现感到满意。这才是他熟悉的唐梓，在感觉自己处于被动的时候，本能地就张开了身上所有的刺，纵然她脸上的笑容还是无懈可击，但是分明无形之中就令人感到了压力。

明明一直都像只刺猬一般生活，为什么在沈之衡的身边，就温顺成了兔子？顾城咽下刺激过味蕾的红酒，兀自笑笑。

“刚才我过来之前，看到了最新的报道，事故死亡人数七人，重伤三人，轻伤九人，这是榕城二十多年来，发生过的最大的建筑事故了。”顾城看似不走心地说着。

这些数据唐梓当然知道，她是在同事身边看着新闻稿一字一字诞生的。事故后的搜救现场她也去了，废墟中挖出遗体的时候，她就在现场，从盖着白布的担架上垂下来的那只烧焦了的手臂，仍在她脑海里盘旋。

“我今天请你来，是……”唐梓直视他的眼睛开口。

顾城换了个姿势，像贵公子一般跷起了二郎腿，不同以往接地气的样子，这副模样，令唐梓生不出丁点儿好感。

“上次饭吃了一半你就走了，事情都解决好了吗？”

唐梓当然不会天真到觉得他只是单纯在关心自己的事情有没有解决，他分明是想看自己下不来台。

把食之无味的沙拉送进嘴里，唐梓笑着说：“当然，还算圆满。”

没见过说起谎话还这么理直气壮的，顾城失笑，也不揭穿，只道：“那看来今天这顿饭，是不会有人中途离席了。”

如果不是有求于他，唐梓觉得自己会立马离开座位，潇洒走开。她紧紧捏着叉子，直截了当地摊牌：“我有求于你，只希望你能给个面子，听完才好。”

天不怕地不怕的那个唐梓，在记忆中从来不会低头，更不说求。可见她这样坦然，顾城也不打算再绕弯弯。

“潜力无限的唐妮小姐，居然会有求于我，我也实在受宠若惊。”顾城边说，边笑着看向唐梓，期待着她的反应。

他果然知道！这是唐梓脑子里跑出的第一个念头。可令她自己也意外的是，被揭穿身份并没有她想象中的害怕。

她的表情是顾城从未见过的从容，只见她慢饮了一口温水，笑着说：“当初顾导送花的时候，我就猜你知道些什么，没想到我还没问，你就先说出来了。”

顾城双手交叉在一起，笑意莫测地看着她：“哪里，还是你更坦诚，承认得这么痛快。说实话，我看过你的那场比赛，也着实为你的退赛感到遗憾。”

说罢，他摇了摇手里的酒杯，嗅了一口酒香，接着说：“看到赛场上的你，我觉得你还是和小时候一样张扬，可回到榕城的你，看起来，感觉陌生许多。”

从来只觉得自己在榕城的故人只有沈之衡的唐梓，被顾城一席话弄得有些糊涂，她睁大眼睛仔仔细细看了顾城的脸，实在想不起来他是谁。

“还真是令人难过。”顾城的笑意竟然有些苦涩。

“明明一直关注着你的人是我，最先找到你的人也是我，你居然连我是谁都不知道。”他把食指靠在太阳穴，一点一点，动作唤回了唐梓脑海深处十分模糊的些许记忆。

“唐城？”唐梓有些不大确定地问。

上一秒还苦涩笑着的顾城，此时的笑容又简单起来。摸不准他的变化，但是他的身份却让唐梓有点儿轻微的震撼。

关于唐城，她还是记得一些的。小时候孤儿院的孩子对唐梓来说分成两种，一种是欺负她的，一种是别人欺负她时，在一边看热闹的。唐城就是那个看热闹的，比起她，他要孤僻得多，可没有人敢惹他，也没有人敢接近他。

小时候的唐梓自然不会去接近那个看自己被欺负的人，更别提有好感，两个人仅有的交集也不过是当初在树下，他对她说过一句：“你的好运要来了。”

不可否认的是，小时候的唐梓同情过他。比起她有个阿衡哥哥宠着，唐城才真的算是形单影只的那一个。拒绝交流，也拒绝亲近，但凡有人在他面前提到“私生子”三个字，不管是谁，他都要挥舞着拳头冲上去。

只有那种时候，唐梓才觉得他不是冷漠的。她还记得那时候和阿衡哥哥说起唐城打人，他却让她送给唐城一包饼干，那包饼干她是送出去了，眼见唐城把饼干踩进泥潭。从此以后，她不止一点地讨厌这个冷冰冰的男孩儿。

此情此景加上那些算不得美好的回忆，实在让人感觉不到丁点儿故人重逢的喜悦。

她觉得有些好笑，自说自话般：“原来是你啊。”

“你这么久才记起我，可我一直都记得你。那个时候，明明和我一样被集体排斥在外的人，却每天都笑得那么心满意足。你不知道，你的那些笑容多让人嫉妒。”顾城走到唐梓身边，边说边摁住了她的肩膀，不让她起身，“可明明我们才是一类人，同是被抛弃，不被喜欢，我们才应该抱团不是吗？因为沈之衡是哥哥可以照顾你？我也比你大，你为什么不让我照顾你呢？”

这个时候的顾城，真的让唐梓有些畏惧起来。她简直没有办法把这个浑身散发出黑暗气息的人和先前那个满身阳光的顾城联系到一起。他为什么变成这样？还是他本来就是这样？

“我……从来不知道你关注着我，我以为你是谢绝打扰的。”唐梓摇了摇头。

顾城把端着的酒杯放到唐梓面前：“你知道才奇怪啊，因为你那时候所有的注意力，都放在沈之衡身上。现在不也是一样吗？明明是我先找到你，你却可以为了他放弃一切回到这里。我放下拍摄，拖着一天一夜没有休息的身体陪你打球，你满心郁结还是因为沈之衡。明明上次不想和我吃饭，找了借口跑得飞快，又要因为他，逼着自己请下这顿饭局。你不觉得，我有些可悲吗？”

顾城两只手已经撑在了唐梓坐着的椅子两边，被禁锢在他和椅子中间的唐梓下意识地露出了防备的目光。

看到这种目光，顾城放开椅子，自嘲地笑了起来：“很意外对吧？你从来不把视线分给除了沈之衡以外的其他人，没爱上他之前是，现在也是。你比赛那天，我满心欢喜准备了比那束保加利亚玫瑰还要热烈的花束，就等着你比赛过后和你惊喜重逢，可你退赛了，我托了不少关系说动陈洁把你调到其他栏目，你最终却还是和沈之衡走到了一起。害怕听是吗？可我偏要告诉你，我喜欢你比沈之衡早得多。”

握在手里的叉子掉落到玻璃地板上，“叮当”一声。来不及消化这些，唐梓避开顾城的灼灼目光：“如果你帮不了我的话，那我就先走了。”

唐梓起身有些慌乱，步子才刚迈开，手臂就被顾城紧紧抓住。他像抓住最后一根稻草那般，把她抱在怀里，感觉到她所有的细胞都在排斥，还是不死心地问：“你的阿衡哥哥已经自身难保了，让我代替他，照顾你好吗？”

唐梓用尽全力挣脱他，表情是不加掩饰的愤怒和反感，她怒视着顾城，最终一言不发，径自离开。

仿佛是被唐梓反感的表情蜇到，顾城把整瓶年份不小的红酒从头浇下，才让自己找回些许理智。

他觉得自己怕是疯了，明明仅存的理智曾经告诉过他，这么做唯一的后果只能是把唐梓彻底推出自己的世界。可只要一想到，她是为了沈之衡，所有的所有都是为了沈之衡，嫉妒和不甘就完全把他淹没。

那样骄傲的唐梓，那样应该被宠上天的唐梓，不是应该和他一样，竖起全身的刺自私地保护好自己吗？为什么要为了其他人，低声下气，委屈自己？

顾城无力地靠在唐梓坐过的椅子上，打心眼儿里厌恶自己。一个连自己都厌恶的人，怎么敢奢求她的喜欢？

走在马路上，冷风一吹，唐梓才觉得自己心中那股火焰，消下去一些。这叫什么事情？她止不住想笑，还有些可惜，顾城本不该是这个样子。

她今晚不仅没有达成自己希望的目的，反而添了不少堵。她现在的状态一定非常糟糕。她不敢直接回沈之衡家，怕沈之衡父母见到以后会担心。

买了烤串和啤酒，唐梓一个电话把白逸凡约到了家附近的公园。

看见她如霜打过的茄子，白逸凡什么也不问，自顾自打开了两罐啤酒，就着放了很多辣椒粉的烤串，吃了起来。

在白逸凡解决完一罐啤酒和一打羊肉串之后，积攒了一天的负能量随着唐梓一声长叹倾泻而出，大口吞咽下一串牛肉，感受着辣椒在口腔里放肆乱窜，唐梓舒展了一下筋骨，把一口没喝的啤酒丢进了垃圾桶里。

“走吧，回家！”唐梓拍拍被烤串辣得脸通红的白逸凡。

白逸凡用手里剩下的半罐啤酒冲了冲嘴里的辣味，问她：“好多了？”

“嗯！感受到了上帝赐予的力量。”唐梓的反应出乎白逸凡意料。

看她面露不解，唐梓双手一合，解释道：“虽然我还是担心他，不过这种情绪除了让我心神不宁，带来不了任何东西。我还不如打起精神，去想想还能为他做些什么。”

白逸凡搭上她的肩膀：“被主点化的天使唐梓小姐，我真心认为你首先需要休息一下，这样才有精神去拯救你的沈先生。”

唐梓失笑，比着食指摇了摇：“我不是天使，我是女超人。”

“是是是，你最了不起。走吧，回家，早晨看你半死不活的样子，我除了担心沈之衡，我还得担心着你。想劝又不敢劝，现在只是没有他的消息，不代表他一定要承担责任不是？”看她打起精神和自己玩笑，白逸凡大舒了一口气，这才敢和唐梓提起沈之衡。

唐梓笑着摸了摸她的胳膊，坚定地说：“他一定会没事的，他那么好。”

在沈之衡被带走接受调查的第三天，唐梓才通过赵世琛打通的关系，如愿见到他。这期间她一直都跟着采访组待在一线，忙碌起来常常是两顿饭并作一顿。

见到沈之衡的时候，反而是她看起来更憔悴一些。

看着自己好不容易养胖一些的姑娘比以前还要纤细，沈之衡实在心疼。这几天，他完全不知道外界动向，尽管衣食还算不错，可除去那些没完没了的询问，余下的就只有大把大把的空白时间，供他对着日光灯出神。

他的心里一点儿都不好受，每每入睡都会想起那天亲眼目睹的大火和坍塌。他不敢去想究竟这个事故毁掉了多少人的幸福，而在看守人员那些或审视或不善的目光中，他几乎要以为自己真的是这场悲剧的幕后推手。

除了这些，余下的时间里，他发疯一般地思念唐梓。

如她牵挂他一般，他总想着这个时候的唐梓，会在做点儿什么，有没有按时吃饭，是不是非常担心他。

但当见到这个让自己在痛苦中不停思念的人之后，沈之衡却发觉自己不知道要开口说些什么好。

他还好，尽管衣衫上都是褶皱，下巴冒出些胡楂，在他如艺术品一般棱角分明的脸上有那么一点点陌生，不过仍旧是唐梓喜欢的模样。

才不管周围还有人，在沈之衡还不知道怎么开口的时候，唐梓已经钻到了他的怀抱里。

“你爸爸妈妈过来了，身体都很不错。外婆不知道这件事，我们没告诉她。不过你不用担心，我会照顾好他们的。”

闻到他身上熟悉的味道，唐梓的心才终于安定下来。虽然沈之衡还不能回家，这次的见面也很短暂，可看到他还好，她已经非常满足。

沈之衡一直都知道，这个在自己面前总是爱撒娇的小女人，其实比外人想象的要强大许多。不过他知道，坚强并不是一件简单的事情，所以他宁可自己替她扛下所有，为她造就一个可以无条件供她撒娇的地方。

如今看她因为自己，穿上坚强的外壳，除了心疼，沈之衡还有些不是滋味。

"那件事……人……多吗？"

沈之衡问过看守人员，事故的伤亡情况究竟如何，比起自己猜测，他更希望知道这次事故究竟严重到什么程度。可惜，所有人对他的问题都视若无睹。

他从来不会这样迟疑地问任何问题，被他庇佑许久，唐梓自己也觉得，她的沈之衡强大无比。

情绪突然就涌了上来，唐梓只能拼命克制自己的泪意。

"七个人，受伤的都已经脱离危险。"

唐梓感觉出自己的声音带着哭腔，她不知道沈之衡听没听出来。知道答案后的他很是沉默，像是陷入了思考里。

赵世琛争取来的见面时间并不长，只有短短二十分钟。事实上，这样的环境下，两个人也说不了许多，他们都有各自的心事。

不得不离开的时候，唐梓把给沈之衡带来的几件日用品交给他。既不打算和他说再见，也不用多说其他。他会照顾好自己，她也一样，他们一直都有这样的约定，不在一起的时候，要替对方好好照顾自己。

"如果有什么事情，就让世琛帮忙，好好吃饭，好好睡觉。"沈之衡替她把头发别到耳朵后面，仔细叮嘱。

见到了人，唐梓才终于有心思去想接下来的事。她一直不敢告诉沈之衡，这两天突然冒出许多对他不利的言论，纵使没有得到确切的结果，但是在舆论的洗脑下，许多人开始认定，事故的责任方，一定少不了建筑设计环节的负责人。

昨天，有关部门就这次事故做了通报，情况和唐梓他们采访调查时了解到的差不多。起火点在建筑物三楼，原因是三楼住户使用劣质电器引发，且该楼层上午刚刚搬进许多装修材料，都是十分易燃的材质，促成火情大面积扩散。

还不仅仅是这样。尽管火灾阻挡了逃生通道，可是经鉴定，死亡的七个人里，除了三个是因为烟雾窒息导致意外，其余四人的尸检结果都显示，他们的致命伤，是因为建筑物坍塌导致死亡。受伤的人中，也有大部分是在建筑物坍塌时，被造成了二次伤害。

显然，外界对于事故仅给出的火情通报并不满意，更多人把视线集中在了建筑物坍塌这个点上。按理来说，在按照最新建筑规范建成的房屋里，出现因为火灾致使建筑物坍塌的概率极低。何况事故建筑还是刚建成不到两年的住房，且建设单位还涉及政府机构。

不知道是从哪里最先传出来的舆论，说房屋坍塌的原因，是因为沈之衡采用的新式设计结构，只顾美观，不顾稳定性。顺带连沈之衡本人，也成了舆论的攻击对象，说他只顾着为自己的声名加注，丝毫没有考虑建筑安全问题。

这种无稽之谈实在不知道是从何而来，更可笑的是，居然还有不少人成为这种言论的拥护者。他们需要一个承担骂名的罪人，没有人给出这个罪人的名字，他们就按照自己的分析和他人的引导，做出定义。

在这些人眼里，沈之衡之前的所有成绩被全然推翻，且不提他是不是真的做错了，只这一条没有落实的罪名，那些言论足以将他推入地狱。

走下台阶，唐梓长叹一口气。她这才觉得，其实人真的是很渺小，这世界上的寥寥几语，就可能成为灭顶之灾。

如果沈之衡知道的话，他该有多难过，他明明是那么一丝不苟、处处考虑周全的人。

赵世琛几乎动用了公司里所有的公关来遏制这些言论，无论是贴出多少专业性的分析或是直接删帖，这些莫须有的说法就像是春日里的杂草，怎么都除不尽。

见过沈之衡，唐梓没有立刻回家。她买了一篮水果，又去了医院。

在乔迁后上门给沈之衡送过伴手礼的中年大叔，也不幸成为这次事故的受害者。不过他算万幸，伤得没有很严重，经过系统治疗，不会对往后的生活造成影响。

他和沈之衡有些交情，具体什么渊源唐梓不知道，她只知道如果沈之衡在的话，一定会去探病的。

大叔和他的妻子也认识唐梓，多少也知道沈之衡现在的处境。虽然是受害者，可大叔比那些旁观者理智得多，比起那些没凭没据的言论，他更相信自己的认知。那个年轻人给他的帮助，足够他相信他的人品。

大叔的妻子一直拉着唐梓的手，连连说沈之衡绝不会是那样的人。听她这么说，唐梓心里感觉安慰，起码接受过善意的人，选择站在善意的一边。

唐梓正准备离开医院的时候，又看到了上次在医院见到的那个年轻母亲。听说她的丈夫恢复得不错，就是还需要面对高昂的治疗费用。

那个年轻母亲正和一个穿着黑色外套的中年男人交谈。虽听不见他们在说什么，但唐梓明显看出，年轻母亲的脸上，满是仇恨的样子。

等电梯的时候，唐梓和那个中年男人又打了个照面，他的行为有些鬼祟，不过多看了他一眼，唐梓就明显感觉他看着自己的目光充满戒备。或许是唐梓迟迟不收回的视线让他感觉紧张，他只得从口袋里拿出手机，避开唐梓的目光。

他的动作并不流畅，还带出了口袋里的几张名片，掉在地上他也全然不知。唐梓正想出声提醒他，哪知他干脆走开，选择从楼梯下去。

弯腰捡起掉在地上的那几张名片，都是一样的内容，看来是那个人自己的，没细看，唐梓随手放进了包里，视线扫过的时候，只隐约看见“沙土”二字。

未接电话七八个，全都是来自同一个人。顾城实在懒得敷衍，但是想到那个女人总是小心翼翼地关心自己，他还是心软起来。

他如今身处的这个家庭，充满了谎言，除了这个女人，仍旧全心全意把他当成自己的孩子疼爱。那也只是因为被瞒得严实吧，如果她知道自己是她爱了一生的那个男人的私生子，只怕所有的疼爱都会变成屈辱。

路过花店的时候，顾城买了一把香水百合。明明不是什么昂贵的东西，可她收到的时候，总是笑得很开心。

车才开进院子，顾城就看到她披了条围巾站在门前台阶上等他。

他锁上车，抱着花，在女人殷切的目光里，还是叫了声“妈”。

喻澜笑得温柔，面上是掩盖不住的母爱：“城城回来了，怎么瘦了这么多，是不是没有好好吃饭？”

收到花的喻澜更加开心，亲昵地挽着儿子的手臂，恨不得立刻把事先准备好的所有东西都放到他面前。

接受着这种好像偷来的母爱，顾城心里并不轻松，目光触及喻澜头顶还没来得及染去的白发，他整个人柔和下来，轻声细语地说：“您最近身体怎么样？”

“好，好得很。你爸爸在书房，你们两个是不是又起争执了，这么久都不见你回家。”

喻澜早就察觉到这两父子之间的磁场不对，今天刻意把顾城叫回家，就是希望缓和他们的关系。十多年前，她的亲生女儿因为重病不治离开人世，她日日以泪洗面，成天都深陷于丧女之痛中。顾兴邦把顾城领养回来的时候，他只有十岁。原本以为心会随女儿的离去而死去的喻澜，在看到顾城的时候，陡然对这个像是刺猬一般的小男孩儿心生怜悯，往后更是毫无保留地把所有母爱倾注在他的身上。

不管这个孩子的出身是怎样的，在喻澜眼里，早就把他当成了亲生儿子。多年来，她不断地调和着父子俩并不和谐的关系，也只是希望这个家能更有家的温情。

替顾城挂好外套，喻澜端着一盅茶汤，递到了他手上："你爸爸今天都没怎么吃东西，你替妈妈把这个送上去给他。"

开口就想拒绝，但顾城还是妥协在母亲的目光里。似是不成文的约定，在喻澜看不见的时候，他和顾兴邦的关系剑拔弩张，可是在喻澜面前，两个人就像事先说好一样，还维持着父慈子孝的样子。

顾兴邦的书房门没关紧，顾城刚走到门前，就听见里面传来带着些怒气的声音："说过让你去避避风头，你现在联系我做什么？事情已经发生了，多少人盯着你难道不知道？一着不慎，别说是你，我都翻不了身。晚上我再打一笔钱到你手上，近期你不要出现在榕城。"

掸烟灰的时候，顾兴邦看见顾城就站在门口。他立马挂断了电话，顾城亦装作没事人一样走了进去。

"妈让我端给你的。"他把汤放在了书桌上。

父子俩也许久未见，记得上次两个人见面空气里都是火药味，但是顾兴邦也想不起来是为什么争执了。也不知是不是因为他坐着，抬头看顾城时，他惊讶儿子已经长得这么高大沉稳。

从来不儿女情长的顾兴邦，也难得有些感慨，关心起他的工作：“最近过得都还好吗？听说你马上又有新的作品了。”

顾城的喉结上下滚动：“妈应该已经准备好了晚饭，你忙完就下来吃吧。”

对于顾兴邦，他心里是很矛盾的，恨他不负责任。可当他关心自己的时候，他又觉得受用。

难得一家人在一起吃饭，喻澜成了今晚最开心的人，她不停往丈夫和儿子的碗里夹菜，努力谈笑风生。

顾城应和地笑笑，目光时不时看向对面那个摆着碗筷却没有人的位置。这么多年，顾家的饭桌上始终有这样一个位置，一直在提醒顾城，他不仅仅是这个家的儿子，还是另一个人的替代品。

“前几天约了你钱伯打球，他家姑娘刚从澳洲留学回来，你什么时候有空，一起和他们吃个饭。”顾兴邦突然插进来一句。

顾城夹菜的动作骤然停下，喻澜在场他没有发作，敷衍道：“最近很忙，晚上就要出差，一两个月内没有时间。”

顾兴邦毫无征兆地把筷子重重扣在桌上，一场家宴终究不欢而散。

白逸凡在厨房忙碌许久，菜端上去的时候，桌子上的气氛十分凝重。唐梓拿着筷子不停拨着碗里的饭，从不抽烟的沈盛国点燃了一根又一根烟。

“结果，真的会变成这样吗？”唐梓迟疑地问沉默的赵世琛。

“在找不到新的证据证明他没错之前，这可能是最后的结果。”

他们谁都没想到，短短几个小时内，那些无稽之谈突然冒出了许多有利证据作为支撑，其中最具说服力的，就是沈之衡办公室里找到的设计图稿。经过很多专业人士的分析，证明这张图稿存在设计漏洞。

薄薄一张纸，真的就要成为压死沈之衡的最后一根稻草。一旦定罪，他要面临的不只是事业的毁灭，还有很长一段失去自由的时光。

这下，连原本在唐梓面前维持着从容假象的沈家父母，所有的担心和忧虑，都涌现出来。

唐梓觉得自己需要冷静，踏着夜色漫无目的地走在僻静的巷子里，左拐右拐，最后走到了省建筑院门前。

她仰头，以往这个点经常亮起灯光的办公室漆黑一片，可这座大楼还在继续运作，除了一间被封起来的办公室和少了一个建筑设计师以外，好像和往日没什么不同。

如果被认定为重大质量事故的话……唐梓不敢再想下去。

“唐梓？”

陌生的声音从身后传来，唐梓刚回过头，就被许娉拉进了小巷子里。

她十分警惕地看向四周，确定没人之后才放心拿出包里的东西，交到唐梓手上。她的语气快而急促：“这份是事故建筑的设计定稿，沈老师之前拿给实习生研究学习，出事的时候没有被封存。我比对过了，和那份存在漏洞的，并不一样。”

仿佛抓到希望，唐梓紧紧抓住许娉的手：“那为什么你们不拿出来？只要你们院里证明这张是真实没错的，他的罪名就洗清了。”

许娉搭上她的手，神情复杂地摇了摇头：“你听我说，这也只是我的推断，沈老师似乎被人拿来背锅了。院里不知道这东西的存在，而且，如果拿出来的话，很有可能唯一可以证明沈老师清白的证据，也会被销毁。他那么正直的一个人，对工程的所有劣质材料都零容忍，也许早就触碰到一些人的利益了。”

“这是……什么意思？”唐梓觉得，事情好像经许娉这么一说，又复杂很多。

“年前，沈老师发现工程使用劣质海沙，事后还交代我们，对以前所有经手过的建筑，重新进行抽检。也是我们疏忽，打算年后着手开始，没想到没过多久就出事了。图稿只有院里有，那份被改动的可能也是从院里流出去的，所以，你不要轻易相信谁。”许娉说得认真。

犹豫许久，唐梓还是问出了心里的疑惑：“你为什么要帮我们，你不怕得罪那些人吗？”

的确，没有任何背景的许娉费了不少精力才考上省建筑院，站在沈之衡这边，就意味着她会丢了这份工作。

许娉合上包包，正视唐梓的眼睛：“沈老师是个好人，不应该成为罪人。”

其实她更想告诉唐梓，她的理由和她一样，因为爱。但她打消念头，这种时候，她没必要拿出自己那些连说都不敢说的感情，反正她做得到看着喜欢的人幸福。

看着许娉的身影消失在巷子深处，唐梓抱紧了她交给自己的那份图稿。许娉的话还在她脑子里盘旋，她仰头，漆黑的天空没有半点光亮，暗得令人喘不过气。

才走进大门，唐梓就被赵世琛截住。

“我们在查散播那些言论的人，有一个人有些奇怪。”

赵世琛把手机上的照片和信息亮给唐梓看，唐梓一眼就认出屏幕上这人就是在医院见到的那个穿黑色外套的中年男人。

“他曾经是沈之衡现在负责工程的沙土供应方，因为提供劣质海沙，被解除合作还罚了一大笔钱。”赵世琛接着对唐梓说道。

乱成一团的信息在唐梓的大脑里不断组合，她有了一个大胆的猜测。这个猜测让她感到惊恐，四面八方的冷意席卷全身。

她把许娉的话、在医院的见闻稍加整理，然后告诉给赵世琛。他的反应和她一样，都觉得事情不像表面上这么简单。

光有猜测没用，他们需要的是证据。脑仁突突发疼的唐梓立马想要赶回台里，赵世琛制止她。如果真的像他们想的那样，贸然行动不仅打草惊蛇，甚至唐梓自己都会有危险。

白逸凡适时出来，就看见神情疲惫的唐梓默默走进沈之衡的书房。

她问："怎么了？"

赵世琛满脸严肃，他抓着白逸凡的肩膀交代："如果唐梓这几天要一个人去哪里的话，你尽可能拦住她。"

当官方把沈之衡那份被人为修改过的设计稿贴出来的时候，整个榕城都炸开了锅。在这份"铁证"面前，他的罪名，已经被大众定下。

街坊邻居虽不议论，但是唐梓走在路上也感觉到那些审视的目光不断投射过来。她和赵世琛一直在为寻找证据努力，再没有什么地方的信息资源比电视台还多，她好几天都吃住在电视台，隐秘地寻找一切有用的信息。

意外的是，陈洁居然给予了不少帮助。她对唐梓要做什么没有询问，在能力范围之内，对她大开方便之门。

没有什么秘密是永远藏得住的，功夫不负有心人，一些线索，总算浮出水面。

从律所出来准备去赴唐梓邀约的张洲倩面色不善地盯着眼前这块“牛皮糖”。也不知道他是怎么找到自己工作单位的，这几天都以极高的频率出现在自己面前。

李泽西对张洲倩的态度一点儿也不气馁，谜一样的自信致使他相信，自己总有一天可以拿下这个不知世间情为何物的高冷女律师。

第一次在自家隔壁别墅见到张洲倩的时候，她把自己说得哑口无言，那干练的形象让李泽西久久不忘，喝过酒酡红的脸还有丝毫没有被酒精干扰的思维，简直把他征服。

他李少爷这一生追求也没有多么伟大，就喜欢挑战那些看起来特别有难度的，当然也包括女人。

从此，张洲倩就成了他新的挑战对象。她比他想象的给力，反正对他所有的柔情攻势，是油盐不进。

一来二去，也不知道自己是哪根弦受到了刺激，李泽西开始觉得似乎原先想要玩玩的心思，变得有些奇怪起来。尤其是当他把张洲倩的一切都摸清楚之后，想要照顾她的心思远远大过想要玩玩的想法。

可惜张洲倩似乎对感情特别迟钝，不过他可以教她。

“说真的，我觉得自己特别适合你。”李泽西自信地撩了撩刘海儿。

张洲倩嗤笑：“我比较喜欢板寸头。”

不过是敷衍的话，李泽西似乎当了真：“发型而已，你喜欢我剃就是了，不过你为什么喜欢板寸，难道你和其他妹子一样，也有兵哥哥情结？嗯……你要是喜欢的话，要不我去当两年兵，只是你得保证等我两年啊。”

什么和什么？张洲倩觉得自己和这个人思维完全不在一个频道上，她推开挡在身前的李泽西，毒舌道：“你这颗老鼠屎，还是别去粥里瞎搅和了。我没时间和你浪费口水，我约了人，请你让让。”

“你朋友吗？正好我跟你去见见啊，总得把我带出去遛遛不是。”李泽西死皮赖脸。

张洲倩几乎要被气出内伤，说话也犀利起来：“我朋友不喜欢被遛的动物。”说完，她大步走开，把李泽西甩在身后。

碰了一鼻子灰的李泽西看着张洲倩大步离去的背影笑得满足，这样才比较活泼嘛，成天把自己束缚在黑西装白衬衫里，表情语句都那么程式化，一点儿也看不出来她是个年华正好的美丽女子。还是生起气来，更有女人的样子。

被李泽西耽搁了很久，张洲倩既无奈又无语。离和唐梓约好的时间已经过了十几分钟，先前在电话里听唐梓的焦急语气，想来也是重要的事。

打了唐梓好几个电话，始终无法接通。张洲倩纳闷，半小时前还联系过，怎么这会儿联系不上了？她加快了车速，赶到约好的见面地点时，一个人影也没看见。

唐梓约的地方有些偏僻，在一个刚建成的公园里面，很多东西都还没有完善，她这反常的小心翼翼让张洲倩有些摸不到头脑。

往前走了几步，地上被砸碎的手机引起了张洲倩的注意。手机壳上是一片浮雕枫叶，是她们五个人用的姐妹款。

她这才意识到——唐梓出事了。

第八章

你得赔我一颗心

被黑色胶带封住嘴的唐梓警惕地看着车上把自己困住的人，她的脖子痛得不行。怕是电视剧看多了，这几个看起来一点儿也不职业的人在刚才把自己带上车的时候，居然想用手刀劈晕自己。

力度用得不够，一下没把唐梓劈晕还多来了几下，清醒的唐梓后悔刚才还不如装晕，被劈这几下，真的是很疼。

这几个人凶神恶煞地威胁着她，不知道是底气不足还是怎的，虽然恶狠狠的，但是一点儿也不令人害怕。

她现在满心希望张洲倩能快点儿发现自己故意遗落在公园的手机，发现她出事了。

唐梓的眼睛非常清澈，对心虚的人来说，很有杀伤力。受不了她的目光，那些人索性蒙上了她的眼睛。

失去了自由又被蒙住了双眼，原本还信心满满的唐梓，感到了些许害怕。

她没有听赵世琛的叮嘱，而是在尽可能不打草惊蛇的情况下，很高调地让人以为她已经调查出了什么。

她赌有些人会沉不住气，而她押中了。她的手上除了推断没有丝毫证据，她只能千方百计地创造证据。于是，她决定把自己作为证据。正常的调查引发绑架，如果再说这个事件没有内情，只怕没有人会相信。

回家时把东西落下没有带走，又要急用，顾城只好再回了一趟家。喻澜一早约了朋友去做美容，家里安安静静的。

顾城刚走上楼，就听到动静，以为家里进了贼。

“什么？你把那个叫唐梓的女记者绑架了？她手上究竟握着什么证据？快点儿找出来，不要暴露身份！你事先居然不和我商量一下，擅自做主！”顾兴邦的声音暴跳如雷，挂了电话着急忙慌地出门，连顾城停在院子里的车也没看见。

“证据”和“绑架”几个字在顾城脑海里转了几圈，他才反应过来唐梓被绑架了。他一直都知道，顾兴邦并不是什么磊落的人，可为什么会和绑架唐梓的人扯上关系？

没有犹豫，顾城走进了顾兴邦的书房。平日里都被关得严严实实的柜子没有上锁，他打开来，细细把里面那些文件看了一遍，然后再也说不出话来。

那些被顾兴邦锁在柜子里的不是其他东西，正是这么多年来，他贪污受贿的所有证据。包括这次的事故建筑，顾城手上的东西明明白白地告诉他，房屋倒塌的根源，是使用了不合格的沙土和钢筋。

即使是顾城，也被这样的真相吓到，一时之间没了思量。害死了那么多人，首先想的却是怎么让别人替他顶罪，顾城从来没想过，自己的父亲会这么可怕。但转念想想，他苦笑起来，能够狠心把自己的亲生儿子丢在孤儿院不管不顾十年，又能痛快舍弃不存在利用价值的病危女儿的人，怎么可能不可怕。

是的，他一直知道，那个和他同父异母的姐姐，其实也许可以在世界上多苟延残喘几年。可是他们的父亲，瞒着母亲，签下了放弃治疗书。

顾城清醒过来，把那些东西全部带走，又锁上柜子，装作自己没来过一样。

被蒙着眼睛，唐梓也不知道车子到底开出了多远，唯一可以通过声音判断出的是，他们似乎在往山里走去。沿途的车声越来越少，到最后，几乎再也听不到。

等车终于停下来的时候，唐梓被粗鲁地推出车外。蒙眼的黑布揭开，突然闯进视线的阳光刺得她眼睛发疼。

他们把她带到了郊外的破旧工厂，已经有几个满臂文身，混混儿样子的人等在那里。

“给她绑里面去，等铁哥过来审她。”为首的那人叼着根烟，拽拽地吩咐。

荒郊野岭的，那些人也不怕唐梓喊叫，直接撕开了封住她嘴的胶带。发干起皱的嘴唇被胶带扯下一块皮，登时冒出血来。

唐梓怒视那些人：“你们凭什么抓我，这是绑架，是犯罪！”

仿佛听见了笑话，几个人全部笑了起来。为首那人蹲在跪坐在地上的唐梓的面前，往她身边吐了一口唾沫："绑架？惹着了谁你自己心里没点数吗？娇滴滴一个小姑娘，干什么不好，偏偏要去当记者，想着为社会伸张正义？可笑，识相的就好好想想那些证据放在了哪里，否则没你的好果子吃！"

"哦？怎么，那人真当自己能够只手遮天？"唐梓故意套话。

许是被她的态度激怒，为首的人反手就是一个巴掌狠狠甩在唐梓脸上，原本白皙的侧脸立马浮起红肿一片。

"你最好老实点儿，都这个样子了还拽，要是哥们儿几个下手稍有个差错，这荒山野岭不说等别人给你收尸，只怕你早就喂了狼。"

唐梓被这一掌打得脑子发晕，心知这些人比绑架自己那两个老练得多，硬碰硬注定是自己吃亏。

她不再说话，任由那些人推推搡搡把她锁到破仓库里。仓库很高，四周都是坚实的墙壁，只有一扇小窗子漏出几缕光线。

她用手肘轻轻压了压衣服内兜，触碰到一直藏在口袋里的录音笔，才觉得心里有些许底气。这是她用来为沈之衡翻盘的所有资本，幸好一早就有所准备。

被打几下让她整个人非常难受，挪着身子移动到角落，靠着墙壁，她闭上了眼睛。那些人应该不会这么快进来，听语气还要等什么人，那就说明在那个人过来之前，自己暂时还是安全的。没有什么比保存体力重要，在这种糟糕的环境下，她小睡起来。

说不害怕是不可能的，一个人被带到这种地方关着，生命安全随时都会受到威胁，怎么会不害怕？

可她不后悔把自己送到这么危险的地步，从她被这些人带走的那一刻起，沈之衡的事情，已经出现了转机。

陷入睡眠开始，唐梓就做起噩梦，梦里她身处一片遍布着魑魅魍魉的黑暗之中，那些鬼怪黑漆漆一团，看不真切，却让人打心眼儿里恐惧。

张洲倩几乎用最快的速度报了警，得到消息的白逸凡和赵世琛，急成了热锅上的蚂蚁。

同样着急的还有顾城。他从书房出来后，第一个反应就是去追顾兴邦。没猜错的话，顾兴邦匆匆出门一定是去见和绑架唐梓有关的人，跟着他有可能直接见到唐梓。

他了解顾兴邦的行事作风，唐梓这个变故，把顾兴邦布好的局全部打乱。这样想想，唐梓可能面临的局面，就更加危险了。人被逼急了，是没有什么事情做不出来的。

从顾家出去只有一条主干道，顾城加快车速追赶，总算看到了顾兴邦的车。他保持距离跟着，在一处偏僻的码头看到了和顾兴邦接头的人。

顾城低估了那些人的反侦察能力，顾兴邦刚和那人见面，顾城也立马被发现。

看到是他，顾兴邦明显有些吃惊："你跟来做什么？"

顾城面对父亲的诘问，直截了当地道："唐梓在哪里，你们要对她做什么？"

他因为唐梓而追来，是顾兴邦没有想到的。和顾兴邦碰面那人在知道顾城是他儿子之后，也放松了戒备。

"那个女的会坏事，还是处理了比较好，要么，就关到事情尘埃落定再放出来。反正我是不能再在这里待着了，顾先生，您看咱们事先说好的……"

那人比了个数钱的手势，看向顾兴邦。

顾城暴怒，上前拽住那人的衣领，咬牙切齿："我问你唐梓在哪里！"

"顾少爷这一出是要英雄救美？可别为了个女人，毁了你的父亲。"

"顾城！把手放下！"顾兴邦大声喝道。

"带我去见她。"顾城恶狠狠道。

唐梓是被一盆散发着臭味的冷水浇醒的，也不知道是从哪条臭水沟里舀来的水，味道直让人作呕。

她甩了甩黏在脸上湿漉漉的头发，怒视着朝她泼水的人。那人上来就是一脚，踹在唐梓肚子上，疼得她整个人蜷缩起来。

顾城一走进破仓库就看到这一幕，他一把推开那个人，冲上前扶起唐梓："你怎么样？"

再没有什么比顾城的出现更能说明情况了，早前有所怀疑的时候，她和赵世琛就分析过，在那群人里，最有可能的受益人，顾兴邦就是其中之一，以他的权位，要安排这一切，绰绰有余。

之前都只是怀疑，没有证据，而现在证据已经出现了。

她觉得眼前的顾城比那些臭水沟里的污水更令人作呕，她挣开他的手，自己又倒在地上，压到受伤的腹部，发出一声痛呼。

"满意了？顾城，原来你是这个样子的，比我想的可怕得多。"

顾城知道唐梓误会了，想为自己辩白，却发觉无话可说。在唐梓眼里，一定认为他与他们同流合污。

事实上，他很想帮她，可他迟迟做不出选择。藏在身上的那沓证据如有千斤重，他不知道要怎么办。

"小梓，我帮你解开绳子。"顾城放轻声音。

"哎，顾公子，这你可做不了主。虽然我们让你见了人，但是还得委屈你一下，毕竟顾先生也不希望把你卷进来不是。”先前带顾城过来的人说完，摆了摆手，顾城也被控制起来。

那人邪笑着，语气虽然恭敬，但是眼底皆是不屑：“顾先生吩咐了，把你先关在这里，这样能撇清他的嫌疑。坏人呢，我们就担下了，等过两天一切尘埃落定，自然会有人救你出去。”

他说完，又看了看唐梓，内心不止一点火大。要不是顾城，他们还真不知道唐梓和沈之衡还扯在一起。他扬手又是一巴掌甩在唐梓脸上，狠声道：“差点儿掉进这死丫头的圈套里。把她打晕了绑到山里去，正好喂喂野生的狼崽子，也算咱们给大自然做点儿贡献。”

顾城正打算奋起反击，当头一棒把他重重敲晕。

不管唐梓怎么挣扎，钳着她的两只手没有丝毫松懈，倒又引来了一顿拳打脚踢。唐梓心想，完了，她也许等不到人来救了。这是她陷入黑暗前，最后的想法。

把晕死过去的唐梓丢到荒野后，那些人就忙于奔命，丝毫没有察觉到自己已经落入了警方的包围圈里，正当他们憧憬着用到手的那笔钱躲去境外逍遥快活时，冰冷的手铐，已经步步逼近。

病房里只听得见仪器有规律的声响和唐梓轻浅的呼吸。经过检查，她身上多处软组织挫伤，轻度脑震荡。也算万幸，天知道找到她的时候，那样子有多吓人。

被抓获的绑架者怎么都不肯说出她的下落，警方用了一天一夜才找到被吊在树杈上的唐梓，发现她的时候，她浑身是血，气若游丝。

裴宁和白逸凡留在医院照顾她，沈盛国和赵世琛准备提交证据，证明沈之衡的清白。

可惜唐梓口袋里的录音笔在紧要关头出了问题，只录下了她刚被绑架时候的对话，关于顾兴邦的罪名，还是拿不出切实的证据。

裴宁心疼地替唐梓擦干净脏兮兮的手，她没有想过这个女孩儿可以为自己的儿子做到这种地步，也是别人家的心肝宝贝，年纪还不大，怎么受得了这么多委屈和苦痛。

唐梓苏醒的时候，顾城前来看望她。她知道自己先前错怪了顾城，他可能知情，但应该没有参与。

不过她现在并不想面对顾城，因为制造这一切的那个人，是他的父亲。讽刺的是，他们明明知道，却无可奈何，任由真正的坏人逍遥法外。能怎么办呢？那个人为了自己脱身，不惜把儿子抛出去，顾城挨的那一下，可不见得有手下留情。

“你回去吧。”唐梓别过脸。

“如果，没有沈之衡，我们会有可能吗？”顾城的声音压得很低。

不知道他现在问这些还有什么意义，唐梓叹了口气，最后还是回答了他：“不会。”

“那……你会恨我吗？”

唐梓感觉得出来，现在的顾城处处赔着小心。她依旧捉摸不透他，更不知道他这些问题的用意何在。

“该恨你什么呢？恨你乘人之危，还是恨你有个可怕的父亲？都没有意义。”

唐梓回答得平静，却很现实。反感是肯定有的，但谈不上恨。恨这种情绪是非常可怕的东西，它能令人丧失自我。

想问的问题都得到了答案，算是了却心愿。

顾城把口袋里的东西放在病床边的矮柜上，最终一言不发地离开。

他订了一束盛开得最美的香水百合，这可能是他最后一次送给喻澜了。今天过后，他拥有的一切都会失去。这是他深思熟虑，百般纠结后做出的选择。他没有后悔，只是觉得自己可怜，对人生做过的唯一选择，居然是毁掉自己的人生。

喻澜收到儿子的花束时开心依旧，自以为万事大吉的顾兴邦也难得露了笑脸。顾城像是什么都不知道一般，在一切还没到来之前，演着戏维持这零星温情。

从来没在院子里响起过的警笛声如约而至，铁证面前，顾兴邦在被带走之前，回过头看向顾城，目眦欲裂地吐出两个字。

现场太嘈杂了，顾城没听清他的声音，却读懂了他的唇语——畜生。

喻澜再没有优雅太太的形象，她不管不顾地拍打着顾城，咬牙切齿地责问他怎么敢，怎么能把自己的亲生父亲送入囹圄。

顾城往后退了两步，想要苦笑却掉下两行眼泪。原来她知道，什么都知道，但还是忍着屈辱，把自己当成亲生孩子宠爱吗？

原来世界上还有人曾经真心宠爱过自己，可惜，再也不会有了。

一场火灾牵出的工程事故，在沈之衡沉冤昭雪和幕后黑手悉数落网中，落下帷幕。这个事情峰回路转，也看得所有人唏嘘不断。谁能想到，在这个法制严明的国家，还有人如此胆大妄为，以权势只手遮天。

顾兴邦的落网，除了令人拍手称快以外，也引起了全省对廉政作风建设的重视以及对贪污违法行为的严打。

不过这些都和唐梓无关了，她满心想的都是沈之衡终于没事了，自己也幸运地活着。只是住院的日子一点儿也不好受，作为一个洁癖星人要躺在床铺上三四天不能洗澡，才第二天，她就觉得自己已经臭了。

她费了好大力气，说服大家暂时不要把自己住院的消息告诉沈之衡。以她对他的了解，哪怕无罪，他心底一定会介怀这次的建筑事故。要是再让他知道自己为他险些丢了小命，她真怕他会在自责里走出不来。

张洲倩和张晨雨来看望她，身后还跟着一个尾巴。迫于张洲倩的淫威，李泽西全程老老实实，不敢嬉笑。

张晨雨看上去有些憔悴，想必是为了顾城。不过她的关切是真的，是是非非她分得清楚，心疼唐梓和替顾城难过，一点儿也不冲突。

唐梓完全没有想到，顾城最后会大义灭亲，把关键证据交到她手上。做出这种决定，想必他也承受着不小的煎熬，唐梓这才觉得自己可能稍微了解了他一些，起码她可以肯定，他不是一个坏人。

“受伤还真的是很不好受，我可算体会到了。”唐梓哭丧着脸向张洲倩抱怨。

“好意思说呢，不要命起来也是吓人。你呀，以后凡事能不能和我们商量着来，不逞强会死吗？”

秋后算账的白逸凡气得戳她脑袋，也不知道她心为什么那么大，什么后果都不考虑就敢把自己当诱饵送出去。都不知道那几十个小时里，他们这群人担心成什么样子，要不是及时在荒郊野岭找到她，只怕她真的就喂了狼崽子。

觉得还不够痛快，白逸凡又戳了她头两下。唐梓楚楚可怜地望向她：“我可是病人，还有没有一点儿怜悯之心了？”

这个……傻子！

白逸凡气得一点儿都不想理唐梓，早前的英勇都跑哪里去了，这会儿装什么可怜。还好她没什么事，还能生龙活虎、嬉皮笑脸。

一直没有告诉唐梓，其实白逸凡真的很佩服她的勇气和意志。她设想过如果遇到这事的是赵世琛，她会不会为他牺牲到这种地步。

她得不出一个准确的答案，也许是因为，爱在她的心中只是不可或缺，而在唐梓心里，是全世界吧。

终于熬到出院那天，唐梓觉得久违的世界是那样美好。所有程序走完，沈之衡今天就能回到家里，她总算说服医生放她出院，仔细遮掩了全身的伤，她要亲自接沈之衡回家。

沈之衡在那里待了十二天，这十二天对唐梓来说，好像有十二年那么长，她恨不得立刻出现在他的面前。

在确认沈之衡和唐梓没事之后，还来不及亲自接沈之衡出来，沈盛国和裴宁就赶回了杭州。外婆自己在家的时候扭伤了腰，身边缺人照顾，而且这段时间女儿女婿什么都不说，反常地在榕城待了那么久，早就引起了老人的猜疑。

接沈之衡出来，在唐梓眼里是大事，她早早就等在了大门前，就等着那个熟悉的身影出现。

大门终于打开，失去自由很多天的沈之衡乍一面对外面的世界，下意识地避开了耀眼的阳光。唐梓也顾不得自己身上没好利索的伤口被衣服磨得发疼，撒开脚丫就朝他跑去。

她本以为这次见面一定是十分令人开心的，可沈之衡的脸上看不见什么笑容，耷拉下来的头发让他看起来有些颓废。

“快回家吧，知道你今天回来，赵世琛可是下血本准备了一顿大餐。这几天没吃好吧，赶紧补回来。”唐梓盈盈笑着，自顾自挽上他的手臂，带着他往车上走去。

不喜欢他这沉闷的样子，她尽可能拣一些轻松的话题说给他听。不过沈之衡始终反应平平，最多回复她几个字。

虽被关了很多天，但是该知道的，他还是知道了个大概。他没想过人性会这样复杂，亦想不到昔日一起共事的前辈同仁，也会成为要把他推入囚牢的黑手。

这段日子里，他想了很多事情。不像是以前思考工作或者生活那样有条理，他总是片段性地想到些什么，杂乱无章的，让他总是清晰的思维缠成了一团乱麻。

他好像突然就丧失了自己的方向，不知道从今往后，他要去做什么。他再也不想触碰建筑了，他无数次地懊悔，如果他发现得再及时点儿，或者当初建造时再谨慎一些，也许就可以避免这场本不该发生的悲剧。

他的罪名是被洗清了，该被惩罚的人也受到了惩罚，可那又怎样？死去的人不会复生，受害者的家属也依然悲痛。

那些不明就里就开始跟风指责他的人，他们会作何反应？

他并不是要那些人对他道歉，他只是开始对这个世界非常失望，也对他自己非常失望。他说不上这些失望的缘由来自哪里，可当他看见唐梓带着满身阳光走向他的时候，他觉得自己已经不配站在她身边了。

分明知道气氛不对，唐梓还是装傻，笑着和钟雪凤大力碰杯。知道她有意炒热气氛，除了沈之衡以外的其他人，也都非常配合。

灌了一肚子椰奶的唐梓打着饱嗝，坐在她对面的沈之衡一个人已经埋头解决完一整瓶香槟。

行，知道他心情并不好，唐梓也不阻止，如果这样他心里能舒服一点儿的话。

张洲倩看着埋头吃菜也不管沈之衡的唐梓，眼角余光瞥了瞥死皮赖脸跟过来的李泽西，突然觉得这个人此时有点儿作用。

她抬手就往李泽西杯子里倒了一杯酒，顶了顶他的手肘，示意他陪沈之衡一起喝。再没有比唐梓结识的这群姑娘更给力的人了，几轮儿转下来，桌上就已经分成了两派。

几个男人聚在一起，大有今朝有酒今朝醉的趋势，唐梓看向他们，把头靠在身边的白逸凡身上。

白逸凡摸摸唐梓的手臂，她是了解唐梓的，不管现在笑容有多灿烂，但是难过就是难过，满心欢喜等回来的人变成这个样子，换谁都开心不起来。

“感觉生活很狗血。”唐梓倚着白逸凡吐槽。犹记得上一次所有人聚在一起，把酒言欢中见证了白逸凡和赵世琛的破镜重圆。其实也没有过去多少日子，怎么一切须臾之间就变得这样面目全非。

谁说不是？白逸凡举杯碰了碰唐梓面前的杯子：“刀山火海都去过了，以后就顺了。”

唐梓看着她笑了起来，又把目光投向沈之衡，惆怅道：“不知道这群男人喝醉了，是不是和你们上次一样难照顾。”

“丢院子里就好了，省事。”钟雪凤横插进一嘴，也就她心最大，全程都不忘照顾自己的胃。

唐梓坐直身子，拍了拍钟雪凤的肚皮，狐疑道：“你这么能吃，不会是揣猴子了吧。”

钟雪凤回了她一个大白眼：“这叫吃嘛嘛香，你得和我学，不然你就瘦没了，再这样下去，我都分不清你的正反面了。”

烦人！被说胸小的唐梓作势要揍她。这样闹来闹去，好像心里的压抑减轻了许多。

烦恼是不会自己走掉的，可生活还得继续，可以笑的时候，就应该放肆大笑。

酒量最差的沈之衡是第一个醉倒的，唐梓费了老大劲儿把他送回卧室，走回客厅的时候，李泽西还和王朝河勾着肩频频举杯，张洲倩和钟雪凤看得开心，丝毫不干涉。

唐梓打了盆温水，回到房间，沈之衡睡得很沉，被子几乎全部要掉到地上去。

她这才有机会仔细地看他，冒出的那些胡楂还没刮去，唐梓用指腹摸了摸，粗粗的，有些扎手。

摘下眼镜的沈之衡看起来更有朝气一些，恍惚间唐梓觉得他也只是个情感丰富的大男孩儿。

总是强迫自己稳重自持，一定不容易吧。心里很苦，还要忍着不说。

唐梓细心地替他擦着脸，他是一沾酒就脸红的体质，喝了那么多，脸简直红成了熟透的西红柿。

很生气他今天连个拥抱都没给自己，唐梓哼哼一声，捏住了他高挺的鼻子。不能呼吸让睡梦中的沈之衡感到难受，下意识就拨开唐梓的手，大张着嘴巴换气。

被他这样子逗乐，唐梓“扑哧”一声轻笑出来。她撑起身子，把嘴印在他唇上。

明天会是一个晴天，希望你醒来的时候，能够露出些笑颜。

唐梓走出房间后，沉睡着的沈之衡睁开了眼睛，他几乎晕得动不了，可灵台清明一片，他想就这样沉浸在这片黑暗里，这样的黑暗让他觉得好受一些。

清晨天还蒙蒙亮的时候，顾城只身一人从铁门后走出来，顾兴邦被抓的时候，作为嫌疑人的顾城也被带走。他没有参与犯罪，所以很快就被放了出来。

期间他唯一一次见到了顾兴邦，本想心平气和地说几句话，但是顾兴邦那宛如仇人见面的表情，还是让他打消了念头。

以前筹拍电视剧的时候，他们去过一家寺庙踩点，住持是位高人，寥寥几语就点破了世事。

犹记得大师对着满树桃花说因果，那时候不信，所以他没有细问，现在想来，好像很多事，真的就是因果。

选择是因，后果是果，所有的错误都在这个时候画上休止符，余下的岁月，应该能有个新的开端吧。

顾城深吸一口气，毫不迟疑地往前走去。张晨雨站在离他不远的地方，对上他意外的眸，巧笑倩兮。

想着昨晚沈之衡喝了那么多酒，唐梓一早起来对着食谱煲了两小时的山药粥。牺牲了一堆大米和山药，才堪堪得了一份有点模样的粥，她捶了捶自己的肩膀，舒了一口气，趁热装进保温壶就往沈之衡家走。

手指都快要在指纹识别区摁出个洞来，响起的还是那烦人的错误提示音。防盗警报响了好几回，也不见沈之衡来开门。

唐梓心中一个咯噔，借了隔壁大爷家的长梯就要翻墙。

围墙有些高，得亏唐梓腿长，才顺利坐上墙头。年初的时候沈之衡多砌了个靠墙的花台给唐梓种草莓，现下刚好成为她攀爬的支点。尽管艰难，但在付出了磨去一小块皮的代价之后，她总算进了院子。

门窗都关得紧紧的，一点儿生气也没有，刚走到客厅里就看见满地碎纸屑，唐梓每走一步，就有几片被微弱的气流冲开，晃晃悠悠又重回地面。

她在被关得严严实实的房间里，找到斜靠在角落的沈之衡。

家里所有的设计稿都被他撕了个精光。本来唐梓还因为他把自己拒之门外感到委屈，现在通通变成了心疼。

满地白色纸屑里，唐梓流着血的手掌十分显眼。发泄过后的沈之衡跌跌撞撞找到了医药箱，沉默着替她消毒。

借着消毒水刺激伤口的痛感，唐梓毫无征兆地哭了起来。她那么努力要找回来的，可不是这样的沈之衡。

唐梓的眼泪每一滴都像滴在沈之衡的心上，她又因为自己流泪了，那么爱笑的她，和他在一起以后哭了好多次。

“小梓。”他终于开口叫她的名字。

泪眼婆娑的唐梓伸手抚平他紧皱的眉头，带着哭腔说：“你可以难过，可以不理我，可是你不要把我锁在门外，我会很担心。”

感觉到她把自己揽得紧紧的，沈之衡叹了口气，神情痛苦地开口：“我……”

好像是心灵感应知道他要说什么一样，唐梓迅速抬起埋在他怀里的脑袋，无比认真道：“你不可以不要我！”

她神情倔强，让沈之衡接下来的话怎么都不忍心再说出口。世界上怎么会有这样的傻丫头，他有什么好的，不仅保护不好她，还让她因为他而满身是伤。她真的以为他不知道她为他做的一切吗？他只是不忍心揭穿她善意的谎言，他多怕现在的自己会辜负她的深情。

发泄过后，唐梓吸吸鼻子拉起坐在地上的沈之衡：“替我去还隔壁阿伯的梯子，我眼睛肿了不想见人。”

从沈之衡这两天的表现，唐梓就知道，他对他们两个的事情，开始迟疑。不是说他变心了，但他心里一定有一个心结没有打开。

之后沈之衡没再提起过这事，他整理好心绪后做的第一件事，就是往建筑院递交了辞职报告。他不打算再画图了，这份曾经令他引以为傲的工作，如今成了重重枷锁。

忙碌充实的生活陡然空闲，沈之衡成天都待在家里不愿意迈出大门。比起刚开始几天，他的状态更好一些，但话少了很多，变得惜字如金起来。

怕他无聊，唐梓搬了很多五花八门的书回来，不看电视也不怎么玩手机，除了看书和喝茶，他就是摆弄院子里的花花草草。糟糕的是他开始抽烟，袅袅烟雾里的他，真的非常陌生。

签证上面的日期将至，和查森教练约定的七个月也马上到期，家人不停地在催促唐梓，她在国内能留的时间也不多了。

可她和沈之衡，好像陷入了一个僵局。

办完离职手续后，唐梓敲开了陈洁办公室的大门。不管是什么时候的陈女王，都是那样精明干练。

“手续都办好了？”陈洁的视线从电脑屏幕上移开，看向唐梓。

唐梓浅笑着点点头：“都办好了，想和您告个别再走。”

快速输入完几行字，陈洁起身：“走吧，请你去楼顶喝杯咖啡。”

这还是第一次单独和陈洁喝咖啡，对于这个带自己入职、手把手教会自己职场规则的前辈，唐梓起初有过畏惧，后来敬仰，到如今有些舍不得。

别人眼里的陈女王一直是冷血无情的，事实上她是一个非常热心的人。这种热心不是表现在面上，她不会伸手扶起跌倒的人，但是她会教那个人怎么站起来。

“回去之后，打算重回赛场吗？”端着咖啡杯，陈洁问唐梓。

屋顶的喷淋设备刚刚浇灌过绿植，植物叶片上的水珠在阳光下折射着光线，像一颗颗水晶，很是夺人眼球。

“已经递交申请了，回去以后可能马上就会投入训练。”说起网球，唐梓眸子里都有光彩。

又看了她一眼，陈洁追问：“那沈之衡呢？”

这也正是唐梓所不知道的，她即将回去，按沈之衡现在的样子，一定不会和她一起。他的心结没有解开，她不想逼他。

见她面露难色，陈洁换了一个问题：“想过放弃他吗？”

这下唐梓一点儿都不犹豫，不停地摇头。放弃？不可能的，如白逸凡所说，千山万水和刀山火海，他们都走过了，明明幸福近在咫尺，为什么要放弃？

何况，失去沈之衡，她做不到。

“我上次去海边的时候，看到几个姑娘捡到了一个非常非常大的蚌。想看看里面有没有珍珠，她们用刀子撬了很久，可是珍珠蚌始终不肯开口，甚至把刀片都折断了，还划伤了一个姑娘的手。后来蚌到了年纪更小一些的姑娘手里，她没有急着去撬蚌坚硬的壳，而是把蚌放在了浪花可以冲到的地方，就那么等了一段时间，蚌自己打开了壳，里面居然真的有一颗璀璨的珍珠。后来我想，这个蚌之所以自己主动打开了壳，是因为它到了自己想到的地方，而那个姑娘得到了一颗珍珠，也是因为她耐心地等待过吧。”

她没有和唐梓说再见，只是扬了扬咖啡杯示意自己先离开。

目送她离开的唐梓看着她的背影，露出和煦的微笑。

这才是一点也不儿女情长的陈女王啊，连句告别的话都不留下，还用几句话就给了唐梓一个令她苦思许久都没有想到的答案。

回家之前，她去买了一台可以拍到星星的单反，送到了沈之衡手上。

一个星期后，她在国际机场把沈之衡送上了去往远方的航班。

出国前，白逸凡和钟雪凤来帮唐梓收拾行李。直到这个时候，她们才知道唐梓原来藏着一个这么了不得的秘密。

把厚厚的一个本子摆在唐梓面前，钟雪凤往上面使了好几个眼神。

“干什么？”不知道她又出什么幺蛾子，唐梓睨她。

钟雪凤四个手指并排在本子上轻打两下：“一百个签名啊，一个都不许少，就当你对姐们儿不坦诚的赔礼了。等你以后拿冠军了，指着这些签名，我还能大赚一笔。”

唐梓哼笑一声，故意傲娇地扬头：“就不签，气死你。”

一个不乐意，钟雪凤企图上前去挠她痒。眼见沙发上好不容易收拾起来的东西要被钟雪凤弄乱，白逸凡连忙拦住，她觉得自己可能是被唐梓骗了，说好的一起收拾，结果好像也就她在收拾而已。

“难怪那么大方包别墅给我们嗨呢，我怎么早没发现我身边杵着这么大一土豪，早知道以前吃饭都要双份鸡腿了。”钟雪凤犹自惋惜。

“就知道吃。”白逸凡忍不住吐槽她。

趁着她俩斗嘴的时候，唐梓快速地看了一眼微信朋友圈，而后心满意足地放下手机，加入热闹。

“说真的啊，你一点儿都不担心吗？”

闹完之后，三个人并排倒在沙发上，白逸凡问唐梓。

唐梓故作不解：“担心什么？”

“沈之衡啊，他去那么远，你一点儿都不担心？”钟雪凤补话。

唐梓呵呵笑了起来：“有什么好担心的，花花世界诱惑虽多，可是我知道他还是爱我啊。”

陈洁的一席话，点醒了唐梓。之所以他们陷入僵局，是一个太怕失去，另一个自我封闭。如果沈之衡需要一片天地去创造那颗珍珠，那她为什么不能再多等他几年呢？

他们做了约定，她乖乖回伦敦准备比赛，他去世界各地走走，等他准备好的时候，再一起去伦敦见她的父母。

这个时候，他应该正在非洲草原的篝火旁，对着漫天星辰摁下快门吧。

“这世上怕是再没有比你更痴情的姑娘了，要不是沈之衡以前对你好得没话说，就冲他最近这表现，我一定给你安排一桌高富帅相亲局。”钟雪凤边蹂躏着唐梓的头发，边戏说着。

“因为是他，所以才痴啊。”唐梓笑得温柔。

简直受不了，钟雪凤搓搓手上的鸡皮疙瘩：“要不要这样，人都不在还花式秀恩爱，这里可没有单身狗给你虐啊。”说完，她又想到什么，贼贼凑近唐梓和白逸凡，“我听说，天天跟在洲倩后面那个，快转正了。”

“哈？”

唐梓和白逸凡同时叫了出来，都从对方的眼里看到不可思议。

“线报没错吗？”

“真的不需要再证实一下？”

两个人对这个消息的真实度表示非常怀疑。怎么可能？先不说李泽西这个年轻人比张洲倩小了几岁，光是这两个人的磁场，就完全是S和S好吗？但凡李泽西一靠近就马上被斥开，居然等到了转正？

消息被怀疑，钟雪凤觉得自己作为第一情报探子的自尊受到了打击：

“真的！晨雨告诉我的，李泽西都当了小半个月马车夫了，不被嫌弃的那种。”

“那晨雨怕是开心坏了，她买纸尿裤的心愿，总算看到了些曙光啊。”白逸凡抱着手臂笑道。

唐梓满意地点点头：“既然各位爱妃都找到了贴身保镖，朕也可以放心出征了。”

不提还好，一提起来，就又是离别。这将近一年的时间里，她们就是唐梓在榕城的家人，多少喜怒都彼此分享，难过痛苦也是她们提供了依靠的肩膀。

还真有点儿舍不得。离得那么远，又不是想见就可以马上见到的距离。这样想想好像一生能见面的次数，都可以数得过来了。

沈之衡家的院子已经积了不少叶子，他不过才离开几天而已，这座大房子就开始慢慢有了没人居住的痕迹。

水池里的鱼已经移去了赵世琛家，只剩睡莲孤零零地漂浮在水面上，开着几朵米黄色的花。家具都被白色防尘布罩上，这还是离开前，沈之衡和她一起弄的。

明知是一场归期不定的旅行，唐梓还是笑意盈盈地送他远去。所有人都对她鼓励沈之衡去远游这一举动表示质疑，好像他离开以后，他们的故事就会结束似的。

唐梓可不这么想，沈之衡迟疑的，不是不爱她，而是怕爱得不够而已。所以她真的一点儿都不担心，有人说爱是会消散的，可她想说爱也是会不断坚固的。这不取决于两个人是不是天天都在一起，爱是源于内心的，哪怕隔了一整颗地球，心紧紧相依，那就可以了。

等唐梓把院子里最后一片落叶也打扫干净的时候，她觉得需要在离开前处理好的事情，都已经处理好了。小时候沈之衡送给她的星星，被她挂在了他家对着院子的窗户前，她给星星缝了许多能够反光的亮片，这样只要一有光线投射过来，窗户前就像亮起了一盏小灯。

离开那天，唐梓不让任何人送。她是个感情非常丰富的人，但她不希望自己会在大庭广众之下哭出来，所以在尽可能淡化离别的氛围。

在候机大厅等待的时候，一个来自远方的电话打了过来。电话接通后，唐梓能听见草原上的阵阵风声。

她先笑了起来，说："我准备回伦敦了，你的鱼我送给赵世琛了。"

"嗯。"沈之衡低声回应他。

听到他的声音，唐梓藏在心里的思念通通复苏，怕自己会不争气地说出口，她只好随便扯些话题。

"你说过要带我去看蓝眼泪，别忘了。"

"嗯。"又是低低一声。

真是的，电话都主动打来了，就不能多说几个字吗？唐梓腹诽。

"下次见我爸妈前，把烟戒了吧。"

"……"

等了很久，电话那头的沈之衡看着不断沉入地平线的红色太阳，开了口："好。"

唐梓满足地咧嘴笑了起来，笑着笑着眼睛里就氤氲出水光。这一个字是他的承诺，是她毫不犹豫等下去的理由。

两年后，伦敦希思罗国际机场。

早早等在这里的唐梓把鸭舌帽压得极低，她觉得自己一定是脑抽了才会答应亲自来机场接人，目光所及之处她就看到了不止三家英国主流媒体守在机场，再没有比这里更容易发掘到新闻的地方。

虽然她也不是多么有名，但这种紧急备赛的关键时期，要是被发现她偷溜出来接人，怕是非常容易引起一些话题。

花了两年的时间，她才重新获得打温布尔登公开赛的资格。消息传到国内，刺激得那几个姑娘天天号着要来现场为她加油助威。被忽悠着报销机票也就罢了，还要苦命地跑来当行李搬运工，怎么说她也是有粉丝的人啊，这么昂贵的劳动力她们用起来不会心慌嘛？

事实证明，并不会。

唐梓小心翼翼地抱着怀里的奶娃娃，好奇地看着他不停地吐泡泡，乐不可支。奶娃娃的亲娘钟雪凤一见到唐梓，就像卸白菜一样把娃丢到她手上，着急忙慌地跑去拿行李。

连娃都要交给她？唐梓突然很想假装自己不在这里怎么办。

张大着嘴的唐梓看着钟雪凤风风火火的背影，迷茫地和其他几人对视，末了，都笑了起来。

“这崽是她亲生的没错吧？”唐梓问白逸凡。

白逸凡笑容美好，一如往昔。她张开手臂轻轻地拥抱唐梓：“好久不见。”

当那几个久违的身影呼啦啦从出站口出来的时候，唐梓顿觉时间真的是过去了很久，久到见到她们内心涌出的那种老友重逢的快乐，是那么强烈。

明明记忆里还是一群和她只知道一起吃喝玩乐的宇宙无敌美少女，转眼间就成了别人的媳妇儿、孩子的妈。

刚坐进凉爽的车里，钟雪凤就对着唐梓伸出了手。

会意，唐梓把自己抱着的奶娃娃递了过去。她从来没带过孩子，这么白嫩嫩一小只抱在怀里，她都不敢太用力，像是捧着易碎的水晶，甭提多紧张了。还好这个当妈的自觉，及时把孩子要回去。

哪知，这也纯粹是她想得太多。

想夸钟雪凤的话还没说出口，钟雪凤轻轻一掌拍在她的腕上："谁找你要孩子了。我娃满月、百日的红包，还有我结婚时候的红包，你可都还欠着呢啊！"

What？唐梓凉凉地看了眼钟雪凤，又唏嘘地看了眼奶娃娃，一点儿也不怀疑地说："你可能真的是你妈妈捡来的。"

"这人自从结婚那天收红包收了个盆满钵满，就开始觉得全世界都欠她一个红包，你不知道少了你这个冤大头，我们的日子过得多委屈。"白逸凡存着一肚子笑料和唐梓细数钟雪凤的"无耻"行径。

定定看了眼白逸凡，钟雪凤"扑哧"一声笑出来："是不是很羡慕有那么多红包收的我？一本证的事儿，你也能拥有这种快感。"

早就听说自打结婚生子以后，看着身边一众姐妹还快乐地享受恋爱生活，臭不要脸地宣称自己还是少女的已婚妇女钟雪凤就化身居委会催婚大妈，热情比人亲妈都要高。今天看来，还真的如传闻所说，有过之而无不及。

体恤唐梓要比赛，怕她手酸，张洲倩接过她怀里的奶娃娃逗弄起来，脸上表情极为温和，看起来比钟雪凤更像亲妈。

听闻唐梓有朋友要来，安德森一家早早就准备起来。去年唐梓的哥哥因为工作原因，带着老婆孩子搬去了美利坚暂居，为了专心备赛，她大部分时间都住在训练馆，家里就剩长辈，好不冷清。

这回来了这么多客人，最开心的要数唐梓的养母苏珊太太。唐梓刚出发去接人的时候，她就已经在厨房里忙活了起来，又是烤派，又是准备烧烤食材，连从来在家里都不怎么做家务的安德森先生，都被使唤去院子里弄烤架。

车稳稳停在门口，事先练习了好几遍用英语打招呼的钟雪凤刚刚举起手，就听见早等在门口迎接的苏珊太太用一口流利的普通话说："欢迎你们。"

看着那几位不可思议的表情，唐梓别过脸偷乐。还没出发前，她们就天天在群里恶补英语，说什么一定不能在异国因为语言不通而丢人，对到唐梓家做客更是重视，愣是逼着她整理出一百句英国社交常用短语供她们参考。

大概是骨子里天生的恶作剧心态，唐梓没有告诉她们，她家是一个双语家庭。小时候刚到伦敦，陌生的环境和听不懂的语言让她对这个家庭有些抵触，更别提让她自主学习英语。

希望能够通过沟通增强感情的安德森一家，没有硬逼她学说英语，反倒是全家老小总动员学起了中文。

连一把年纪的祖父也不例外，每每这位风趣的外国老头儿用奇怪的发音问她"想吃什么"的时候，她都忍不住捧腹大笑。

长此以往，家人的普通话越说越利索，她的英文也越来越好。通过语言增进感情的方法很有效果，不到一年的时间，唐梓就和这家人变得密不可分。

Party 是英国社交活动中必不可少的主题，庆祝周末可以开 Party，迎接远方的朋友当然也要开 Party。听说有客人到访，这些从唐梓小时候就住在一起的老邻居更是热情，大有要把欢迎 Party 办得热闹过圣诞节的趋势。

载歌载舞把酒言欢，气氛异常热烈。英国人的好客遇上钟雪凤的自来熟，几乎都没有什么过渡，他们早就自然地嗨成了一片。

唐梓坐在角落里烤肉，怕她无聊，白逸凡从人群中跑了过来。

起先还没发现，直到白逸凡坐到身边替她翻动烤串，她才注意到白逸凡手上那枚简约但不失格调的戒指。

唐梓微张着嘴："订婚了？"

一脸幸福的白逸凡笑着点了点头。

抓着她的戒指看了许久，唐梓由衷地替她高兴："可以啊，你居然现在才告诉我？啧啧。"

两年里赵世琛求婚不下三次，全都被白逸凡以还想多谈几年恋爱为由挡了回去，弄得他很是焦灼，都在想着要不直接扛走。

"让我猜猜，看到雪凤幸福的样子，心痒了吧？"唐梓玩味地笑着。

白逸凡但笑不语，以前不答应结婚是因为她总觉得自己的爱没有赵世琛那么深，所以不敢贸然同意。她怕一旦两个人的爱失衡，会让其中一人感到辛苦。她和唐梓对爱情是完全相反的态度，唐梓可以为爱义无反顾，但是她要求更高，她不愿意再一次让她和赵世琛的感情因爱而伤，所以她才会慎之又慎。

而当她发现，这个世界上只有赵世琛能让她一提及名字，就抑制不住内心欢喜，眉眼俱笑的时候，她才终于肯定，这辈子，就是他了。

唐梓舒展着身体，看着白逸凡说："真好，看来我要努力赚钱了啊，不然你们的红色炸弹，我都接不住了。"

"那你呢？想过以后吗？"踌躇再三，白逸凡问唐梓。

已经过去两年了，沈之衡还是迟迟未归。两年里，唐梓从未和她们提起过沈之衡，连赵世琛也鲜有他的消息。

是真的等了很久了，一天、一周、一个月这样数着，整整两年了，他还是没有要回来的迹象。

有时候想到他，唐梓很是愤愤。他究竟是有多放心她，才敢在外瞎跑这么久，连面都不露一次。难道他不知道网球队里都是金发碧眼的帅哥吗？他们可是不止一次向她献过殷勤！

唐梓串了一只灯笼椒放在架子上，答："想过了，等他回来的时候，先拿他当靶子打一顿再说。"

这就是还打算等了，白逸凡侧头看着唐梓带笑的脸，有些心疼："就没想过不等了？"

唐梓轻轻摇了摇头。

从来没有。

最开始的时候，她以为沈之衡只是把自己故步自封在内疚和自责里走不出来，所以没有心思去考虑他们的爱情。直到沈之衡离开了大半年，她才明白过来，他真正畏惧的，是以后都没有保护她的能力。

不得不承认，她比沈之衡小好几岁，他成就的事业刚被摧毁的时候，她的未来一片光明。

他怕自己走得太慢，又怕唐梓飞得太远。他变得没自信，不确定如果有一天，他用尽全力都追不到她的时候，他们还能不能回到从前。

感情本是如人饮水，冷暖自知。

白逸凡不再多言。

唐梓翻动着烤架上的东西，面容恬淡。天知道她有多么希望那个人回来，她真的很想很想他。每次打通电话的时候，她都很想对他说"你快回来吧"，可听他越来越开心地和她分享着一路上所有见闻的时候，她又觉得自己再耐心等一等，一定会等来一个更好的沈之衡。

她回伦敦的第七个月，钟雪凤结婚生子，第二年春天，张洲倩接下了李泽西的戒指，白逸凡和赵世琛也马上要步入婚姻殿堂，连张晨雨都在不断努力下站到了顾城身边。

她亲爱的沈之衡，也该回来了。

再一次站在温布尔登的赛场上，唐梓的每一个细胞都在叫嚣着，兴奋使她握着球拍的手充满力量，开球就打得又稳又狠。

坐在观众席的钟雪凤喊得比谁都卖力，赛场上的唐梓真的帅出天际好嘛！她怎么都不能把球场上那个运筹帷幄、不疾不徐的姑娘和刚入职场时唯唯诺诺的唐梓联系到一起去。

说来也巧，唐梓的对手，是两年前的女单冠军。如果那一次她没有退赛的话，那场决赛她们会成为对手。

而今天，同样是在决赛场上，她们又撞到了一起，就像是为了打完两年前那场没有打完的比赛一样。

对方斜斜切过来一球，速度极快，唐梓反手挡下，不停变化节奏的脚步不断提醒着观众这场比赛有多激烈。

比分咬得紧紧的，谁都没有讨到便宜。唐梓整个人已经大汗淋漓，深知要是再拖延下去，体力会成为她问鼎冠军的最大阻碍。

坐在电视机前的顾城一动不动地盯着大屏幕，张晨雨端着橙汁递到了他的面前。本来，他们也订好了机票，打算去现场为唐梓助威。临行前，顾城还是却步了。

他如今可以坦然面对喻澜的指责，也可以时不时去探望被关在高墙之内的顾兴邦。但他唯独怕见唐梓，即使知道唐梓不会记他的仇，不过他的父亲毁了沈之衡原本的生活，是不争的事实。

后来他才明白，他一点儿也不了解她，只是觉得他们是同类，所以要抱团取暖。可唐梓和他不一样，唐梓知道从黑暗里寻找光源，但他只懂得怨恨永夜。

他执念了很多年，醒悟过来才发现，之所以他深刻记得唐梓坐在围墙上的每一个笑容，不过是因为，那正是他所羡慕的罢了。

而现在，他也终于找到了那种笑容。

这两年，张晨雨陪着他一起献身公益，是他赎罪的方式。当初他选择站在良知的一方，检举顾兴邦，可血脉亲情他亦割舍不断。他不奢求顾兴邦会理解他的做法，但他所做的一切，他愿意和他一起承担。他不能顶替他身陷囚牢，那就多为世界做一点好事，算是补救。

他满足地把张晨雨拥入怀中，两人依靠在一起，隔着遥远的距离为唐梓呐喊。

比赛暂停的时候，唐梓抹了抹脸上的汗珠，抬头看了看观众席的家人。她的亲友团坐了一大排，个个都换上了印着她名字的纯白T恤。

钟雪凤俨然是啦啦队长，不知道从哪里搞来了一面小旗，摇得有模有样。姐妹们的家属昨天也都来了，事先没打过招呼，突然出现的时候，还真令唐梓受宠若惊。

仿佛是从亲友团那边得到了更多动力，接下来的比赛里，唐梓找到了更好的状态。她最拿手的是上旋球，一连好几个角度的刁钻发球让她拿到了优势。其实比赛不仅仅是看技巧，心态也是比赛中非常关键的。

眼见唐梓一连赢了好几球，对手就明显急躁起来，唐梓知道，机会来了。

对手越是焦急，她越是沉稳，不断地变换着球速和角度，让对手疲于应付，连连失利。咬得紧紧的比分被唐梓拉开，现场的解说员声音都变了调。

到赛点时，唐梓已经感觉到有些体力不支。如果这一球不能拿下的话，这场比赛的输赢，就不好说了。

唐梓有些紧张，看了看飘着几朵浮云的天空，心想如果沈之衡在的话，现在会对自己说什么？

按照他的风格，应该会说“没关系，打出去就好了”这样的话吧？

说起来自己比赛前给他打了好几个电话，都没有通呢。若赢了比赛，一定要秋后算账。

不再迟疑，唐梓高高抛起果绿色的网球，赛场出奇地安静，观众更紧张，个个屏息凝神，只等这个球的结果。

唐梓勾起嘴角，发力时大喝一声，果断而精准地挥出球拍。

她打比赛的时候，有一个习惯，赛点球如果在自己手上，一定不会给对手接到球的机会。

对方显然研究过她的战术，沉着一股子气打算绝地反击，然而她没想到的是，唐梓这回打出的，是一个十分简单的下旋球。良好的行动力让对手挡下这球，也让所有人把心提到了嗓子眼儿。

情况在唐梓的意料之中，她开始在心里默默倒数，最后，她以一个所有人都没有想到的旋球，结束了这场比赛。

安静的赛场上，再度响起欢呼。唐梓终于松了口气，笑着跑向教练。她刚才是真的没有力气了，所以用一个平缓的球为自己争取到了一点儿蓄力的时机，然后一击即中，拿下比分。

终于，唐妮·安德森，赢得了冠军。

连向来冷静的张洲倩都激动得跳了起来，几个人抱作一团，简直不能再嗨。与此同时，看了一眼还抱在一起庆祝的人们，赵世琛悄悄躲到了安静的地方接通电话。

苏珊太太躲在老公的怀里偷偷抹泪，她就知道，她的小公主一定会有这么一天。

早早结束了和教练队友们的庆功宴，唐梓匆匆赶回家里。钟雪凤早在电话里就催了她八百遍，说什么烤的小乳猪都快成猪精了，让她赶紧回去。

不用想也知道家里一定准备了很大的阵仗，刚拿下冠军的唐梓自然更希望能和家人共同庆祝。

然而，当她站在自家大门前，看到黑漆漆的房子时，她呆滞了很久。这是她家没错啊，院子里还种着她母亲大人的一排青菜呢。

门牌上的星星最初亮起，星星下还卡着一张星空照片，坐标，榕城。紧接着，一颗一颗星星都亮了起来，延伸到唐梓家门前的公园里，指引她不停地往前走去。

星空照片上，坐标不断变换着，不是毫无规律的地点，是榕城到伦敦要经过的每一座城市。

在星星的尽头，是一片星形灯光构成的星海，她朝思暮想的身影，就站在群星中间，身后是伦敦的璀璨夜空。

看见沈之衡，唐梓的第一个念头居然是，这么浪漫的主意，一定不是他想出来的。然后她才开始找自己的球拍，好吧，她没有带。

“小梓。”他在星海中叫她，声音和那年一样，深情款款。

躲在角落里的钟雪凤和王朝河打赌：“你说，唐梓会不会哭？”

角落里的看官们内心激荡，捂着嘴窃笑等好戏上演。当事人冷静得多，大步走上前捏了捏沈之衡的脸，一脸不可置信地说道：“你怎么黑了这么多？”

满腹深情的沈之衡被噎了一噎，躲着偷录视频的赵世琛没忍住也“扑哧”一声笑了出来。

这可真的一点儿都不是很久才见到心上人该有的反应，沈之衡心里直打鼓，最后还是果敢地大步上前，把她拥入怀中。

“对不起，让你等了这么久。”沈之衡的声音有些哽咽。

在外这么久，他的怀抱还是一如既往地温暖。唐梓心满意足地享受着惦念许久的拥抱，想和沈之衡秋后算账的心思，早就跑得没影了。

“你已经准备好回来了吗？”唐梓闷声问他。

沈之衡看着她笑，笑着笑着，眼眶亦有些湿润：“嗯，再也不离开了。”

很好。

唐梓抬起头直视着他：“小时候，你当了一回我的太阳，把我带出黑暗。两年前，我洗清你的嫌疑，把你从暗处带了出来。这下，我们两清了。不过我不是一个喜欢吃亏的人，我在你身上弄丢了一颗心，你得赔给我。”

看着她一脸严肃认真的模样，沈之衡低低笑了起来，再度把她紧紧圈到怀中：“我在东非高原采风的时候，向导说天空是星星的坟墓。而我，想做你的坟墓，到死都不离开你。”

说完，他单膝跪地，取出了很早就准备好的戒指，戴到她的无名指上。他的眼里是满目星光，星光中间有唐梓如花脸庞：“唐梓小姐，你愿意嫁给我吗？”

唐梓笑，她还有说不的权利吗？

她的爱人终于学着她的样子翻山越岭而来，从此远方是归途。

番外一

蓝眼泪

窝在沙发上翻着美国《国家地理》杂志的时候，唐梓脑子里想到了一个问题：为什么比起月亮，更喜欢星星？

这是赛后采访时，一家媒体提出的问题。当时她的回答是，因为星星美丽。

人在晴朗的夜空仰望，最先看见的，是月亮。阴晴圆缺各有不同，能令诗人感慨，也可以照亮回家的路。

但是唐梓不喜欢，明知月亮之所以显眼，是因为离地球太近，可在同一片天空里，和那些紧紧相依的星辰比起来，月亮实在是太孤独了。

没有人喜欢孤独，所以她偏爱繁星。

更何况，那些有星星的美好回忆都与沈之衡有关。

见她看杂志还想得那么入神，沈之衡凑过来瞄了一眼内容，很大一版插图，上面是他在扎格罗斯山脉拍到的金星合月。

感觉到沈之衡的靠近，唐梓往边上挪了挪，给他空出来一个位置。东西收拾到一半的沈之衡果断选择坐到唐梓身边，得心应手地把她圈在怀里。

以前也少见他这么主动，大多是唐梓自己先凑上去，没想到现在好像是他更离不开自己，恨不得成天腻歪在一起。

“你说你怎么那么有自信我会答应你的求婚？你不怕我当众拒绝你啊？”两人的手交握在一起，尚有些不习惯戒指存在的唐梓，又想起了那天的场景。

沈之衡满脸自信，轻轻捏着她的手指：“你不会，因为我的每一条朋友圈你都点了赞。”

“嘁！”唐梓作势要推开他。

不提朋友圈还好，一提起来她就非常想要吐槽。这两年他们连异地恋都算不上，人家异地恋好歹每天还能打个电话或者聊会儿天，他们倒好，大部分的沟通方式都是沈之衡每晚在朋友圈固定更新一张当日拍到的照片，她默默跑去点个赞。

沈之衡设置了权限，所有的照片只有唐梓可以看见，他以这种方式每天报着平安，她就以一个赞告诉他自己知道了。

所以不知道这种互动的白逸凡，才会认为沈之衡这两年里几乎杳无音信。

越想越气，唐梓抓起沈之衡的手一口咬下，舍不得咬太重，刚用了点儿力，她的牙就僵在那里。

沈之衡笑着亲吻她的发梢，问她：“是不是真的很想揍我？”

唐梓露了个傲娇的小眼神，冷哼一声：“那还用说？”

觉得自己让唐梓等了两年非常抱歉的沈之衡，回来后几乎对她百依百顺，一来二去，把她的小性子养得越发明显，时不时就爱轻怼他几句。

“那你呢？为什么我求婚的时候你那么淡定？”这个问题困扰沈之衡许久。

唐梓沉默了一会儿，继而浅笑：“我知道一定会有那么一天啊。”

沈之衡温柔地给唐梓顺着毛，很后悔自己为什么不早一点儿回来。那天唐梓把单反交到他手上的时候，只对他说了一句话，她说：“如果你觉得这座城市太压抑的话，那你就去四处看一看吧，我等你。”

果然世界上她最懂他。那段日子里，他确实觉得整座城市都变成了他的牢笼。风依旧温柔，阳光依旧和煦，花鸟虫鱼都没有变化，可是不再让他感觉惬意，他尝试找一件事情沉浸其中，但做不到。

回回看着唐梓赔着笑脸和他说话，他都觉得自己很抱歉，他也想陪她笑，像以前一样把遮风避雨的大伞挡在她头顶，但他发现自己两手空空，什么都没有抓住。

他知道，唐梓跨越千山万水要找的不是这样的沈之衡，起码不是一个倒在挫折里的沈之衡。

所以他决定，把那个优秀的沈之衡找回来，还给唐梓。

他去了很多很多地方，遇到了非常多不同的人，这才醒悟，世界不只是生活的那方寸天地，在世界的辽阔下，真的没有什么事情，是不可跨越的。

在他以为自己失去了人生的目的地时，唐梓叫醒了他。她把他牵到一个全新的路口，成为他的灯塔，让他可以全力去寻找远方，且能望见归途。

他何其有幸，能被一个人如此等待。

对他这一番心理活动全不知情的唐梓，被他现在这种柔得腻死人的目光齁到，连忙低头装模作样地抚摸他手上那个被她咬出的浅浅牙印。

笑着捉了她的手放在唇边，甜言蜜语还没说出口，唐梓已经离开他的怀抱，就着他没收拾完的东西动起手来。

“哎，你说，那边是冷还是不冷，羽绒服要带上吗？”一头扎进衣柜里的唐梓一边翻找，一边问沈之衡。

沈之衡失笑：“我们去的是热带。”

他如今已经是摄影圈里名气不小的摄影师，接到的邀约无数，但他更偏爱跟着纪录片制作团队去大自然取景。

近期没有比赛的唐梓对和他一起去游山玩水早就期待不已，收拾起行李来干劲十足。

等真的和沈之衡身处大自然的时候，她才发现，世界上最不能相信的，就是职业摄影师的镜头了。

他们去的是太平洋中心的一座天然小岛，这里和外界的沟通实在不方便，去往外界的轮渡一个月只有一班。

岛上的自然风光没得说，一点儿都不比国际知名的几处滨海度假胜地逊色。原想着沈之衡应该是要拍些人文景观的，哪成想他一上午趴在沙滩上任由太阳把后背烤得通红，就为了拍几只寄居蟹。

晚上沈之衡坐在帐篷里修片的时候，唐梓给他快要脱皮的后背抹药。比起以前文质彬彬的沈之衡，现在的他更精壮一些，还是那副金边眼镜挂在鼻梁上，镜片后面的那张脸倒更有魅力了。

短短几分钟，上午在唐梓看来毫不起眼的螃蟹，愣是被沈之衡变成了大片主角。唐梓对他神一样的修图技能啧啧称奇，果然世界上不存在他做不好的事情。

谦虚地接受唐梓夸赞，沈之衡关了笔记本电脑，神神秘秘地把她往海边带去。

4月份的海边会出现奇迹，当随着浪花层层涌动的蓝眼泪跃然眼前时，唐梓想起了这句话。

她扭过头去惊喜地看着沈之衡，他指指海边，笑道："答应过你要带你看蓝眼泪。"

湿热的海风不停地刮向海岸，浪花和沙滩的边际，由许多浮游生物构成的"蓝眼泪"明明灭灭，就像头顶的银河里，眨着眼睛的星星。

仙女座离地球220万光年，一光年约九万六千四百亿公里，无数恒星把它们的光影投向宇宙深处，花费好几百万年的时间到达地球，成为夜空里闪烁的星辰。

当它映入人眼帘的那一刻，它的实体也许早已消亡，可它还会在这片夜空停留许久。

唐梓不知道头顶这片夜空里究竟有多少颗已经不存在的星星，但她知道，她和沈之衡的爱情，即使过了多少个百万的光年，也必定始终如一。

夜幕下，她和沈之衡紧握着双手，今后，他们还会这样手牵着手，走过明媚四季，走完人生中每一个充满爱意的日子。

番外二

争渡

陈洁挑了一个周六的深夜回电视台收拾东西。

电视台最不缺的就是加班的人，但是这次例外，陷入漆黑的大楼里空荡荡的，安静得只能听到她自己的脚步声。

她素来不喜欢离别，明明告别之后能真正把你记入心里的人寥寥无几，可分别那刻所有熟识的人却又表现出很不舍的样子。她心里明白，人是富有感情的生物，只是那一刻在气氛感染下情绪过于丰富，很多都当不得真。

不可否认的是，她确有些感慨。目光所及的这间办公室里，留下她太多的痕迹。三十岁到四十岁这十年时间，她大多都在这里度过。

以前并不觉得有什么，一心把工作和事业当成她生命的主旋律，旁的东西几乎都不放在心上。可突然在某一天清晨醒来，对着满满一整天的行程安排，她开始觉得烦躁，烦躁过后是绵长的孤独感，怎么都到不了头。

然后她以最快的速度递交了辞职报告，无论上级多么诚恳地挽留，她还是选择离开。

放在两三年前，她是绝对不会这么做的，那时的她以为她会在这间办公室里，一直待到退休。

她的私人物品不多，收拾了许久，也才堪堪整理出半个纸箱。但她总觉得落了什么东西，最后，她的视线落在了展示柜最里面，那仅露出一角的奖杯上。

即使是被妥善存放着，奖杯上还是落了一尘灰。这座奖杯的主人其实不是她，它是那人送给她的唯一一份礼物，告别礼物。

再没有什么东西了，陈洁抱着还很空的纸箱，最后回望了一眼这间熟悉的办公室，然后大步走远，再无留恋。

副驾驶座上平躺着一张绲金边的结婚请柬，上头手绘的香槟玫瑰栩栩如生，衬托得中间的婚纱照格外美好。

刚收到唐梓从英国寄来的请柬时，她有些恍惚，好一会儿才反应过来，那个初入职场时小心翼翼的小姑娘，居然要嫁人了。

陈洁的助理曾在言谈之间不止一次半开玩笑地说她格外照顾唐梓，她没有否认。说实话，以她的性格其实是很少过分关心谁的。自己独立惯了，自然觉得每个成年人都应该要做到。

对于唐梓，与其说是兴之所至对她好，倒不如说她羡慕唐梓活出了她想活却没活成的样子。

她犹记得第一次见到唐梓时和她的那几句对话，“为了找一个人”和“那起码我努力过了”。阅尽千帆的她不知道怎么就被这两句普通的话触动了心弦，破天荒地在工作中走了神。

所以，后来唐梓发生了那么多事，她倾力相助，除了觉得这个姑娘值得以外，其实还想尽可能地助唐梓达成所愿。

因为那是她以前想做，但没勇气去做的事情。

每个人的一生，都要找一个人，幸运的找到了，携手一生，不幸的错失了，将就余生。她属于后者，唯一不同的仅仅是她选择不将就，以余生怀念。

可现在，她觉得有些后悔了。

回到家的陈洁翻箱倒柜，往日整洁的家已经乱作一团，最后她终于在一本厚厚的词典里，找到了那封已经泛黄的信笺。

没记错的话，这是他十年前寄过来的。上头寥寥数语只表达出了两个意思：安好、勿念。

他就是那么洒脱的一个人，让人一度觉得好像他从不留恋什么。他一手把她带入电视台，事无巨细地教她如何成为一个专业的媒体人，一步一步把她捧上今天的位置，然后功成身退。

陈洁一直知道，与其说她的那间办公室是自己拼来的，还不如说那是他送给她的。那个时候的她事业心太重，而他更爱生活。两个人在事业和生活的主次排序上存在差异，不管感情曾多么坚固，最后还是无疾而终。

但她知道，他终归是爱她的。哪怕分道扬镳，他还是在离开前帮她完成了职业生涯规划里最紧要的那一步。

陈洁把那张发黄的信纸在手里翻来覆去看了好几遍，最后意外地看到背面的角落里，那一行用铅笔写下的地址，忽而泪目。

燕栖山不通车，山内山外唯一的通道就是一条看不见尽头的石阶路。陈洁轻装简行，只带了水和干粮就匆匆进山。直到踏在山间小路上她才突然想到，如果这一趟落空，她要怎么办?

毕竟已经过去了十年，他多半是不会再等在那里了吧?

午后，山里下起了雨，树冠上腾起雨雾，前路一片模糊。她也不管被雨淋湿有多难受，仍一步一步往山林深处走去。

山里有一片谷地，还有一汪大大的湖泊。湖边有人身着蓑衣静心垂钓，听到身后细碎的脚步声他顿了一顿，慢慢回过头来。

视线对上的片刻两相无言，久久，陈洁动了嘴唇："鱼，咬钩了。"

这十年，他就生活在这片山林里，搭了几间小木屋，种菜钓鱼，哪里还有昔日都市精英的样子，倒更像是山间隐士，举手投足都带着一股超脱。

不过，岁月是真的很不公平，十年过去，陈洁的眼角不知添了多少细纹，他却还是记忆中的样子，一点儿没变。

喝过他熬的鱼汤，他问陈洁："难得来一趟，要不要去湖上看看，那里有一片芦苇荡，很美。"

雨早就停了，薄薄的云层里漏下几缕阳光，小小竹筏在碧绿的湖水上破出一片水纹。

"工作，还顺利吗？"他问。

陈洁笑着摇了摇头："我辞职了。"

似是意外，男人拨水的长篙停了下来，有些不解地看向她。

"三年前，我带了一个实习生。她为了找一个人远渡重洋，我很羡慕她的勇气。"

男人勾起嘴角，面上一片温和："那她一定找到了那个人吧？"

"是啊，找到了。个中曲折良多，但最后还是结了善果。"

竹筏到了芦苇荡，一阵风贴着湖面吹来，芦苇花在风中飘飘洒洒。

气氛安静了很久，男人突然笑了，指了指前面的芦苇丛说："我以前在这里面迷过路，就像李清照词中写的那样'争渡，争渡，惊起一滩鸥鹭'，不过我惊起的不是鸥鹭，是一群野鸭。"

很难想象那时的他是什么样子，陈洁眼底一片柔软："我也迷过路，以为藕花深处是归属，没成想误入迷途，不知争渡。"

因她这话，男人放下了手中的长篙，略有迟疑看向她："那你，找到出路了吗？"

"找到了，但是不知道路还通不通。"

小竹筏激烈地摇晃几下，等陈洁回过神来，她已经落入了那个熟悉又陌生的怀抱。年过四十的男人声音难得哽咽："我以为你不会来了。"

曾经叱咤职场的女魔头潸然泪下："对不起，我来得太晚了。"

"不晚，我的一辈子还有几十年，知足了。"

其实几个月前，回榕参加摄影展的沈之衡和陈洁见过一面，那时陈洁对他说："很高兴你没有让小梓等太久。"

沈之衡笑得温柔："幸好，她在等我。"

一生太长，你我都会误入迷途，不知争渡。

而幸好，他在等我。幸好，还不算太晚。

-end-